轻阅读书系

疯话

宣永光 著

北方联合出版传媒(集团)股份有限公司

万卷出版公司

图书在版编目（ＣＩＰ）数据

疯话 / 宣永光著 . —— 沈阳：万卷出版公司，
2015.6（2023.5 重印）
　　（轻阅读）
　　ISBN 978-7-5470-3603-7

　　Ⅰ . ①疯… Ⅱ . ①宣… Ⅲ . ①杂文集 – 中国 – 现代
Ⅳ . ① I266.1

中国版本图书馆 CIP 数据核字 (2015) 第 068751 号

出 品 人：王维良
出版发行：北方联合出版传媒（集团）股份有限公司
　　　　　万卷出版公司
　　　　　（地址：沈阳市和平区十一纬路 29 号　邮编：110003）
印 刷 者：三河市双升印务有限公司
经 销 者：全国新华书店
幅面尺寸：150mm×215mm
字　　数：230 千字
印　　张：22
出版时间：2015 年 6 月第 1 版
印刷时间：2023 年 5 月第 2 次印刷
责任编辑：胡　利
责任校对：张　莹
封面设计：王晓芳
内文制作：王晓芳
ISBN 978-7-5470-3603-7
定　　价：59.00 元
联系电话：024-23284090
传　　真：024-23284448

常年法律顾问：王　伟　版权所有　侵权必究　举报电话：024-23284090
如有印装质量问题，请与印刷厂联系。　　　　　联系电话：0316-3651539

序 言

年少读书，老师总以"生而有涯，学而无涯"相勉励，意思是知识无限而人生有限，我们少年郎更得珍惜时光好好学习。后来读书多了，才知庄子的箴言还有后半句："以有涯随无涯，殆已！"顿感一代宗师的见识毕竟非一般学究夫子可比。

一代美学家、教育家朱光潜老先生也曾说："书是读不尽的，就读尽也是无用。"理由是"多读一本没有价值的书，便丧失可读一本有价值的书的时间和精力"，可见"英雄所见略同"。

当代人的生活节奏越来越快，很多人感慨抽出时间来读书俨然成为一种奢侈。既然我们能够用来读书的时间越来越宝贵，而且实际上也并非每本书都值得一读，那么如何从浩瀚的书海中挑出真正适合自己的好书，就成为一项重要且必不可少的工作。于是，我们编纂了这套"轻阅读"书系，希望以一愚之得为广大书友们做一些粗浅的筛选工作。

本辑"轻阅读"主要甄选的是民国诸位大师、文豪的著作，兼选了部分同一时期"西学东渐"引入国内的外国名著。我们之所以选择这个时期的作品作为我们这套书系的第一辑，原因几乎是不言而喻的——这个时期是中国学术史上一个大时代，只有春秋战国等少数几个时代可以与之媲美，而且这个时代创造或引进的思想、文化、学术、文学至今对当代人还有着深远的影响。

当然，己所欲者，强施于人也是不好的，我们无意去做一个惹人生厌的、给人"填鸭"的酸腐夫子。虽然我们相信，这里面的每一本书都能撼动您的心灵，启发您的思想，但我们更信任读者您的自主判断，这么一大套书系大可不必读尽。若是功力不够，勉强读尽只怕也难以调和、消化。崇敬慷慨激昂的闻一多的读者未必也欣赏郁达夫的颓废浪漫；听完《猛回头》《警世钟》等铿锵澎湃的革命号角，再来朗读《翡冷翠的一夜》等"吴侬软语"也不是一个味儿。

读书是一件惬意的事，强制约束大不如随心所欲。偷得浮生半日闲，泡一杯清茶，拉一把藤椅，在家中阳光最充足的所在静静地读一本好书，聆听过往大师们穿越时空的凌云舒语，岂不快哉？

周志云

目 录

一　论社会

人饥己饥，国怎能不强；只顾一家饱暖，不顾千万人饥寒，国焉得不乱。

有许多人以为我国若施行了某国的主义，小民就可以家给人足，不愁衣食了。其实，我国现在不缺好主义，只是缺好人。没有好人，纵使某种主义普遍全国，小民也不过以为是去狼进虎，以暴易暴；出了火坑，掉入油锅；躲了一刀，挨了一枪；吐出黄连，吞了苦胆。

圣人是大盗，现在圣人满街走；荡妇是祸水，现在祸水沿街流。国事焉得不糟？社会岂能不乱？

我国的志士，自古以来，没有今日之多；而国事之乱，没有今日之甚。

我在朋友家，见一只鹦鹉，狂叫"打倒帝国主义"。我对他说："你这个东西，知道什么是帝国主义吗？"我愈追问，他愈喊叫。我说："叫吧，你也不过是空叫。"

为已死的伟人，铸千百铜像，不如为未死的小民，筹一

疯

话

线生机。使人在眼里，时时瞻仰伟人的铜像，不如使人在心里，时时纪念伟人的大德。否则，愈多铸铜像，愈使将来的小民在砸毁的时候，多费一些气力。看一看魏忠贤的"生祠"，一千七百多座，全到何处去了？

听我中国的名人说话，中国若亡，是无天理。看我中国的名人做事，中国若不亡，是无天理。

人人全喜欢受人恭维，可惜配受恭维的人太少。人人全不愿挨骂，可叹应当挨骂的人太多。由自己起，自己就是第一个该当痛骂的人。

现今我中国，将"出洋"二字，认做超凡入圣的大事。非出过洋，不能做大官，不能当大学的教授，不能娶有学问的女人，不能显亲扬名，不能到处受人欢迎。依此推测，将来当厨子老妈，必须先出洋。倒马桶的，拉人力车的，也非先出洋不可。甚至不出洋，就不配娶媳妇，不配造孩子，不配为中国国民，不配在中国生活。简直不出洋，就不是人类。果能达到这种文明进化的地步，我中国就真要"出殃"了。

我听说，某学校有一位国文教员，他的国文程度，实在是稀松平常，屡被学生攻击，大为同人鄙视。然而他善能施行革命，改造环境，立即跑到美国住了几个月。回国之后，立时被校长另眼看待，举为国文主任。同人对他，居然自惭形秽，侧目而视。学生对他，居然敬若天神，唯命是听。于是他的文名大噪，每有著作，全校无不争先传观，叹为前无古人，后无来者。由此可见，我中国连水土也须改良，否则不但在中国不能研究科学，甚至研究中国的文字，也非远涉重洋，去向洋圣人领教不可。

有人问我"枕戈待旦怎么讲？"我回答说："那'戈'字原是胳臂之胳，经一般秘书先生们用错了。枕戈者，是枕着姨太太的胳臂；待旦者，是等待所捧的花旦。"

当官僚，若穿西服，上司与属员，必另眼看待。当学生，若穿西服，职教员与同学，必另眼看待。处家庭若穿西服，父母兄弟老婆姊妹嫂子媳妇与厨子老妈，必另眼看待。处社会，若穿西服，亲戚朋友与男女同志，必另眼看待。当教员若穿西服，校长同事学生与堂役，必另眼看待。打官司若穿西服，问官与警察必另眼看待。逛胡同，若穿西服，娼妓与龟鸨必另眼看待。买东西，若穿西服，商店的老板与伙计，必另眼看待。讨饭吃，若穿西服，慈善的老爷太太与少爷小姐必，另眼看待。当外勤记者，若穿西服，卫兵门岗与要人秘书，必另眼看待。甚至当扒手，若穿西服，侦探与失主，也必另眼看待。并且自己，若穿上西服，也就觉得立刻变成非凡出众的高等国民。你若不信，你可到天桥的估衣摊上，用三块钱买一套旧西服，穿上试一试。这种情形，我不敢说是亡国的预兆，我只可说是文明进化的现象。

孙中山先生说："革命须先革心。"我再补充一句："革心先肯说实话。"

中国现今，若还要给伟人铸铜像，我主张先多铸齐宣王的像。因齐宣王敢对大贤（孟子）说良心话，试问亘古以来有几个？有人说："齐宣王不顾廉耻。"我说："顾廉耻，就当言行一致，不可向脸上'贴金'假充神圣，悬节孝牌而开'暗门纵'。那才实在是不顾廉耻呢。"

有人问我："若给中国的女伟人铸铜像，当铸谁？"我

· 3 ·

说："当铸苏秦的嫂子。因为她肯当面对苏秦说：'季子位尊而多金。'她那意思是说：老三，我尊敬你，是因为你做了高官，发了大财。试问现在能有几个女人，敢像她那样肯说良心话？"

国民各凭天理良心，殚精竭力，尽他当前应尽的职责，就是爱国。

爱国是行为，不是空言。是牺牲自己，不是牺牲别人。是尽义务，不是图富贵。是尽国民天职，不是滥出风头。是个人良心的表现，不是夸张自己的功勋。

人人以行为爱国，国不求强而必强；人人以言语爱国，国不求亡而必亡。

我国自古是"三爷主义"（舅爷、姑爷、少爷）的国，这种主义去不了，任何主义行不开。

前美国驻华公使弗兰克·克莱恩先生，在某处对中国学生演讲说："……不必竭力救中国，只要诸君诚实不欺，心口皆同，言行一致，中国自能强盛。"他这几句话，正搔着我中国人的痒处，正探着我中国人的病根。我中国人，尤其青年的中国人——苟够如此，终可以使中国得着真正实在的利益。

将自己看做圣人，必将旁人看成浑蛋。达到这种程度之后，天良就真闭了，两眼就真瞎了，双耳就真聋了。如此，任什么良言善行，就全打不开他的心门，触不着他的耳目。久而久之，就养成一个实实在在、的的确确的浑蛋。这种人若再遇着别的浑蛋拍他捧他，他的前途就可想而知了。

天下只有两种人，第一种是自知为浑蛋的，第二种是不知自己为浑蛋的。天下的坏事，全是这第二种人做出来的。天下的扰乱，也是这第二种人酿出来的。欲求天下太平，人民安宁，必须首先打倒这第二种人。

群众有了幸福，你既是群众中的一个，你也必有幸福可享。群众遭了祸害，你既是群众中的一个，你也必有祸害难逃。天下人全有连带的关系，一国扰乱，天下不安。只看中国的军阀，他们仅图营私肥己，苦害人民，因而民穷国乱，全国之中，找不出一个安宁之所，他们也因此东奔西逃，求庇于外人保护之下，而成了丧家之狗。

我的朋友某教员，因受了人力车夫的气，大骂畜类不止。我说："你不要骂他畜类，他有拉车的一技之长。要知我们若不能教书了，我们欲当畜类，还没有拉车的力量呢。生在这变化无定、七乱八糟的时代，谁知将来升降到什么地步。我的老友陆军中将某师的参谋长某君，已摆了卦摊卖卜为生了。试问我们研究过《周易》与《子平》吗？"

说实话则招人恨怨，说假话则受人欢迎。办实事则被人讥为无能，放空炮则被人称有志。生在这种时代，若讲天良就算落伍了。

妇女被人强奸了，向人哭叫喊闹，听见的人，还有时对她表同情，替她掉眼泪。国土被侵占了，若只以哭闹叫骂为止，不但无人表示同情，反招人大加讥笑。

若将我中国人，近几年来对外所说的大话记录下来，足可使拿破仑听了丧掉真魂，使大彼得听了吓破苦胆。

学者的话不可靠，政治家的话也不可靠，外交家的话更不可靠，美人的话尤不可靠。

疯话

· 5 ·

现今我国的农村破产，并非起于农民的知识孤陋，也不是因为未经科学的训练，更不是因为他们的田地未经科学的改良。全是起于捐税繁苛与兵匪扰乱，只要军阀不作内争，减轻捐税，少为他们谋改革，少管他们的闲事，不必假装疯魔，为他们谋幸福，他们自能休养生息，安居乐业。

　　农工商，全是专门的职业，他们只靠着经验进行他们的业务。外行的人不可越俎代谋，更不可妄用高深的学理，以他们做改良的试验品。

　　农工商，脑筋多是简单的，思想多是诚恳的，行为多是忠实的，所以容易团结。读书的人，脑筋多是复杂的，思想多是变幻的，行为多是诡诈的，所以最不容易联合。天下唯读书的人，最奸猾，最可怜，最可恨，最可羡，最可鄙，最明哲，最浑蛋。

　　穷人说大话，愈说愈穷。弱国说大话，愈说愈弱。

　　现今，若本着良心说话做事，就有人说你不通人情，不达事理。你若昧起良心说话做事，反有人说你通权达变，习性和平。

　　我中国人，并非不知爱国。可叹在专制时代，国被帝王视为私产，人民欲爱而不敢。自共和以后，国又被强者霸占分割，人民欲爱而不能。

　　现在中国的法律，是阔人的护身符，是小民的绊脚石。

　　律师愈多，诉讼的人愈多。医生愈多，患病的人愈多。

　　俗语说："衙门口向南开，有理无钱莫进来。"在黑暗时代，是有钱就有理。在文明时代，是无钱就无理。

　　从前有钱的人打官司可以暗约讼棍。现今有钱的人打官司，可以明聘律师。反正钱愈多，理由愈充足。

从前的讼棍，据说是挑词架讼。现今的律师，据说是维护人权。依我的见解，全然为己，就是讼棍。十分之一为人，可称律师。

有钱的人犯了罪，大概是情有可原。无钱的人犯了罪，多半罪无可恕。

生在人伦破产的今日，若因无儿缺女忧愁，未免是自寻烦恼。要知：有钱，路人也愿为儿女；无钱，儿女也便是路人。

现在愈是野蛮的父母，愈能生养文明的儿女。父母多是昏聩糊涂，儿女多是先知先觉。

现今我中国，不必忙于青年男女设立学校，最要紧的是，先多多设立"父母传习所"。由政府通令全国，凡未经"父母传习所"改造过的旧式夫妻，不准再有生儿养女之权，以免一班优秀的小国民，受家庭专制的压迫，而终日恨天怨地，减少救国的能力。

打破遗产制或重征遗产税，或准父母任意处分家产，绝对不容子女干涉，不但可以养活社会中的害物（阔公子，阔小姐），也可以保持社会间勤勉与俭让的美德。

满口谈爱国的人，未必是爱国的志士。满口谈爱民的人，未必是民众的救星。满口谈贞操的女子，未必是节烈的妇人。

娼妓为谋生卖淫，并不可恨，假若她们说：卖淫是为调剂性欲，普度众生，繁荣市面，那就可恨极了。

救国，当救眼前这似亡似存的国。救民，应救目下这不死不活的民。不必大言不惭地高谈阔论，将来要如何建设什

疯
话

么样的理想国，如何训练什么样的理想民。要知眼前的小问题若还无法解决，何必对未来的大方针，空唱高调。更要知，国亡之后再无国，民死之后再无民。纵有许多高明方法与远大政策，到国亡民死之后，再也无法施展了。一时的人言，固可防止；千秋的史评，实在可怕。

目下欲救中国，只在少有私见，少做内争，少设机关，少用私人，少添冗员，少增捐税，少养无用的军队，少为伟人举行国葬，少为伟人修饰坟墓，少涉人民不关国政的习欲，少为外国推销文明的洋货，少破坏中国固有的美德，少谈不合中国人情的外国主义，少设专讲高深学理的学校，多立合于实用的工厂，少为死伟人开会，多替活小民设想，少谈改造农村的生活与经费，少干预人民的信仰与宗教，少唱"请清兵"，多唱"大保国"，不演"鸿鸾禧"，多演"南北合"。如此，则少为强邻制造瓜分或共管中国的机会。

人无私心，世界无进步；人多私心，世界无平安。

我对朋友谈话，向来不谈天气，不谈国事。因为天气是变换无定，人力不能更改的。国字中间是一个或字，或此或彼，远不定是谁的，小民无法预断。

人民无食则为乱，小儿无食则哭啼。乱与哭全是求食的表示。人民所以以乱代哭，因为他们哭死也无济于事。小儿所以以哭代乱，因为他们还没有为乱的能力；又焉知小儿的哭，不足代替吵闹叫骂的暴动呢？

饥儿不通情理，是因为他们还没有容忍的知识。饥民不通情理，是因为已过了他们所能容忍的限度。所以防民乱，须不夺民食。怕儿啼，须防其饥。

某年，我的家乡（滦县）某处，屯驻了某省的军队，该省军队纪律之坏，为全球第一，亘古无二。驻了几个月，几乎路断行人，野无青草。开拔之日，还勒令乡民出钱登报，对某旅长颂扬德政。我听了之后说："这就是应了俗语'杀了人还要手工钱'。"

四川的军阀，将全省分割，作为防区，彼此重征田赋，有几区已征到民国六十八年了。民国自成立以来，有名无实似亡未亡，到了现在，仅仅二十三年，至于民国能否苟延到六十八年，还是一个问题，我不知该省的百姓，到那时还有子遗没有。假若中国不到六十八年就亡了，四川百姓当向谁去算这笔冤枉账。就令中国能延长到六十八年，我不知到那时，军阀又预征田赋到民国若干年了。唉，生而不幸为中华民国的民，更不幸生而为四川的民。

世界上，只要一天有"爱国"这个名词，世界就一日不得安宁。一国中，只要一天有"爱民"这个名词，小民就一日休想太平。欲求世界的真正和平与小民的真正幸福，非打倒这两个阴毒损坏害人不利己的名词不可。

个人谋升官发财，利用"爱国爱民"。团体欲谋专政权，利用"爱国爱民"。军阀纷争割据，利用"爱国爱民"。强盗打家劫舍，利用"爱国爱民"。学匪办学谋财，利用"爱国爱民"。商店集资营业，利用"爱国爱民"。四川军阀，预征田赋至四十四年以后，也利用"爱国爱民"。有些青年男女，不勤学业，专事游荡，也利用"爱国爱民"。我以为将来亡国灭种，也必亡于灭于"爱国爱民"。以我的一偏之见，欲求中国不亡，欲求国民不灭，须纠合一班同志，若遇人谈"爱国爱

疯

话

民"，就对他痛加打击，这并非因噎废食，实在是拒恶于始。

现在，多数的志士，爱国，是爱国中所有之物。爱民，是爱国民所有之钱。

现今，在中国为父母真难。对子女取放任的主义，则怕他们误入歧途。取管教的办法，又怕担家庭专制的恶名。不管，则将来对不住儿女。管，则现在得罪了儿女。不管，则于心不忍。管，则忤逆可怕。

什么叫卫生？卫生是专为有钱阶级或有闲阶级讲究的一种理论。腹内无食，身上无衣的人，讲究不起。什么叫气节？气节是专为有钱或有势的人，应守的一种处世态度。腹内无食，身上无衣的人，欲守不能。

不遇国难，人人全是志士。不逢强敌，人人全是勇士。不见金银，人人全是廉士。不遇美女，人人全是正士。不经试验，人人全是名士。正如不见骨头，狗全是好狗。

自从北伐成功以后，三岁的孩子，也成了爱国英雄，也能高喊"打倒帝国主义"。可叹，喊得愈欢，帝国主义来得愈猛。我才明白，他们是要喊打倒帝国主义，并没有打的勇气。否则，四万万五千万的人民，若实行打的举动，帝国主义决不能在我国根深蒂固。

某学生对我说："我以为现在中国图强的希望，只在一班青年的身上。因为据我观察，现在只是青年人，富有爱国勇气。"我回答说："不错，不过我看多数的青年，是富于'爱外国'的勇气，因为他们浑身上下，言语举动，全'外国化'了。"

在官署与工厂里，真正卖力气的，全是些下级人员，上中两级，多是坐享其成。他们虽有指挥的微劳，然而使他们的微劳变成功劳的，仍是下级人员的血汗的成绩。

操用人之权的人，多不将下级人员看在眼里。岂知成事与败事，全靠这班人，比如，被大风吹倒了的树少，被微虫毁坏的树多。

现今我所最忧虑的，是多数的青年，在未养成高尚的谋生本领之前，已染成高等享乐的能力。

少说大话，多办小事。少说空话，多办实事。少说废话，多办要事。少说远话，多办近事。少说死人的鬼话，多办活人的人事。这是中国目下的救亡之术。

以前中国是排外，现在中国是媚外。排外是有血性，媚外是无廉耻。以排外而亡国，亡了也光荣。因媚外而不亡，不亡也羞耻。以中国现在的国力而言，排外还办不到。以现在的民气而论，媚外尚可不必。

大家和和平平，彼此全有饭吃。倘若你争我夺，终至同归于尽。

断定一家的盛衰，要看那家的子弟。评论一国的兴亡，要看那国的青年。看一看我中国现在多数的青年，中国前途的命运，就可以预断一个大概。

中国现在有两样人最可恨，一是老顽固，一是新顽固。老顽固是习非成是，妄自尊大。新顽固是削足适履，妄自菲薄。正如老八股是束缚人的性灵，新八股是祸害人的天良。

守旧与维新，全不可趋于极端。守旧趋于极端，就入于顽固；维新趋于极端，就入于盲从。并且无论守旧或维新，均须有鉴别的能力与选择的本领。只要见得正当，虽千万人向前，吾偏要退后。虽千万人退后，我偏要向前。这样，才

疯
话

配谈守旧与维新。

社会是一团散沙，道德如同黏胶。社会间，无道德失必不能团结牢固。今人日日研究改良社会问题而竟蔑弃道德，甚至欲推翻道德，他们将来所造成的新社会，焉能有好的希望。

欲造成良好的社会而用挑拨的方法，正如用滚水冲激散沙。不要看顷刻之间，就冲到一起，要知水干之后，散沙更不能合拢团结了。目下的某国所造成的新社会，也不过是等于被冲散的散沙，由外面看，仿佛是成了一团，要知将来还有一个大解体在后边呢。

世界上只要一天有人类，就不能无私心。有私心，决没有真大同。某国的大志愿，是要用甜言蜜语，引诱世上的人，化除国界，归入她现今实行的一个主义之下。这仿佛是要合为大同了，其实她不过是要将各国，收入她的版图，受她的支配。名之曰大同其实还是大不同，她高喊打倒一切帝国主义，其实她是要实行最大的帝国主义。

自民国十七年以后，"立场"二字，成了我国最时兴的新名词。人不演说不做文章则已。只要演说一次或作文一篇，几乎没有不用"站在某某的立场上"的。依我看，莫如痛痛快快说，是"站在饭碗的立场上"或"站在洋钱的立场上"，倒是言无二价，童叟无欺的良心话。

现在最可叹的是：一些青年，不务正业，一面任意享乐，一面恨天怨地。他们的钱财不足浪费，就骂"经济制度不良"。对妇女不能随意交往，就骂"社会组织不良"。终日对"资本主义"、"封建制度"等等，骂个不休。自以为苏俄是青年人的乐土，中国若变成苏俄，就可以畅其所欲，用钱而钱到，想密斯而密斯来。岂知在苏俄，更有种种限制。在苏俄全国里，决找不出一个终日油头粉面，身穿着电影明星化的洋服，手挽着爱人，任性游荡的青年，在苏俄，有学识有技能或有权势的人，还须努力工作，不能任意享乐，更不用提满肚草包的人了。

现今的社会，真令人莫名其妙。凡事只要加上一个好听的名目，人就立刻视为高超，并不在实质上追求。殊不知将婊子改称菩萨，她们实质还是婊子。将相姑改称圣人，他们的实质还是相姑。聪明人，因名而求其实。糊涂人，只重名而忘其实。

有人问我："北平的各种民众团体全在哪里？"我回答说："前几年，在天桥与'杠房'里。你若有什么爱国爱民的表示，或有示威的运动，或用团体名义欢迎某伟人，或有何请愿的举动，用二毛钱就可雇一个，至于现在他们在哪里，我就不知道了。"

君子得势以行其道，小人得势以扬其欲。道行则国治，欲行则国乱。

中国各省，我差不多走过一半。以我所见的商人而论，要以北方的商人——尤其是北平的商人——最会做生意。他们那种谦恭和蔼的言语态度，能使你不忍不照顾他们。最不会做生意的，要属武汉的商人，其次就是上海的商人。武汉的商人，因为受了湖北俗语"一品商，二品客"的毒，对顾客，态度傲慢，言语刻薄，使你买完一件物品，心里生起许多愤怒。近二三年来，武汉的商人，不知是受了什么影响，渐渐地和气化了。可惜北平有些大商店的店员，不知是受了

疯话

什么传习，反又端起架子来了。在这市面萧条的日子，还要学染恶习，实在不是好现象。

责己的人多，国必兴。责人的人多，国必亡。欲断一国的兴亡，当注意国人的言论。

说救国爱民的话的人多，肯自救自爱的人少。这全是舍本逐末，弃源寻流的恶风。此风不改，国与民全要归于灭亡。

以前我中国人将外国人，认为禽兽。现在，我中国人将外国人，看做天神。这全是一偏之见。鄙视外国人，应知道他们有美点，当"择其善者而从之"。崇拜外国人，当知道他们有缺点。应"择其不善者而改之"。如此，则不致陷于排外，也不致流于媚外。

聪明人不骗人，糊涂人不受骗，则天下太平。

教育本是强国的要素，是清高的生活，可惜被一些"学匪"弄毁了。宗教本是治心的要素，纯洁的生活，可惜被一些"教匪"弄毁了。恋爱本是维系夫妻的要素，是互助的生活，可惜被一些"恋匪"弄毁了。

能灭除人民的痛苦，就是能为人民谋幸福，并不在乎有什么远大的计划。现在人民所希望的，并不是将来如何可以穿绫罗绸缎，如何可以吃山珍海味，如何可以住高楼大厦，如何可以行几十里铁路。现在人民所希望的，是有破衣可以容他们安安静静地穿，有粗饭可以容他们安安静静地吃，有旧屋可以容他们安安静静地住，有土路可以容他们平平安安地走，有薄田可以容他们老老实实地耕，有苦工可以容他们安安然然地做，有小店可以容他们安安稳稳地开，有破书可以容他们安安静静地读，有小事可以容他们安安稳稳地做。

寒带，温带，热带的社会情形，决不相同。甚至同在一个大洲，一个纬度里的各国的社会的情形，也决不能相同。就以中国五大族与中国西南的苗族的社会的情形而言，也不能相同。专以汉族而论，因所居的区域不同，社会的情形，也就不能一律。其所以有差异的情形，自然有种种的原因，一时无法详说。总而言之，不能照外国社会的情形，改良中国社会。更不可按外国人近来所造出改良外国社会的理想方法，改良中国社会。欲求改良中国社会，至少先须将中国五千年的历史详细研究几遍。若仅仅读过一本高小国史教科书，竟要将改良中国社会的重任放在肩上，那是不自量的。

野心的军阀，以为别人全有死，我必永远不死。他人全有失败的日子，唯独我没有失败的时候。摩登女子，以为别人全有老，我必永远不老。他人全有不受人爱的日子，唯独我决没有不受人爱的时候，岂知在他们骄满自恃的期间，光阴与环境就在他们的身上，做起工来。

人见了明娼与明娼寮，决没有什么批评，只认定是卖淫的人与卖淫之处罢了。假若遇到暗娼与暗门子，心里立时就要生起一种奇异的感想，必要指指点点，发些异论。假若暗娼再假充良家妇女，暗门子上再悬起一块"贞节牌"，那就是自讨没趣，自增羞耻，闹成极大的笑话了。我近几年来，因受这种经验的教训，所以才不得不揭去我"假充好人"的假面具，痛痛快快地自认自供，我是一个自私自利的"动物"。

自从环境恶劣一句话，由野心的学者造出以来，为无数的青年男女，遮去了许多的罪名。然而也给无数的青年男女，增添了许多不肯上进的理由。

疯话

不祸国，不卖国，就是爱国。不骗民，不扰民，就是爱民。

有人说："中国现在所以不得安宁，是因为恶人太多，好人太少。"我说："中国现在所以不得安宁，是因为坦坦白白的真恶人太少，遮遮掩掩的假好人太多。"

所谓慈善家，并不在乎典房去地，卖儿卖女，节衣缩食，挨饿忍饥，周济穷人，一个人只要肯将他所用不了的，或所不能用的，分散于人，就是真正的慈善家。

据我所知，惯骂官僚与财主的人，多是愿做官而做不成与想发财而发不了的人。

以前我中国用人，是先付工资，然后上工做事。自从染了欧化，一班新派的人用人，是先上工做事，到月底或下月初，再付工资。这种恶例一开，与用人的人，固然增添了许多利益，可是使被雇用的穷人，受了许多的苦恼。因为他们谋得一个位置之后，还不算有了饭碗，只是有了可以吃饭的希望，必须东挪西借，典衣卖物，维持这一个月内的生活，工资到手，须先开发利息。这种损失，只有以身为业的穷人知道。

英国格言说"贪财是万恶之源"。我再补充一句"说谎是万罪之始"。

在国政已入轨道之后，书呆子可以有出路。在国政未入轨道之前，只有"书混子"能够寻出路。那似呆不呆，似混不混的人，无论在政治上轨道与否，只能到处碰钉子。

现今最可忧的是，多数的学子，入了小学，便自命为贤人。入了中学，便自视为圣人。入了大学，便自居为神人。留洋回来，便自以为是加料的神人，他们超凡的程度，既然一天比一天高，所以与社会的隔膜，一天比一天大。一旦置身社会，便觉两不相容，非常苦闷，因为社会是以凡人组成的！

现在救中国，不必骂中国的古人，也不必捧外国的新人；独一无二的好法子，就是人人要反照自己的天良。天良就是一个能使自己现原形的照妖镜，人人每日肯自照几遍，中国决不能亡，帝国主义也就不打自倒。

孝亲是报本，爱国也是报本，所以不孝之子，决不能真爱国。不爱国的人，也决不能真孝亲。

有人问我："有一种新青年，凡事要随着新潮，为什么还要向腐化的爸爸要钱？为什么还吃腐化的爸爸的饭？"我说："花爸爸的钱，吃爸爸的饭，是爸爸的义务。追随新潮流，是他们的使命。并且爸爸当初也是吃他的爸爸，花他的爸爸。旧潮流是如此，新潮流虽新，也不能例外。"

口强心弱的人，一生不能发达，并且要招了许多的烦恼。口强心弱的国，永世不能盛兴，并且必造出许多的国耻。

每七日休息一日，原是基督教传下来的习俗，教徒用这一天，作为礼拜上帝、休养疲乏的日子。在欧美各国，虽未必人人视为圣日，他们也多是利用这一天作正当的消遣，以便恢复六日来已经劳累的精神。休息一日之后，再奋力办理正当的职务，足可补足一日休息所耗去的光阴。我国自从采用星期例假之后，反给多数的人，造成放纵的机会。所以我常对学生们说："一到星期六，你们的功课就糊糊涂涂，因为真魂，已经走了。每到星期一，你们的精神，必昏昏沉沉，因为真魂，还未回来。"

爱国心，是国民对国应尽的本分。爱国的行为，是如同

疯话

· 17 ·

国民对国应纳的一种赋税。既是本分，则不要视同一种功勋，而向人自夸。既同赋税，要当由自己牺牲，不可"拿野猪还愿"或从中取利。

"量入为出"四字，不但是居家之道，也是治国之法。

俗语说："王子犯法与庶民同罪"是真平等。孔子说："己所不欲，勿施与人"是真自由。因为在法律上平等才是真正的平等。自己的举动，不扰及别人的安宁，才是真正的自由。

律师是保护人权，替人办理的。然而自有律师以来，无钱的人，更无理可办了。

我不知什么是善恶，我只知与人有益就是善，与人有害就是恶。利于多数的人，就是善。只利于少数的人，就是恶。

我见阔人讣文内所附的"哀启"或"行状"，我就为我国痛哭流涕。因为死去的，全是天上少有、地上无双的好男女。这种好人既是全都死了，中国焉得不大糟特糟？

对公则敷衍，对私则认真；对内则张牙舞爪，对外则俯首帖耳，是古时中国人的大毛病，也是现今中国人的大缺点。老年人，向下看，想已过的。青年人向上看，想未来的。幼年人，向各方看，什么也不想。

文人的书案与美人的妆台，是世上两种最可怕的东西。因为世间的不安，多是由这两件物上造的因。

大城市虽是文化的中心，也是种种罪孽的制造厂。就以北平而论，玉泉山的水，流入北平以前是清澈无味的。由北平流出之后，就变成混浊腥臭的了。乡里人入北平，也是如此。正如墨子所说染丝的比方，"所入者变，其色亦变"。所以我不止以日本夺我四省为虑，我独以乡间的好男女，因避寇而逃入城市为忧。日本的武力，可以用武力驱除，乡民所染的恶习，几代也不易去净。

古人说："入山唯恐不深，入林唯恐不密。"古人还有深山可隐，密林可藏。自民国二十余年以来，我中国经一些不学无术的军阀，闹得民穷财尽遍地皆匪，山中有贼林中有盗。不但小民无法山居林处，甚至他们那些要人，若想山居几日，也非带几营卫队，不得安生。城市中，又经一些阴毒洋化的学者，闹得乌烟瘴气道德消亡人伦破产。不但良民无法修身齐家，甚至他们那些志士，若想宁静几天，也非维持一班爪牙不得稳固。归终，是害人害己，杀人自杀，彼此同陷于焦灼忧惧之中。若想随处可居，四民乐业，只怕今生无望了。

人的名字，不过是一个区别于众人的符号，固然是叫猫称狗，也与本人没有多大关系。但是既择一个名字，总当使人听了见了，不致生起不快或奇异的感想为是。可怪，有人择名，竟有用血，魂，仇，恨，冰，雪，霜，雹，耻，儿，球，剑，刀，战，胆，誓，击等字作材料的。尤可异者姓王的起名，偏多连用国字。譬如"王国仁"三字，读起来，岂不是等于"亡国人"吗？

男子的权是财，女子的权是色。男无钱，女无色，生于今日，不但没有人权，简直就算没有人格。这种不平，是随着文明而增进的。世界愈文明改良，愈没有穷小子与丑女人的活路。

不要轻视穷人，穷人虽穷，或有所不为。不要重视富人，

疯话

富人虽富，或无所不为。

现今，有钱的人，有儿女，不易教养。无钱的人，有儿女不能教养。将来无论有钱无钱，若有儿女，谁也无法教养。

现在，富人是害怕，穷人是着急，不富不穷的人是又害怕又着急。

小人发财，他那俗鄙的样子可怜。人小得势，他那骄满的样子可怕。

婊子若能自认为婊子，强盗如能自认为强盗，则天下太平。

我中国原有君臣，父子，夫妇，兄弟，朋友五伦。自从民国成立，第一伦，已被打倒了。自从非孝主义一出，第二伦，将被打倒了。自从自由离婚兴起，第三伦，快被打倒了。因有财产关系，第四伦，早就不成一伦了。自从某要人娶朋友之妻为妾，第五伦，将来也恐怕保不住了。

报纸的职责，不只是像一个"探子"，专向民众报告消息。最大的本分，是要像一个"义士"，替民众诉冤屈，代民众鸣不平。乃近二三年来，有几家报馆，对于奸诱妇女或遗弃妇女的恶徒，不但不施行攻击，且竟竭力地代为洗刷。更可恨的是将这些恶徒的罪名，强拉胡扯到"环境不良，封建遗毒，吃人礼教"之上。仿佛他们的恶劣行为，是无罪无辜的，是社会应当赞颂的，是政府应当奖励的。我真不明白是什么原因。

据近来几个报纸上的评论，仿佛处女膜是一件阻止文明进化的东西，以为若没有这种东西，男女就可以任意交通苟合。女子若以身体，随时供给男友消遣，中国就能一跃而为地球上第一强国。女子若能打倒羞耻，中国就可打倒一切帝国主义。处女膜不是中国女子独有的，也不是因中国腐化才生的，是天下各国妇女同有的，也是天生的，若因此为女子鸣不平，只有对天实行革命。

没有真正的道德，不配讲社交公开。没有嫁娶的真心，不配谈恋爱自由。

富人得穷人之力，较穷人得富人之力为多。没有富人，穷人还可以生活。没有穷人，富人立时不能动转。

普通小民的悲愤，并非因无高楼，因无汽车，因无美妾，因无银行存款。他们所以悲愤，是因为有人将他们那一点的养生之资强取了去，作为建高楼，买汽车，娶美妾，存银行之费了。欲免小民的悲愤，只有政府严惩贪污的官吏，禁绝非法的捐税。

我国出名的商店，因防止冒牌起见，多用"假充字号，男盗女娼"的咒词，警告一些无耻之徒。这八个字，虽然类似村妇骂街，可是一些冒充之辈，因恐遭了养儿做贼，养女为娼的报应，居然减少了许多假充字号的行为。足见这八个字的威权，可以超过法律的效力。

无道德的商人，假冒别人的牌号，是为谋私利。无道德的坏人，假冒人民的牌号，也是为私利。商人冒牌，不过骗一些主顾；坏人冒牌，是骗全国人民。商店对冒牌的无耻之徒，可以用"假充字号，男盗女娼"八个字作警告。那么，我们人民，对伪造民意的野心之徒，也当加以"伪造民意，男盗女娼"的警告。有人说那些要人早将报应二字，抛到九霄云外；将迷信心理，化为无影无踪。他们对明骂，还无所动心，岂能怕区区八个字的咒词呢。我说："他们虽不信'果报'，然而果报，还是如同影之随形，响之随声。你试看，自民国以来，那些假造民意的人的儿女，有几个能男良女洁的。现在的报应，比以前更速了。"

不求己而求人，不救己而救人，不知己而欲知人，不治己而欲治人，是目下中国多数青年的传染病。

中国的小民，肚量最大。否则，在今日的中国当百姓，早就当气死了。

近几年所发生的许多诱奸或遗弃案中的男主角，若在欧美，必成了社会中深恶痛绝的败类，必无人再肯同他们往来。然而在今日的中国，这些男主角，反因报纸宣传成了大名。甚至有一些摩登女子，给他们写信慰问，或躬亲跑到监狱里探望。这岂不令人莫名其妙。

我最"欢迎"帝国主义，因为世上就没有真确的帝国主义。世上若多出几个帝国主义的国家，多派几只兵舰，多遣几驾飞机，时常侵略中国的领土，中国的几个军阀东逃西窜，也就顾不得分立政府或割据一方，进行他们那爱国爱民的工作了，他们若不爱国爱民，几年之中，小百姓就可以恢复元气；小百姓一恢复元气，立刻就能安居乐业而发生卫护国土的观念。四万万人，若全有与国存亡的心，帝国主义也就不敢再将中国视为无人之境了。

中国现在所缺少的，只是任劳任怨，敢作敢为，不怕当恶人，不怕挨明骂的人。中国现在多出几个真小人，真恶人，中国的前途就有希望了。

有人问我："中国为什么总不能安宁？"我说："只因为一些要人，有福不会享，偏要生闲气。"

使小人无法生活的国，必乱。使君子不能生活的国，必亡。

专为别人打算，不为自己打算的人是浑蛋。专为自己打算，不为别人打算的人是大浑蛋。既不为自己打算又不为别人打算，一味任意而为的人，是最大的浑蛋。中国这些年的扰乱，全是这第三种人闹起来的，不但害得自己东藏西躲，家败人亡，更害得别人，心惊胆跳，无法安生。

不新奇，不能动人。不怪异，不能惊人。不能动人，不能惊人，不能享大名。不享大名，不能招集信徒。无信徒，无人代为摇旗呐喊。无人代为摇旗呐喊，成不了"学者"。成不了学者，就成不了首领。成不了首领，则不能攘人权，立大业。因此，新学说，新主义，遂层出不穷。为学者为首领的，前仆后继，人民无所适从大乱就由之而起。所以学说不可滥，主义不可多。

有人说，中国的阔人，对于拜访的人，多不愿接见，未免是自高身价，实在可恶。这种批评，实在是不体谅他们，不肯为他们设想。中国的阔人，所以不愿见客，是因为客人太不知为别人节省光阴。一些求见的人，与他们会面，多不肯直截了当，干干脆脆将来意说明，偏要先谈一些毫不相干的废话，甚至等到谈完或送至大门，才将请托的题目，半吞

疯
话

半吐地说出来。阔人本来如同名妓，又岂能为一两人去大半天的工夫。外国的名人会客，常限定谈话的时间，实在可以减去许多不必谈的客气话。

有人问我怎么才是律师，怎么才是讼棍。我说："领了凭照，就是律师。不领凭照，就是讼棍。"

君子怕理而不怕法，小人畏法而不讲理。

人人能自制，一切的法律、监狱、警察，全是无用的。人人不能自制，纵然人人讲法律，人人住监狱，人人用警察监视，也是无效的。

以中国军阀泄私愤的坚心，去报国仇，中国可以称霸于亚东。以不良的军人，对待老百姓的勇气，向外而施，东北四省，不致被日寇"拾"去。

有人说："中国现在，只有能'破坏'的人才，并无能'建设'的人才。"我说："建设固然需要人才，破坏何曾需要人才，只要狗才猪才，就能成就破坏的工作。譬如能工巧匠，费多少年的辛苦与无量的血汗造成一件东西，用一条狗或一头猪，片时之间，就能撞毁了。"

当初英国数学家及物理学家牛顿费了二十年的苦心，作成一部书的底稿，被他的爱犬碰倒了烛台，几分钟的工夫，就将那稿子变成纸灰。由此可见，古圣先贤耗费多少心血，所成的事业，片时之间就可以被一两个浑蛋，毁成一个七乱八糟。古语说"数君子成之而不足，一小人毁之而有余"就是这个道理。

我读历朝的史书，看我中国，从来所遭受异族的轻蔑，没有较"九·一八"更甚的。一时之间，失地之多，也没有如"九·一八"所失之多的。我不知将来作史的人，关于这段痛史，要如何下笔；将来读这篇痛史的人，要有什么样的批评。

非裁无用的军队，不能救有用的良民。非铲除个人的军队，不能有国家的精兵。军队的实权，若有直操之于政府，国家对外绝没有争胜的希望。

军队是为国家保疆土的，不是为司令占地盘的，军人若知为国牺牲是荣誉，是民族的英雄，为司令奋斗是耻辱，是个人的家奴，中国就有望了。

前年我在某司令部为少校处员时，某处长要调某长官，我的同事某甲对我说："我们同是某处长的人，反正我们当追随他。他到什么地方，我们也不要离开他。"我说："你不要擅用'我们'二字，往大了说，我是我中国的人。往小里说，我是我宣家的人。再往小里说，是我'宣永光'自己的人。"

秋后的蚊子与天将亮时的臭虫，咬人格外厉害。可见凶狠暴戾，正是将要灭亡的先兆。不但恶虫如此，恶人与恶国，也是这样。

以前的学者，口里不提农工，然而心中决不忍由他们身上谋利。现今的多数"学者"，口中虽竭力推崇农工，心里却是要用他们为傀儡。我敬告农民工人，凡是对能痛哭流涕而高谈救助你们的人，百人中之九十九，是以为你们的脑筋简单，对你们要施行黄鼠狼给鸡拜年的险毒手段。

自从"不战而退"与"望影而逃"改为"战略作用"与"预定计划"以来，中国再没有"败将"。自从"寡廉鲜耻"

疯
话

与"奸盗邪淫"改为"经济压迫"与"环境不良"以来，中国再没有"坏人"。

非能辨别"是、非、邪、正"，不配谈"改造"。非能"通今知古"不配谈"维新"。由之乎非眼光明了，不能别五色。非耳鼓灵敏，不能定五声。

凡事，有一利就有一害。自从交通发达，为人类往来或运输上增了许多的便利。可是在不知不觉之中，各国各地也输出并流入许多的病症与恶俗。现在，甲国独有的病症，乙国也见了；乙国独有的恶俗，甲国也有了。

弱国学强国，如同贫家学富家，如同乡下人学城市的人，必要先学了坏处。所以乡下毛孩子，一入城市读书或习业，多是先对享乐的地方注意，对消耗的恶习用心。现在，甚至许多乡下的男女学生，入大城几天，回到乡里，就主持离婚。至少也要先弄上半截"洋服"，显露显露所学的成绩。

现今有许多人，对留学生表示不满，甚至有人说他们是传播恶俗的媒介，是亡中国的先锋，这全是不肯用心详查的一偏之见。要知中国得留学生的利益也不少，如沟通文化，修整交通或发展实业，多是留学生的成绩。使中国受害的留学生，是那种家富资财的阔少爷与善能奔竟的"人情货"。他们到外国，是为混资格，并非是为求学识，目的与行为既不正大，当然学不来外国的优点。

世界上的事物，是有循环性的。所以已往的优点成了现在的劣点，昨日的缺点成了今日的美点。那么，现今所认做坏的，将来未必不视为好。今日所赞为美的，明日未必不讥为丑。能明白这种情形，才不致是古非今或是今非古。

现在多数的青年男女，全被"捉住时代"四个字或"捉住时代的轮子"七个字毁了。既然将时代看做轮子，当知轮子是会旋转的。时代的轮子，尤其是旋转得最速，你永远也追不上它，你将要捉住它的某一部分的时候，它那一部分，已经是过去了，并且它既不是稳定的，你如何能捉得住。

时代既是循环的，它的某部分转过去，必定还要绕回来。你若是有定见的好小子，你当拿定主意等着它，不必随着它的屁股跑。要知，你跑得纵然"连喘带叫"，力尽筋疲，你也不过吃它一些屁灰，反要使你发昏殆死，精神失了作用。

凡事取乎中，是应付时代与任何事物的良法。中是不偏不倚，不左倾不右斜的。非中则不能正，非正则不能稳，非稳则不能久。

现今，我国整顿一次捐税，小民的血汗，多受一份压榨，官吏的私囊，多增一份收入。目下，小民对于捐税，不求减免，只怕整顿。

整顿捐税，只在剔除中饱，严防舞弊，不在敲骨吸髓，不在竭泽而渔。砸碎了骨头吸髓，固然可以将髓吸得一滴不留，但是下次，连骨头也吸不着了。淘干了水坑拿鱼，固然可以将鱼捉得一条不剩，但是下次，连鱼子也寻不着了。

自民国成立，二十三年以来，种种捐税，增了不止四十六种。所得的结果，只是四民废业，书不能读，田不能耕，工无人用，买卖无法做。究竟捐税所得的钱，是作何开销了，据理财的人说，十分之八九，是耗于养兵。卫护国土，不能无兵。那么，东北四省为什么又让日本"白拾"了去了。看起来，捐税的十之三四，只是入了经手人的腰包；十之

疯话

七八，只是为军阀练了无数祸国扰民的家奴。

现今我民国小民，被民字骗惊了，被民字吓怕了。用民字骗民的时期，早就过去了，不时兴了。我认定，现在若有人想在中国做一番伟大的事业，最好是口中不提一个民字，民字之上，更不可再加一个爱字或救字。果能如此，人民必定箪食壶浆，表示热烈的欢迎，假若再玩弄民字的把戏，未免是自求失败。

现今中国的百姓，只求安居乐业，不贪高贵的名目。你若能使他们安居乐业，你纵然呼他们为草木小民，他们对你也是歌功颂德。你若不能使他们安居乐业，你虽然称他们为民国主人，他们也是骂你的八代祖宗。

现在的主义，如同六月里的苍蝇，一天不知要产生多少，真有些使人无法应付，闹得人头昏眼花，意乱心烦。我以为，防止苍蝇的方法，只有扫除污秽，力行清洁。防止主义的方法，只有扫除私欲，力行正心。

《礼记》上说："四十曰强而仕"。那意思是说，男子年到四十，智虑气力强盛，可以做官了。可见做官不是"奶毛"还未去净的人，所可以充数的。各国掌大权的人，也没有二十来岁的人。近几年来，不知是谁，创出一句"打倒四五六"的话。据说，四十、五十、六十的人，思想陈腐，少有勇气，必须痛加铲除，才能文明进化。然而，我以为，进化退化文明野蛮，先不必论，我敢说，中国现在所以还未真亡，就是因为四十以上的人，还未死绝。

现在中国有些人，受了某国的学说的诱惑或金钱的驱使，对贫富上下父子夫妇之间，大加挑拨，闹得贫富相仇，上下相恨，父子相嫉，夫妇相怨，已经是大乱之端。近来又挑动老少之间的感情，不知是什么心理。人类结合，才成社会。各阶级互相爱助，社会才得安全。今将各阶级挑拨离间，还大言不惭地要创造"理想社会"，岂不是南辕北辙却行求前吗。

《国语·齐语》上说："老者之智，少者之决。"可见老少各有优点，各有缺点。国家用人，理当老少兼用，以收互相辅助之益。

仿学皮毛的洋化，附和外国的新学说，不是救国之道。真正的救国之道，是"存天理，去人欲，守范围，尽本分"。

人失了自信力不能为人，国失了自信力不能立国。

"誓死"与"牺牲"不是可以轻于出口的，不是可以玩笑的。不肯舍命，不配妄谈誓死。不肯舍己，不配说牺牲。现今中国人，所以滥用这四个字的原因，是出于不了解这四个字的重大意义。

去年说"誓死不弃防地的人"，现今多在一边养尊处优，作威作福。去年说"为国牺牲的人"，现今多在一边安享富贵，倚翠偎红。可见，所谓誓死者，是让别人誓死。牺牲者，是使别人牺牲。这种言不顾行的人愈多，国耻愈大，国亡愈速。假若自问，没有这种决心，最好是免开尊口，几个人丢脸事小，全中国人随着丢人事大。

中国现今，圣人太多，凡人太少。先生太多，学生太少。好人太多，坏人太少。忧国忧民的人太多，自私自利的人太少。誓死救国的人太多，拼命搂钱的人太少。因为太少，所以将国闹得似亡不亡，将民闹得似活不活。

痒的滋味比疼还难受。今日我国的现状，不是疼，只

疯话

是痒。

野心的学者，求名求利，政客军阀，争权夺利，都是利用人人总"希望将来比现在还好"的希望，所以就用种种理想的学说与等等的甜言蜜语，欺哄愚民，谋求将来的幸福。其实，他们所造的学说与所发的言论，更没有好的结果，反使坏人，多存侥幸的心理，不但不能为善，还要引动杀机。

前年我的母校，开六十周年纪念会，我送上一块幛子，幛文用孟子说的"正人心，息邪说"。现在我国正可用这六个字为救国方针。假若人心不正，邪说不息，我国亡国灭种之祸，恐怕就在眼前。

我所最感觉痛苦的是，对政军二界，有话不敢说。对教育界，有话不忍说。对青年男女，有话不便说。对我自己的坏处，有话不肯说。

现今若要救国，须从实处着脚，由稳处下手。不是空空洞洞地开会、念佛能够安邦对敌的。若会议可以成功，念佛可以济事，南宋可以不亡，梁武帝可以保命。

轻视自己家族的人，决不是好子弟。轻视自己本国的人，决不是好国民。敬爱家族，才能兴家。尊崇本国，始可救国。

爱国，须先重国文，说国语，穿国服，用国货，依国俗，遵国法。

慈善是人类最高超的美德，然而害于一些"慈善虫子"。爱国是国民最高超的义务，然而坏于一些"爱国虫子"。教育是国家最清高的事业，然而毁于一些"教育虫子"。所谓虫子者，是因它们生长于某种物体中，以物体为主，而反大有害于物体。任何物体中，一有它们，只有日趋腐烂而已。

凡是甜香或多油水的东西，最容易生虫子。凡名美利厚的事业，最容易引小人。慈善，爱国，教育，原是有名无利的，而我国人办起来，就能名利兼收，何怪贪名图利之辈，呼朋引类，独霸包办呢。

我虽无半间房产租房居住，我最好种树栽花。但因生虫之故，去年我竟忍心砍倒三棵树，拔了许多花。我以为，凡培植什么东西，若无除虫之法，莫如根本不要，以免给虫子们造饭吃。

君子不得志，道德治化的盛事，不能推行。小人不得志，祸国殃民的手段，不能实现。

国家以社会为基础，社会以道德为基础，道德以人伦为基础，人伦以人格为基础，人格以良心为基础。

自从民国成立二十三年以来，只有一些骗子们，大行其道。官民互骗，长幼互骗，男女互骗，上下互骗。非骗不能升官发财，非骗不能扬名固位，几乎非骗不配称为民国的国民。一国之内，成了上下彼此互相行骗的局势。这种的国，若能幸存，不但不合天理，且不合人情。

世上若没有信谎话的人，就没有说谎话的人。正如世上若没有嫖客，世上就没有妓女。我中国若欲灭亡则已，否则，人人须先不听谎话。

近几年来，邪说流行，以致多数人格破产，使中国进了亡国灭种的途径。补救的法子，据一些有知识的人说"只有提倡道德"，又据一些人说"道德不是短促的时间所能养成的，实在是缓不济急"。据我的鄙见，道德并不是像什么高深的学理。良心就是道德的根源，一举一动，一言一行，能不背良

疯话

心，就是合乎道德。提倡道德的秘诀，就是靠赖一些高居民上的要人先不要做忤逆良心事。

自从有帝国主义这个名词，我中国的文官武将，无论如何倒行逆施，可以推为无过。自从有"环境不良"这题目，青年男女，无论如何狂荡暴弃，也能够有理可说。

欲骂帝国主义，先要痛骂利己主义。中国人的利义不除，帝国主义不招就来。

有人说："你不搂钱，别人也是搂。有钱的王八大三辈，有钱的人，到处受欢迎。不搂是自愿受罪，不搂是大傻瓜，何苦不搂。"我说："中国就坏在这班彻底的明白人身上了。"

近三四年来，我中国人，对于勉为其难四个字，发明一句新话：跳火坑。据我看，多数跳火坑志士，全已腰金衣紫，名显利达。我以为不如将"跳火坑"三字，改为"跳金窖"。如此，则名正言顺，且可免去许多的讥评。

复兴农村，急切的办法，就是剿除零星的土匪，减免繁苛的捐税，将驻在各乡镇的军队，调往边远的防区，永不使他们接近人民。其次，就是严禁烟赌与一切含有诱惑性的娱乐。

复兴农村，须先使农民可以有法活着，有法可以喘气。

复兴农村，先不可干涉农民的不关国政的习俗。要宽以时日，不可急于求效；要和平劝导，不可雷厉风行。须知官发一分威，吏发千分横，民受万分气。至于提倡天足，要专对新缠足的小女孩注意，不可对已缠成的老婆用心。否则，不是拯救妇女，简直是给官吏造成敲诈的机会。

害中国的，不是无知识的农工商，乃是一些有知识的官吏与读书人。政府与报馆，若欲挽救中国的危亡，须先由教化指导上中两阶级的人入手。这两类人若不好，农工商，万不能好。

我只见小饭馆生意兴隆座客常满，这大约是因为中国人全想开了。反正，生在这个有朝无夕的时代，"吃一口是赚的"。

"契约、规则、法律"全是本着公意而定的共同遵守的条件，这三样的范围与尊严，一样比一样大。只要有两人合作一件事，必须有契约。一团体合作一件事，必须有规则。全国之人，虽行业不同，也不过如同分工合作一件事，所以必须有法律。那么，这三样既不是可以由私意而定的，也不能由私意而变更，更不能由私意而破坏。

买卖能否兴隆，专靠货品是否精良。俗语说："人叫人，千声不语；货叫人，点首就来。"只有本着"货真价实，童叟无欺"八个字的老套子做出，自能招来主顾。用不着减价、赠彩、宣传、鼓吹。更用不着修饰门面，搭花牌楼。北平某老药铺，永远不喊牺牲血本，永不改造门面。然而买主永是拥挤不断，究竟是因为什么？

有人说现在宣传的效力最大，无论做买卖，办政治，倡主意（义），讲学说，以及一切事业，全仗宣传，才能引人注意。我说："宣传须以事实为本，若没有良好的事实，徒靠巧妙的宣传，虽能引动一时的人心，终究必要露出马脚，较不宣不传的损害尤大，因为受骗只一回。"

现今平津的商店——尤其是绸布铺——也学上海的商店的恶习，离开做买卖的规矩：不重内容，专讲外表；不求实际，专赶虚伪。现在，竟由"减价"而进化到"白送元宝，

疯话

牺牲血本，含泪减价，忍疼牺牲"等的奇异宣传。将来还不知要发出什么惊心动魄的吸引顾客之法。负管理之责的，应从速干涉，以免多出笑话。

俗语说："精明不过买卖人。"可见为商，不是糊涂人可以干，他们既不糊涂，焉肯做赔本的生意。不要看"老尺加二"，"买一尺送一尺"。要知俗语所说的"扁担量布，价上取齐"是句至理名言。

不但商店所说的"白送"是胡说，甚至"折扣"也是谎话。新张减价，也是不可靠。去年，我到一家新开张大减价的铺子，买一双一元二角打八折的手套，同日又到一家永不减价的老商店买东西，见着同样牌号一丝不差的手套，仅售八角，我因一贪，多耗一角六分。事情虽小，也是一个警教。

俗语说："从南京到北京，买主不如卖主精。"又说："会买的不如会卖的。"你买东西不要打算占便宜，要知不上当，就是便宜。不要因某商店悬灯结彩，唱留声机，雇人化装游街，耍狮子，抓彩，赠奖券，就是牺牲血本的表示。要知那种种的开销，全在由照顾者担负。

商店除非决心关张歇业，决不能甘心赔着本向外卖，纵或真赔本出卖，也是"便宜不出当行"，当行就是同行的人。若真将便宜让给外行的人，那就是不重同行的义气，休想在本行再活动了。

有人说："商店利用以上种种的手段，吸引顾主，是起于同业者竞争，也是一种商战的办法。"我说："货真价实是最厉害的商业竞争，物美价廉是最有效的商业战术。"

有人说："中国商人，日趋虚伪，研求骗术，是环境所迫。

因为人多是信假不信真，不得不如此，以维持一时的需要。"

我说："这还是沉不住气，不善应付环境。要知，人愈讲虚伪，你愈讲真实，终究你必得着最后胜利。不但为商是这样，为人也当如此。我以为，处在这时代，商人也当读一读《老子》，看一看兵法，以免随人乱跑，自陷绝境。"

我对某绸缎商店的东家说："你将一切宣传费，加以购货的本钱上，力求精良，少贪利息，要求细水长流，不可想'一口就吃成一个胖子'，然后再竖起一个招牌，写明'顾主不糊涂，小号不疯狂，所以永不减价，决不白送。不赚钱不卖，赔本更不卖。怕上当的，莫进来；求便宜的，别家去'，看一看有什么结果。"

乡里的人，环境简单，诱惑力小，所以快乐多而烦恼少。城市中人因环境复杂，诱惑力大，所以快乐少而烦恼多。

城市是恶魔制造厂，是毁人炉，是使人脱离自然生活而入于机械生活的诱惑所。城市愈大，罪孽愈多。城市愈繁华，人格愈堕落。人口愈多，人心愈狠。

社会中，将人类分为阶级，只以有钱与无钱而定，并不注意于有德无德，这实在是一件可叹的事。

马桶摆在供桌上，仍是马桶。便壶放在宝座里，终是便壶。正如小人，虽居高位，到底不能去净恶味而化为君子。

我中国多数人的大毛病，据我看只有四样：一、私心太重；二、苟且图存；三、不顾公安；四、随地吐痰。

一国的法律，若只能为小民的绳索而不能为大员的羁绊，那一国只有日入于灭亡之途。我国近二三年，所发觉的几件贪污大案中的主谋者，全都逍遥法外安享幸福。何怪效尤者层出不穷，又何怪小民恨天怨地，更何怪外人讥我为无组织的国家。

在我国的扰乱，不是无衣无食贫贱之人所酿起来的，是少数既富且贵，穿不了吃不了而偏不知足不知止的浑蛋们酿起来的。

新生活运动，须先铲除一切因袭而成的旧恶习，须先打倒一切盲从而得的新毛病。

新生活运动，须先罢免一切尸位素餐的旧官僚，须先严办一切欺师灭祖的新圣人。

新生活运动，须先由官吏做起，先由官吏以身作则，认真实行。不可仅认为是等因奉此的公事，更不可将开会演说通电响应，即认为完事大吉，尤不可借题呈报许多的开支，向政府索款而增人民的负担，饱自己的私囊。

不去贪婪的恶习，不除官僚的架子，不配施行新生活运动。乘坐一九三四年 V 式汽车的官僚政客与穿着二十五元一双丝袜的太太小姐，不配高谈新生活运动。

上求实，下认真。上求贤，下修德。上好货，下贪利。上近色，下行淫。总而言之，上梁不正下梁歪。歪字就是由不正二字积起来的。

社会如同一个身体，一部分若感觉痛苦，也必要牵累全身为之不安。损人利己，仿佛是占了便宜，其实正如剜肉补疮。只看我国几个害国殃民的军阀，搅得人民不能安生，究竟他们能得到真正的逍遥快乐吗？

近几年来，有些报纸上，几乎天天有摩登妇女乘人力车打天秤（翻车）的新闻。每逢记载，必要加上"两足朝天"

或"曲线毕露"等的描写。仿佛成了公文中的等因奉此。真令人莫名其妙。男子若翻了车，是否皆"双脚踏地"或"直线深藏"。

生在这个时代，又不幸又可幸。不幸，是精神上受尽千辛万苦。可幸，是耳目间历尽千奇百怪。

守旧的人，多崇拜神佛仙鬼。维新的人，多崇拜外国政治名人。崇拜前者，就被人讥为迷信腐败。崇拜后者，就被人尊为进步文明。我以为，只要有"崇拜"的心思与行为，全含有几分奴性。大丈夫只崇拜万古不变的真"理"，决不崇拜渺茫无凭的物，更不崇拜男女合造的人。

以前的婚姻，多是成于父母之命，媒妁之言，三言两语，一纸庚帖。可是夫妻之间，也未见怎么苦恼，并且多是如胶似漆，白首偕老。现今的婚姻，多是成于亲选自择，直接商定，试而又验，立约定盟，可是也未见如何快活，并且多是你疑我防，中途化离。

以前，买卖房产，典当地亩，只凭中人说和，立定白纸一张，双方各守信用，不必经官过府。现今虽经种种手续，样样定章，条条登记，蓝图白图，也未必能准免纠葛。可见，人事纵然按科学方法，条分缕析，依合理的定章，防前虑后，只能增加纷扰而已，只能使人多研求种种应付的方法而已。

手续愈多，所生的麻烦愈多。防范的方法愈精密，作奸犯科的手术愈奇巧。

我的朋友某君，在某大学出版部，寄售几册书。算账回来，对我说："我因得了几元钱，将来我非早死几年不可。我收回了五元钱，经了三个'股'，走了几千步，着了许多急，

疯话

出了满身汗。我若再往该处寄卖书，我非得脑溢血不可。"我说："你还未到东城某大医院诊过病呢。你若前往求诊一次，你立刻就得住疯人院。因为他们那种种'合乎科学'的手续，顿时就能将你气疯。"

有求学养志的机会而偏不肯读书用功，是目下我中国多数青年的大毛病。有立名为善的机会而偏要倒行逆施，是现在我中国多数要人的致命伤。一是贪一时的逸乐，误了前途的幸福；一是求一时的私利，毁了千载的声名。这两种人的将来，只用痛悔两字，就可以包括了。

改良是个好名词，然而须在"良"字上注意。进步是个好名词，然而应在"步"字上留神。

无论什么国体，若使安分守己的良善之人无法苟活，使奸险邪恶的僭越之辈高车驷马，土地虽大，人民虽众，出产虽多，也必日趋于国亡民绝。

现今人民所求的不是高升到三十四层的天堂，而是莫再入十九层的地狱。不是想在世界强国间并驾齐驱，而是求再勿失长城内一片国土。

我用种种的方法侦察，我敢预断，现今喊嚷"环境不良"的人，将来若得着势力，所造的环境，必更加倍的不良。现今高唱"解放妇女"的人，将来若得着权威，所解放的妇女，决不是贤德的妇女。

宋朝立功最大的名将曹彬，在冬季不忍拆修墙壁，因为是恐怕伤害了里边的蛰虫。美国内战时的南军司令罗伯特·李将军行军不忍践踏田间的鸟巢。他们能对无罪无辜的小物，还有不忍加害之心，所以他们才能对真正的强敌，有争杀的勇气。因为战争的原义，就是抑强扶弱的。

去年夏天某日，我在东华门一个小饭馆吃饭，忽听外边汽车吼叫和狗哀嚎的声音，又听有人说"轧死了，轧死了"，少时进来一个凶威的军人笑着坐下。我出门一看，见一只将死的狗，还在一辆汽车的轮下压着呢，并且知道那位军人就是凶手，我转头对他说："你将车再倒开一步，那只狗或可以活了。"他怒目横眉，怪我多管闲事，及至他不得已，挪开车之后，那狗早已丧了命了。这事虽小，可以见大，在这连年内争之间，老百姓死得不如那只狗的，还不知有多少呢！

军人是国家的长城，不是私人的鹰犬。警察是民众的护卫，不是私人的家奴。前几年，某派当权之日，许多上级官长逛胡同，竟用卫兵站汽车，守窑门。他们的太太游市场，竟用军警抱孩子，携东西。这全是轻蔑军警的职责，不明白国家设立军警的意义。因为这种缘故，所以才养成不良的军队，才发生为私人战争的内乱。

据报载北平将要建立"抗日阵亡将士纪念碑"。我以为，这是自民国成立以来，最有价值，最当建立的纪念物。因为这些阵亡将士，才是真正有功于国，有功于民的英雄豪杰。至于某某军阀以前所立的阵亡将士墓或碑，不过是哄骗他们部下的傻小子们为他们卖命的诱惑物而已，不过是他损阴丧德的纪念品而已。

军人，能占领本国几省土地不算光荣，若失去本国一寸之地才是羞耻。

美国，以汽车的辆数而论，占全世界第一。可是每年被汽车撞死的人数，也占全世界第一。现在造汽车的人，仍然不止地研究速率的增加。将来人类死于汽车的，必较死于瘟

疯话

疫，刀兵，水火，疾病的，日增月添而岁加多。穷苦的小民一出门，就得预先留下遗嘱处分后事，并须在身上写姓名住址，以便家人领尸。

现在的人心，慢慢全要变成虚、浮、躁、伪、狠、险、毒，所以制造的东西，也渐渐表现出这种恶劣的现象，再求坚实耐久，是妄想了。我看拆毁北平东安门的石桥与宣武门的瓮城时，所费的力气与时间，知道古人做事全有万年的计划。

我想现在若将故宫里的三大殿拆成平地，所用的时间，比建筑九大殿的时间还要多。

拆毁若反比建筑还费力，那么，耐久不耐久，就可想而知了。

我乍到北京读书时，北京各商店并无华丽的门面与辉煌的电灯。然而内部是充实的，铺伙的穿戴简陋朴素，可是日有存蓄。现在商店的门面，只求壮观，铺伙的衣履只求漂亮，也不过是应了俗语说的"驴粪球儿，外面光"。

去年年底，有人送我十匣点心，五匣挂面，装潢美不可言，堆积一起足达三尺之高。及至打开瞻仰，点心不足一斤，并且难以入口。挂面不足四两，并且糟不可言。我对我的她说："他们全在外表上注意了。"这大概如同北平丧事所用的"饽饽桌子"，欺人骗鬼，根本就不是为吃的。

有人问我："中国近几年来，为什么愈文明进步，愈见危亡，究竟有没有补救的方法？"我说："中国所以到了这般地步，是因为一些有势力的要人与学者，合着眼，昏着心，随着洋人胡诌乱跑，跑进了泥塘。现在救亡之术，不是上前猛进，是睁开眼目，先在泥塘里，寻求一条小路。"

现在北平的当局，又要提倡举行大扫除了，真是一件可歌颂的善政。不过，我以为，定期限日的大扫除，实在不如实施天天日日的小扫除。若仅在大扫除的特点上用心，恐怕就要学了四年前，北平的清洁运动。

若欲使城市整洁，一切通衢大道，须由官吏督率清道夫勤加工作，胡同僻巷须由官吏责成各住户，每日认真扫除。若有一家门前污秽不洁，就加以严重惩罚，不可信靠自治的机关，总当由公仆（官也）时时注意。

中国人中有许多是不能自治的，非由官吏督催认真巡视，决不能有良好的效果。仅以清洁而言，庚子年，洋兵分段治理北京，连贫穷的大杂院中的小孩子，也不敢在门前开拉屎展览会。并且住户不论身份，若不将门前洒扫洁净了，就有挨打受罚的羞辱。经洋老爷管教之后，果然达到了卫生的表现。

我终以为，在我国未亡之前，由各住户将门前自加洒扫，较亡国后由洋鬼子用皮靴督催而施行清洁的运动，体面得多。

使我大感痛苦的，就是我中国多数的人不讲公德。我无论在任何城市居住，我每日必亲身将临近我的门口二三丈岗位洒扫清净了。然而常遇着街坊任意的作践，使孩子们用为厕所。我屡加劝导，他们多用"你管得着吗"一句回答。这种陋风，只有将来洋老爷可以管得着。

在中国——尤其是北平与天津——住杂院公寓旅馆，实在能使讲理的人，气破了肚皮。你正要安寝，有人就大唱二簧。你方要合眼，有人就大搓麻将。只顾他们的自由，不顾别人的安宁。他们竟认他们的举动为当然，你的干涉为非礼。至于唱小曲，泼脏水，倒炉灰，光膀子，出怪声，骂大街，还是小焉者。所以中国有一句话说："修八代，修一个好邻居。"

疯

话

愈是公众的所在，愈不能有个人的自由，更不可将放肆误认为自由。在公共的所在，任意自由就是扰乱公安，在公共的所在，任意放肆就是破坏秩序。

茶楼饭馆戏园以及一切娱乐场所，虽是寻乐开心的地点，然而不能自治，不知礼貌的人，不当容他有放肆的可能。我中国有一部分人，专以为在以上各处，扰乱公安，破坏秩序，为光宗耀祖。你若稍加规劝，他必说："我是花了钱的，碍不着你，你不配过问"。

饭馆是公共吃喝的地方，理应保持相当的安静，若高声谈笑，足能扰乱大众的神经。

在外洋各国，进入这种地点，必低声细步，无异入礼拜堂与神庙。这并非怯懦不敢自由，这正是重己敬人的君子之道。

在饭馆，高声谈笑已经是失礼的蛮行，然而还有人喊破喉咙，拼命似的猜拳，扯开嗓子歌唱。为劝酒起见，小声猜拳还不失为欢宴的一种方法。至于饭馆之内，既非舞台又非旷野，何必大显腔调高唱二簧。要知，正在你山嚷怪叫声震屋瓦之时，正是邻座皱眉蹙额掩耳心烦之候。你固然是花了钱了，别人也不是免费来吃的。

我在饭馆用饭，菜将摆上，常见邻座的饭客，在桌旁拍身上或脚上的灰尘。我将要取菜入口，邻座的饭客，竟在桌旁口吐黄痰。前后有空地方有痰盂，他们竟不肯亲劳玉趾多行几步。我每加干涉，所得的答语，总是"我也是花钱的，你管不着"。我想，中国民族道德之衰亡，多坏在"你管不着"一句话上。

在戏园剧场，喝彩鼓掌是为鼓励演员的，然而我中国有些人，竟将这种扰乱公安的举动，扩张到电影院里。我不知他是有什么目的。

开饭馆的若想生意兴隆，必须饭菜精美，价钱公道，房屋雅洁，器具整齐，伺应周到。一切设备，务要合乎卫生。不在乎刀勺乱响，山摇地动，狂喊助威。可惜北方一些饭馆，皆以为不如此，招不来财神顾客，不这样显不出生意发达。

我每逢上一次饭馆，出来之后就觉耳中尚有吵嚷的恐怖，心里许久不能定神。他们那些堂倌，每叫一个菜，必要大逞喉咙夸示嗓音。每报一次账，账房先生也必随声接喊。山嚷怪叫，惊人耳鼓，刺人神经。我遍游十几省，只在北方——尤其是平津二处——才见着这种扰人的恶例。

我虽是中国人，是北方人，我最爱吃南饭馆，吃西餐。因为无论客座多少，多么忙乱，决听不着堂倌在饭馆练嗓子，更听不着厨师用刀勺作音乐。

东安市场有一家饭馆，在开张不久我曾去探险一次，饭菜粗劣，价钱奇昂，可是以能喊叫而论，足可列全球第一。堂倌上下楼梯的声音，足可使雷公退避三舍。我对他们的掌柜说："请你们以后多在菜饭上注意，不可仅在喊叫上研究。要知发财，不是由喊叫得来的。"现在那个"喊叫传习所"早就关门大吉了。或者他们的老板，还以为是因为喊叫得未到家呢。

北平有几家饭馆，并不在饭菜上用心，反竭力搜罗嗓音洪亮，善于嚷叫的堂倌，以便声惊四座。这正与学校不在功课和体育上注意，而专门礼聘几名选手增光助威，滥出风头，是一样地离了正轨。

疯话

- 43 -

前年我的朋友某甲给我写信，介绍两位新到中国的美国人，请我招待，我请他们在东安市场某饭馆用饭。他们吃到半途，即告辞而去，说："你们中国的菜真好吃，可惜我们的耳朵受不了。"

孔子说"食不语……"他并不是说，见了饭菜就低头猛吃，连话全不肯说。他是说，不可说不当说的话，不可任意喧哗以免扰乱同座的人。外国不论，单以北平的洋饭店说，无论一个饭厅有几十桌座客，决没有高声谈笑的。并且小孩也知注重公安，保守秩序，对于吃饭的礼仪，应当牢守占化并要仿学洋化。

我中国人——尤其是阔人——对于宴会，多不肯按时出席。尤可恨者，是以为到得愈晚，愈光荣。到得愈早，愈可耻。因为自己端架子，使别人陪着耗光阴，这是何苦！现在我同朋友约定，有人约请宴会，要提前十五分钟到场，宁可候主人，不令主人候客。

十年前正在某派走运之日，某阔人在北平某外国饭店宴客，原定下午六点，九点客才到齐。客气寒暄一小时之久，然后让座。让至半个钟头，不能解决，将一座饭厅，几乎变成猪市。饭店洋老板气极，连熄了三次电灯，他们才入了轨道，闹了一个不欢而散，洋老板遂发誓，再不接待中国人。

中国固然是个礼仪之邦，但是礼仪应适可而止，并且主人应预先用红纸小条写明诸客座次，以免争执而省光阴。

西半球某国，当初曾用感化的方法，处治撞伤人物的开汽车的。将开汽车的与所撞伤的人物，关在一起，使他看一看残肢断骨的惨状，来感化他的良心。岂知释放之后，开汽车的仍不改草菅人命的恶性。可见感化之法，不是慎重人命之道。

在交通发达车辆繁多的城市，行路的人须前瞻后顾，时刻留意。横穿街道时，更要详看左右，不可低头慢行而大迈四方之步。既有行人的便路，不必在马路中，摆摆摇摇。

近几年来，常常发生军用汽车撞人毁物的消息，原因多是开车的仗赖"军用"二字，开足马力横冲狂驰。军事运输，若在战时固当以速快为是，以免迟误军机。拿破仑因他的炮车出发晚了五分钟，竟致一蹶不振。然而若在平时，为慎重民命起见，军用汽车，若缓开点也误不了军国大事，行路的小民，也就感德无涯了。

有勇将，决不能有弱兵。有贤父，决不能有逆子。有爱民的将官，决不能有扰民的士兵。正如有贞洁的婆母，决不能有卖淫的儿妇。

军人是保卫国土的，不是对国民示威的。真正的良好军人，对敌国要威如猛虎，对国民要柔若绵羊。如此，才能使敌国畏服，才能使国民爱护。

岳武穆所以能使金人破胆，背地里还称他"岳爷爷"，就是因为他专心对外，纪律严明。他所以得人民的信仰，就是因为他的兵能冻死不拆屋，饿死不掳掠。某省的军队，所以受敌人的轻蔑，受人民的恨怨，就是因为一部分的官佐士兵，反逆岳飞之道而行。

某省的军队驻在我的故乡滦县时，军中对老百姓，有一种歌："打是饺子，骂是面。不打不骂，小米饭！"军队行有行饷，驻有驻饷，百姓没有直接供给的义务。他们的长官既明征给养，他们又明扰居民。然而他们的司令，深居简出，

疯

话

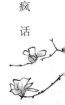

又焉能知道人民的痛苦。结果，少数的贪将劣兵得了便宜，某司令担了恶名。然而他还不知道呢！

耘田要除害苗，养马须去害马。治国治军，以至办学校，开工厂，设商店，也离不开这种原则。若将其中的坏的去了，才能保全好的，否则就要应了俗语"一木勺坏一锅"。

民国元年十月，我入武昌陆军学校充当教员。武汉一带的人民，因曾受北兵骚扰，甚至见着北方人，全有愤恨之意。湖北驻防的旗人，因平日仗势欺人之故，武昌起义时，不但将旗人杀尽诛绝，且连累一些不是旗人的北方人。那不怪武昌人无礼残酷，是因为少数的北兵与少数的旗人，种下了恶因，使无辜的北方人也受了连累。

为人与立国相同。为人只靠自己要强，不存损人利己的念头。纵然发不了大财，做不了大官，然而也受不了大穷，招不了大祸。立国只靠整理内政，不做侵略的行为，纵不能扩张领土，威镇环球，然而也不致大遭惨败，民乱国亡。

贪人不能长富，贪国不能长强；人因贪而败，国以贪而亡。

"强存弱亡"一句话，是扰乱世界的根源，是已过的世界第一大战的成因，是未来的世界第二大战的种子。

人类的不平等，是自然而然养成的，不是忽然改变的。正如高山因积土粒，深海因汇水点而成的。人既不能平山填海，也必不能使社会各阶级化为一律，更不能利用一种学说，于一时之间，除净阶级的存在。

古圣前贤用"愚公移山"持久耐烦、和平稳妥的办法，劝化世人的恶行。劝了几千年，尚未能达到"天下为公，世界大同"的边际。今人竟想施用揠苗助长，急迫躁猛，相仇互斗的手段，强使人类的阶级，于少时之间，化为相等，岂不是徒劳妄想。

人力纵能移山填海，也不过只能移只能填小一小部分，归终还是要望山流汗，望洋兴叹，空耗气力达不到目的。那么，利用"阶级斗争，混合贫富"，才能发生效力，也不过是"一部分"的，也不过是"一时"的。

劳资之间，并没有什么分界。工人若勤俭耐劳，积有盈余，也可以变成资本家。资本家若奢侈不节，怠惰放肆，也能降为工人。今日被人雇用，明日就能雇佣人，我见这种的实例很多了，所以劳、资不过是个有时间性的名词。

人人骂资本家，人人骂官僚。但是，谁不愿为资本家，谁不愿为官僚。我只望惯骂资本家，惯骂官僚的人，一旦走了运，变成资本家的时候，若能为工人想，变成官僚的日子，若能为百姓想，就不至于再招人的骂了。

劳资虽有贫富劳逸之分，实在是互做一件事。劳方出力，资方费心。劳心者获利多，劳力者获利小。无工人无资本家。无资本家，工人无工作。双方应互相谅解，和衷共济。和则两利，仇则两伤，万不可容纳第三者的诱惑而苦待工人。万不可听信第三者的挑拨而轻易罢工。要知第三者全是"管庄子"一流的人物，在两虎相斗之后，他就如愿以偿了。

我是由学校出身的，我深知学生头儿管学生，甚于校长教员。我入社会二十余年的经验，更使我知道，工头管工人，甚于资本家。妇女管妇女，甚于坏男子。二房东对房客，甚于大房东。我也当过二房东，我对于催索租金，比大房东还

疯话

不客气。可见"奴使奴，使死奴"，与英文所说"弱者之间的专制，过于强者"这两句话是至理名言。

朱熹说："肯为别人想，是第一等学问。"现在各国所以不安，中国所以不安，就是坏于不肯为别人想的人太多。

国际之间，甲国若肯为乙国想，就不能侵略乙国的领土。一家之内，父子夫妇兄弟叔侄姐妹姑嫂，若肯互相为别人（对方）想，就不能起家庭革命。社会之中，富贵贫贱老少尊卑，若肯为别人想，就不能有阶级斗争。

肯为别人想，就是《孟子》上所说"不忍之心"。不肯为别人想，就是《诗经》上说的"忍心"。不忍之心是慈祥的，忍心是狠戾的。不忍之心就是仁，忍心就是不仁；仁就是善，不仁就是恶。

英文所说的 Consideration for Others 就是"肯为别人想"。所说的 Conmiserating Mind 就是"不忍之心"。可见洋圣洋贤，也是与中国的古圣先贤，同想到一条路上去了。这种思想，若能普及人群，世上就是天堂，用不着拜神求佛，祷告天主，歌颂耶稣。自己的心，就是上天堂之路，就是入地狱之门，何必向外面去寻。

天堂与地狱两个名词，本是人造的、假定的名词，可是人也能将世界造成实在的天堂地狱。自古以来，一些君子，就是造天堂的。一些小人，就是造地狱的。自我民国成立，人民日处于刀山剑树碓捣磨研之间，就是因为造地狱的人太多。

当初乡间的人，卖去三亩田，可以造出一个秀才。现在乡间的人，卖去三亩田，不足给儿子做一身洋服。当初造的一个秀才，至不济还可以慢慢地收回三亩田。现今造出一位学匪，多是把产业也败光了，把儿子也毁了。

各国军队，屯驻防区要塞，对百姓无所需求，且竭尽保护之责。开拔调防之日，百姓也无若何感谢的表示。因为卫国卫民，是军人的天职。百姓既为国尽了纳税的义务，当然应享保护的权利。

我国的驻军，只要不加骚扰，百姓就认为是恩出格外，受宠若惊。除了制送万民伞万民旗之外，还要登报颂扬德政。这种老实可怜的实例，全球几十余国中，除中国外再也寻不出来。

在中国当老百姓，最好是不住在"用兵所必争"之地。仅以近三百年以来，只以我滦县而言，连遭吴三桂、李自成、清兵、军阀、外寇、匪军蹂躏，屡屡不得安生。但是滦县的百姓，虽在水深火热之中，仍不愿逃出龙潭虎穴之地别寻乐土，我若有养身之道，仍要转回故乡。可见居住险要之地的人民，并非不怕遭劫，只是故土难离。

各行之中，据我看唯有唱戏与教书最难，因为挑眼的观众最多，决不是可以模糊对付的。唱戏的，若是大草包还可以下降而跑龙套，充扫边。教书的，若是半瓶醋，在学校内决无滥竽充数之余地。我所以竭力要跳出教育圈子，就是因为在学校里，不易谋生。

怨天尤人是匹夫匹妇行为，自怨自艾是圣贤英杰的本色。

近两三个月中，我看人力车夫的脾气，多是大改旧日柔顺的常态，而化为凶横的现象。我详细考查，才知道是起于市面枯涩，坐车的人太少。他们劳苦终日，度牛马的生活，除去必交的"车份"之外，几乎得不着一顿饭的余资。所以

疯话

· 49 ·

因饥饿所迫，而化为暴烈。英国格言说"饥人就是凶人"。当局若欲保持和平秩序，应当速谋补救的方法。

北平一处，拉人力车的不下三四万人，以一人一家四口计算，将达十余万人之多。为防患起见，应设法减免他们的车捐，增高自用汽车的捐款，以作抵补。要知有自用汽车的人家，每月多出十几元，不过九牛一毛。穷人每月出四五十枚的捐税，就必减少一日生活的代价。捐税固然是向开车厂的主人征收，然而直接担负的还是人力车夫。我不是对有自用汽车的人有恶感，我是为他们谋稳安的享乐方法。

救济穷人，只在小惠，不在大德。只在目前的切要之图，不在高远的伟大的计划。

近几年来，一提救济贫民，就有一些聪明过度的人乱喊"设立工厂"，实在是屁话，纵然言顾其行，也不过是收容少数的贫民。最好是重征奢侈品的捐税，对米面煤油等的苛捐恶税，认真地竭力减除。

现今就北平一处说，没有一辆不纳捐的人力车，可是不纳捐的自用汽车则不知多少。正如少有不出房捐的贫民，可是常有不纳房捐的阔人。我以为，若用征人力车捐与收贫户捐的精神，转移到汽车与巨室上去，每月必可多收十几万元。

我国的汽车，行路有优先权，停放有占地权，有骂人打人（老实人）之权，在街上有警察代为开路之权，有妨碍交通之权。汽车主人愈阔，权威愈大，甚致有打骂警察（租界与交民巷的除外）之权。既享得权利多而且大，当然所纳的捐税，应重而且巨。如此才合公理，如此才可平止愤怒。

中国有些阔人，不纳捐税，并非不知应纳，也非无钱可纳。他们是以为，若纳捐税，就失了自己的面子，丧了自己的锐气，减了自己的声望，灭了自己的威风，不但见不起亲友，竟直见不起自己的太太。这种恶习，只有中国地图变了颜色之后，洋老爷可以代为除根。呜呼，中华"民"国。

前几年，我在某机关当小官僚，我的一个旧日的学生某甲，也在一起办公。某日他到我家拜访，说："先生，为什么不安电灯？买几盏电灯和几丈引线，再用一根铁丝搭在电灯线上，就行了。你若办，必无人敢管。"我说："某派的势力倒了，我怎么办呢。"他说："再取下来。"我说："取下来容易，然而再点我的煤油灯，就不合眼光了，莫如用我的老法子，终究是稳妥的。电灯公司虽是大资本家，是吸收市民膏血的，然而我没有白用的权利。"

现在的"新生活运动"，是中国再造复兴的引子，唯最要紧的第一步，是先须使百姓能够生活。百姓有生活的可能，才有心肠分别什么是新生活。欲使百姓有生活的可能，先须严办贪污的官吏，痛剿扰民的军匪，速裁无用的机关，减免害民的恶税。

旧的不一定全坏，新的不一定全好。旧的也不一定全好，新的也不一定全坏。能分辨良疯、邪正，才配谈守旧与维新。某要人所以屡起屡仆，成事不足，坏事有余，就是因为他只以为新的就是好的。

只要中国的要人，不肯自认自己担负了一部分殃国害民的责任，中国永远不能复兴。只要中国人民肯受人骗，中国前途必不堪设想。只要中国青年，自视为圣人，中国教育必根本破产。只要中国摩登妇女，误认放荡为自由，中国

人种必归灭绝。

亡中国的，不啻是洋鬼子，正是中国人。不是中国下层社会，而是中国上等社会与中等社会。尤其是一些读书识字的官僚与有名的学者，他们互争权利，互逞才能，才将中国弄毁了。

救残中国，只靠我中国人，自己寻求自己的病源，自己用自己的药品。徒靠外国人，专吃外国药，是不能"立起沉疴"的。

亡在日本人手里，是日本的顺民。亡在俄国人手里，也是俄国的顺民。反正，决不能与他们本国的人，享受同等的待遇。真正自认是中国父母生养的志士，若要救中国，绝不可求助于异族。石敬瑭骂名千古，吴三桂遗臭万年，就是最好的鉴戒。

生在这只重言不重行的时代，你或愿人呼你为善人，你就常常大骂恶人。你若愿人称你为贞女，你就常常痛詈淫妇。

现在青年人，所痛骂的人，多是将来他们所感念的人。现在青年人，所崇拜的人，多是将来他们所痛恨的人。

爱国救国的事，是富贵人的专责，不当强加在贫苦的人民身上。贫苦的人，爱命爱身还不能苟全，当然提不到"国"字。所以我不恨贫苦的小民出关谋食，我独恨一些丰衣足食的阔人，出关投伪。没有官吏剥削，小民决不致困穷。没有阔人认贼作父，国命必不能濒于危笃。

你不要骂父母腐败，你到做父母的日子，你的儿女还要骂你不合时代呢。你不要自命为新文化先锋，将来，你所生的儿女，还要骂你开倒车呢。因为现在你所认做新化的，到你过了三十岁以后，也是腐化了。

欧阳修说："士不忘身不为忠，言不逆耳不为谏。"现在，有志有胆的明达之士，纵然不避斧钺之诛，愿粉身碎骨对当权者直言劝谏。不但要触当权者的震怒，并且社会间也在说他是个疯子。假若他对国事毫不关心，终日混吃混喝麻木不仁，社会间还说他是识时务的俊杰。人情如此，国事焉得不糟。

现在我国的大患，是党干党的，官干官的，民干民的。彼此隔绝，不能串通一气，而就成三截了。

某军阀当权之日，浪耗了无数的民脂民膏，毁坏了无数的青年妇女。结果，他白白地被人诛杀，较寻常的小民，还无处诉冤，这本是为恶无不报的循环之理，然而他的母亲，竟对人哭喊着说："我儿一生，未尝为恶。天之报施太不公了。"她原是一村女乡妇，不能辨别善恶，不必深责。可惜现今，竟有一些饱受教育的人，也缺乏辨别善恶的能力，中国焉得不危不乱。

有人对我说："故宫盗宝案中的罪魁祸首，至今稳居租界逍遥法外，偷鸡盗狗之辈，反铁锁银铛坐狱蹲监。这种的不平，真令人气破肚皮。"我说："他们不过凭借一时的人情势力，得以幸逃国法，然而决不能避免千载的公论。并且他们内受良心的谴责，外受人民的痛骂。纵然苟且偷活，也没有人生的滋味了。你何必为这个不平呢？"

近几年来，北平各坛庙中的古柏，屡次发生监守自盗的恶风。我望有管理北平古柏之责的大员，对于"斩伐枯树"这一条，必须改为"不论死枯，永远不准砍伐"。否则一棵一棵的古树，全要变成枯萎了，人让人死还不为难，何况让树

疯话

死呢。若嫌枯树有碍观瞻，最好仿中央公园的办法，将枯树全作为藤萝或"爬山虎"的架子。

人说，砍伐老树之后，可以补种小树。我说，老树是经数百年的光阴养起来的。我们对于大的国土，若不能保存还有可说。假若连区区几棵老树，还不能使他们存在，未免太对不起古人了。

我大胆包办民意，替农工向要人们说："你们老爷们，只要能让我们可以苟活，我们自己就会改良我们的生活与经济。我们也知住洋楼好于住茅屋，吃西餐好于咽粗粮，喝咖啡好于吞凉水，坐汽车好于骑毛驴，穿洋装美于着粗布。我们若能有钱，也知存银行，也不愿藏炕洞。你们老爷们愈讲科学，愈升官发财。我们愈讲科学，愈典妻卖子。由着我们的不科学，我们还可以丰衣足食。顺着你们的科学化，我们立刻魂归天国。"

我只信农工可以救国，因为他们肯低头苦干用力专心。我决不信学者能够救国，因为他们只会舞文弄墨鼓唇摇舌。

现今多数的要人，若肯将考究汽车的心，考究自己的声名，国事决不致大糟特糟。现今多数的学生，若肯将考究洋装的心，考究自己的本领，学问决不致日趋日下。

宋朝苏轼说："国家之所以存亡者，在道德之浅深，不在乎强与弱。历数之所以长短者，在风俗之厚薄，不在乎富与贫。"德国路德说："一国之盛强，不在岁入之繁多，武备之坚利，而在有教育之人特多，有品行之人迭起。"美国爱默生说："一国文化确定之标准，非其户籍之繁稀也，非其市府之大小也，亦非其出产之多寡也，乃其国人之品格耳。"英国斯迈尔说："一国之强弱，视人民之德行。"我们读这几句话，再反照我国的现状，我中国的前途，就可推想而知。

有人问我："现在我国有许多人尤其是许多青年全彻悟了，他们已认清中国所以危弱的原因，是因为外受帝国主义的侵凌，内受封建势力的压迫，与经济制度的不良。他们若有朝一日掌了大权，是否能使中国起死复生，转弱为强？"我说："他们中的大多数，也不过是悟出了一半，不能称之为彻悟。因为那一半，就是他们本身。他们若连自己还认不清楚，他们纵然大权在握，也不过徒唱高调而已。这种不知己反求诸己的恶习不能去净，中国只有走入灭亡之途。"

某青年，在某报登载一段痛哭当铺的文章，内有"当铺的老板同店员，对当当的人，横眉立目，施出资本家的面目，淫狠地压榨穷人……"他并不知，当铺颇有救人之急的好处，我是常与他们交往的。我每到无处求借之时，就用衣物同他们通融。他们既然有求必应，当然不必远接近送，当然要取三分的利息。愿者上钩，岂能认作骄横，岂能认作压榨。某青年若开了当铺，也未必对当当的人恭维奉承，也未必肯白借与人钱。并且当铺里应柜的，全是些每月挣几元钱的穷光蛋，怎配称得起资本家。真正的资本家，还是那些终日在家吃烟打牌的。店员若配称资本家，那么，肩挑贸易的小贩，也全是资本家了。

中国现在是个黑白混淆，是非颠倒，里勾外连，阴错阳差的时代。欲救这个危局，须由知识分子先定一定神，睁开两只眼，用心研究什么是黑白，什么是是非，什么是阴阳。这些若分辨不清，大可不必合着眼睛，争前猛跑乱唱高调。

疯话

在中国各处，多有开设二三百年的商店，在外国就少有这种例子。因为我国一些老商店，全是能牢守至诚无欺的老规矩；外国的商店，多是重视宣传竞赛的投机术。一个得利如同细水长流，滋田润物。一个得利仿佛山洪暴雨，不能久长。

自从"商战"二字流入中国，将我国多数商店的商业道德几乎毁灭了。不独新开的许多小商店不顾信用，甚至有些有名的老商店，也染了欺骗的恶习，专在两片皮（嘴）上研究，而不在货品上留意。

前天我由鲜鱼口西口路东，某有名的老糕点铺（姑隐其名），买了二十块玫瑰饼。店员的架子不下于法院的法官，我因抱着信仰的心，所以也不敢查看他给我包了些什么东西。到家一看，每块之上全加一层灰土的装饰，馅子坚硬的程度，至少有两星期的年龄。我虽然用了二百零八枚，可是，使我气得身上的体温增到二百零八度，我只好认定上当只一回。

所谓商战者，是与同业的商店，在货品与价格上而战。不是店员们大端架子，使顾客见了，吓出一身冷汗。也不是店员们善用花言巧语，哄骗买主，将坏货强充好货卖出去。

买卖人，固然应当先练成一片好嘴，但是更要预备一些好货。端大架子，固然不是生意规矩，假若能像北平同仁堂，货真价实，也能招进买主。买主虽不愿看冰冷骄慢的面目，然而为购货要紧，也能忍气吞声。假若货既不良，架子又大，买主当然望而生畏，不敢登门。

俗语说"和气生财"。做生意的人，当知生意二字是活泼亲切，使人喜欢照顾的意思。假若使买主入门，如同进了阎王殿，谁有勇气瞻仰一些鬼脸呢？

有些商店的货品并不精良，可是男女顾客往来不绝。他们那些主顾，所以肯去上当受骗，就是因为店员和蔼可亲。他们那种远接近送，敬烟捧茶的情形，能使买主甘愿上钩。假若他们再能货真价实，更必财源茂盛。

顾客花一分钱，要买一分货，当然要挑剔挑选。这并非要占便宜，多是恐怕吃亏。因为顾客若不是血迷心窍，也必知道无论如何精明，决斗不过做生意的人。店员遇着这种顾客，要竭力耐烦忍气，要知能将货卖出去，才是好手。能吵嘴、善打架的店员，确是买卖人中的败类。

在日本，商人最以谦和为主。顾客挑选半天，纵然一物不买，他们也能和声柔气地鞠躬施礼，送到门前，这样态度，能使顾客感发良心，不忍不照顾他们。

最可恨的是有些店员，专对顾客的衣饰与性别注意。要知俗语说"包子有肉不在褶儿上"，穿着好西装的，未必就是好主顾。漂亮的妇人女子，未必就是活财神。

我国当前的急务，不在追着科学的尾巴赛跑，而在设法挽回已失的人心。若仅知在物质上讨论，而不知在精神上考究，纵然将欧美的物质文明，完全搬运过来，也不过如同穷儿学富，自取速亡。并且要知，现今欧美各国因为专在物质上用心，已成骑虎之势了。我以为，凡是现今颂扬欧美物质文明的人，全是眼光太短。

青年人是喜新厌故的。野心的学者遂利用这种心理，对古的、旧的、老的、陈的大施攻击，青年人以为是得到了知己。于是乎，一唱百合，专以新的、奇的是求。这种习性日长日增，以致不但对本国古书古物，认做不可留的东西；甚至将生身父母，也视为"理应改造"的废物。

自从"劳工神圣"一句话传入我国，有些农工，就发生了误会，以为自己就成了神圣。岂知所谓"神圣"者，是指行业而言，表明劳工并不比人卑贱。自从我国有了"恋爱神圣"一名话，也被摩登男女误解了。所谓"恋爱神圣"者，是说恋爱那件事实，若在法律范围之内，不应受人干预强迫，并非男女两人一发生了恋爱，就变成了神圣。

鸟兽虫鱼，可以度独立的生活，人类是以互助而生存。当初，鲁滨孙所以能在一个孤岛上，独处几十年，也是因为先得了许多器具食物，否则，决不能支持长久。我们吃一餐饭，穿一件衣，读一本书，阅一张报，全是经几百或几千士农工商的心思才力而得的成绩。家庭社会邦国，一时一日也离不开这"四民"的合作，这四民正如一个身体的各部，全是彼此相关，互相牵连，部位虽有内外上下左右单双之别，但是并无贵贱尊卑之分，去了任何一部，身体立刻就必受了影响，不能健全。那么，一国就不当专重农工而轻士商，或专重士商而轻农工。

我常说：士农工商，各尽职责，就是救国的唯一之法。俗语说"隔行如隔山"，你是某一行的人，只可专心一志办理某一行的职务，除某一行的事务之外，全不是你所当分心干预的范围。孔子说："君子思不出其位。"你若是读书的，你就好好地埋头读书。你若是务农的，你就好好地努力耕田。你若是做工的，你就好好地低头工作。你若是为商的，你就好好地谨慎经商。行业就是轨道，火车若不遵守轨道，决无安稳的前途。士农工商若存出位之思，也决没有得意的结果。

世界上，人类虽然众多，以性别言，只有男女，以前后言，只有老少。以职业言，只有士农工商。男女不过是生理上的区分，老少不过是年龄上的不同，士农工商不过是谋生方法上的差异。既然同是人类，其间就没有尊卑的疆界。

男子不专是男子养的，女子也不专是女子生的，老年人不是生来就老，青年人也不是永久长青。士商的祖先，未必全是士商，他们的子孙也未必不改业而为农工，农工的祖先，未必全是农工，他们的子孙也未必不改业而为士商。男女老少士农工商，全是维持人类社会的一分子，谁离开谁也不能度圆满的生活。既然说是"循环互助，更相为命"。何必强分阶级，又怎可彼此排挤？可见中国古时老学究"重男轻女"的习俗是不合理，现今新圣人重幼轻老与重农工轻士商的理论是不应当。

我国古时虽有重男轻女的习俗，但并非专是对女子有意摧残，是因为女子生来就有一种制服男子的魔力。古人由种种经验阅历上考究，唯恐养成女权高于一切，才创出重男的言论，消灭女子权势，以求两性平等。在言论上虽是轻女，在事实上，男子多是甘受女子的驱策而心悦诚服。并且，愈是熟读古书，口唱重男轻女的男子，心里愈是对女子甘拜下风。虽有不重视女子的男子，然而也不过如同凤毛麟角，少见得很。

无论想用什么方法推崇男子，也不过是名义的高调。男子纵然翻十万八千个跟斗，也翻不出这"女神"的手掌。你纵然能翻出去，你的"心"还是要留在她的掌握之中，这就是天造地设一物降一物的定例。正如，你无论如何提倡"重

疯话

· 59 ·

鼠轻猫",结果,鼠还是猫的口中之食。现今,欧美虽名为提高女权,也不过是将女子推入凶险淫狠的社会,使她度那不合天性的生活,名义上虽然是提高,实际上反给她们添了无穷的苦恼,将男子爱护女子的天性,渐渐地要变成排挤与一时利用的行为。

我恨我对去伪的功夫,还未能做到万一。可幸我对不受骗的决心,已然练到了十足。我以为,世上只要不受骗的人数多起来,人类才能有真的解放与真的幸福。

我所最不愿听到的一句话,就是"为人类谋幸福"。我只要一听到耳里,一看到眼中,就仿佛要气炸了肺管。这句话并非不好,只是唱这种高调的人,据我详查,足有百分之九十九以上,全是些"口吐人言,而行为反不如禽兽"的人。现今,人类所以又受了新的专制,添了新的痛苦,全是因为上了这种"嘴甜心苦"的怪物的大当,英国格言说"白的手套,可以遮掩污秽的手指"。人类若肯爱护天然的自由,若愿保住真正的幸福,第一不可仅在白的手套上注意,要知这二十世纪,正是"骗子世纪",中外的骗子们,正在钩心斗角,施展骗人的法术呢。

有人问我:"自从前清末年,我中国几乎是每个有名的人就会说'救国救民'的话。为什么国愈救而愈危亡,民愈救而愈无生路?"我说:"国,是人立的。民,是人的别名。国与民,也必须用人救,才能转危为安,才能死而复生。那么若真想救国民,自己必得先是一个人。这初步功夫,若办不到,自己先不是'人',如何配谈救国救民的事。只会说'人'话,若可做到这种的大事,鹦鹉与猩猩,早就可以造成强盛的邦国了。"

社会间，所以多有纷扰，国际间，所以不能和平，全是因为有些人，自作聪明，不守本分。所以不守本分，所以自作聪明，全是因为利欲熏心，错将别人与别国当做愚昧可欺，以为别人或别国，决不能看出自己的诈伪，岂知国人与别国，早已看透了你的肺肝。这种"掩耳盗铃"的行为，施之于社会，则失自己的人格。施之于国际，则失自己的国誉。人失了人格，虽生而如死。国失了国誉，虽强而无威。

前年五月三十日下午两点，我在米市大街，遇着一个披发赤足的道人，唱着悲惨的调儿，向北疾走。他的年岁不过四十，满口河南土音。我只听着两句"中华到了头，家家要发愁"。我当时并未追着听个究竟，因为我向来不迷信这种歌谣。可是到了今日，我见我国的情形，又听西南的谣言，真使我心惊胆跳。在太平的日子，内战还能促短国命，何况在这危急的时候，还有什么政见的不同。固然，"安内才可以御外"，试问还有多少的时光，可容我中国再起革命？

要知以往二十余年中，军阀们"爱国爱民"的成绩，不过使国中多添了无数的坟墓。时至今日，假若还是对内就摩拳擦掌，对外则大气不出，未免是太无羞耻。我敢"包办民意"而言，我们百姓们不管你们内争的理由，是"是"是"非"，我们只求你们不可再在国内大造坟墓。

纪律为军队的灵魂，服从是军人的天职。拿破仑说："军人以勇耐守法为本，胆力尚在其次。"日本伊藤芳松说："军队之得以指挥运用者，唯赖纪律。军纪者，所以矫正群众心理之弱点，而务达其建设之目的者。"某某要人，虽可包办该

疯

话

省的政事，然而既不肯交卸兵权，根本还是军人。既为一省的军人首领，若先违抗政府，破坏军纪，叫部下如何服从？自己若先暴露弱点，如何能为一省军人的模范？军人无论有什么理由，若对政府不知尊重，无论在什么邦国，全是犯了叛逆的罪名。

现今我国的军人，是中华民国的卫士，不是一人一系的户下家奴。军人的衣食，是出自全国人民的血汗，并不是出于一人一系的私财。服从全国全民的公意，是军人的光荣。听从一人一系的指使，是军人的羞耻。时至今日若还是"为军长而战，为司令而争"，就是轻视自己的人格，就是侮辱军人的名目。若不知前思后想，不知世界大势，不顾国家现状，只听一二要人的一面之词，即认为天经地义，实在不配为二十世纪的军人。

俗语说："一子走错满盘皆输。"所以自古作战，全是行动一致，勇者不能独进，怯者不能独退。周处说："军无后继必败，不徒身亡，为国取耻。"岳飞说："勇不足恃，用兵在先定谋。"何承矩说："无虑而易敌者，必擒于人。"古时的战争，尚不可以鲁莽从事，何况今日？

自我民国成立以来，每次的内争，双方必全有理由。甲方说乙方是罪魁祸首，非打倒乙方，中国决不能好。乙方说甲方是祸首罪魁，非消灭甲方，中国决不能强。战了二十多年，争了二百多月。所谓罪魁祸首，已被打倒了许多，消灭了若干。可是我中国不但未能日盛日强，反倒大衰大弱。这个缘故，就是因为他们由甲到乙，以至于丙丁戊己庚辛壬癸……各方，全是一丘之貉。

一群娼妇婊子，自夸贞节，自报贤良，互相指骂，彼此撕扯，固然令人难分谁是谁非。其实，她们的行为，正是八两等于半斤。她们若混不起来，在私下暗吃还不敢明目张胆，一旦淫运亨通，搭班树帜，更必无所顾忌。所以娼妇甲打倒了婊子乙，或婊子乙打倒了娼妇甲，无论胜利归谁，也不过是仅能吸取金钱，布散毒菌，只能与社会有害，决不能与人群有益。我以为我国军阀的争斗，也是如此。

新闻记者，是依赖民众为生的，不是依赖政府或任何党派团体的津贴支持而存的，民众就是主人。新闻记者，能本着民众的心理发言，才配称人民的喉舌，才能得民众的信仰，新闻事业才可以永远发达。要知政府以及党派团体是时常更变的，人民是长久如一的，报纸若有党派的色彩或政治的背景，绝对站立不住。

别的职业可以存偏私的念头，唯独新闻，日日与民众会晤，万不可违反了大公的原则。新闻记者，既不是深居简出的大员，当然对人民的真正情形并不隔阂，既如此就应说人民所要说的话。

我国人民，在这二十余年之中，饱尝内争的滋味，所怕的就是这件事。现今新闻记者的任务，就是对一班军阀政匪，加以猛烈的攻击，使他们不敢为所欲为。

从来野心好乱，篡窃割据之辈，所以敢流毒造祸，倒行逆施，全是因为有人对他们摇旗呐喊，捧场帮忙。王莽若非因为有几十万人的歌颂，他决不敢进行他的奸谋。魏忠贤若非因为有人对他竭力恭维，他决不敢诛杀忠良正士。现今报纸有左右舆论的效能，若以公正为志，足可利国。若以偏私

疯话

存心，足可丧邦。在这国乱民危的时候，若为个人的关系，或左倾右靠，偏为小私用心，不为大公打算，未免愧对人民喉舌四字。

俗语说："有向东的，有向西的。"私人的事业或可以如此，唯独新闻事业，虽是私人谋生一途，然而所办的是公共事务，无所谓向东向西，只是一个向公。不能因私仇私怨而骂人，也不可因私恩私惠而捧人。

有人说："今的报，就是现今的史。"我以为，现今的报不仅是现今的史，更是将来编史的人的资料。古时编史的人，若记载得不确实，今日我们读史，就要受了欺骗。现今作报的人，若编辑得不确实，不但现今的人受了欺骗，更要骗到将来的人。所以，作史贵乎据事直书。唯据事直书的史，方算信史。唯信史，才有阅读的价值。那么报既与史的性质相同，也当以据事直书为贵。编史，须要信今传后，办报也不可违反了这个原则。

作史，是为传信于后。办报，于传信于今之外，更要传信于后。报社的记者，既负双重的责任，对于记载与言论，更当本乎事实，发乎天良，以免蒙了今人，骗了后人。

史，这个字，依篆书写，是史。是用"中"与"又"合起来的，中是正的意义，又作持讲解，表明作史的人，记事发言，须本乎中正。欧美历史的皮面上，时常书着一个手持天秤（Scale）的人，天秤是以中正公平为本。作史的人，对于所记载的，也必须本着天秤的样子来下笔。天秤若有偏左偏右的毛病，就成了无用的废物。作史的人，若有"左"倾右倾的恶习，就失了史的标准。我以为办报的人，在可能范围内，也应当将一个天秤的影子，放在心里。固然在纷乱的时代，有权有力者，是不依着天秤的。但是天秤这种东西，只要有世界，就不能铲除他的存在。所以，报社的记者，记事发言若以天秤为法则，纵然受屈于一时，终必伸张于永久。

北齐的魏收，所作的《魏书》，在当时就大遭恶评。人称他所著的魏书，为"秽史"，因为他作史专以他的爱憎为主，他对他所喜爱的人，就捧得上天，对他所憎恨的人，就骂得入地。这实在是失了史家的身份。古人说"作史要三长"，三长就是识、才、学。识，必须高超。才，必须深远。学，必须广博。最要的更须先正自己的心。报纸，既与史的性质类似，办报的人，记事发言，也当本着中正而行，不可以爱憎的私情，颠倒是非。不可受任何人的利用，混淆黑白，以免走入魏收的覆辙。

正史，固然不可不读。野史，更是不可不看。正史是官方所修或奉诏所纂的，野史是私人所暗记的。正史，因为改朝换代，历经修订的缘故，其中难免有造谣或隐讳的缺点。野史，因为作者不为权势所支配，所以内容多是诚实可靠的记录。当初，秦桧所以禁野史，所以保荐他妻兄王唤的儿子孙子，为国史修撰，就是恐怕野史或外人所撰的史，不能掩盖他那卖国的事实。我以为《机关报》就如同正史，往往因私害公，可信之处太少。私人所办的报，若无背景，就仿佛野史，往往据事直书，极少隐讳或造谣之处。

周德恭说："史者，公天下后世之是非者也。岂以一人之私，而能灭众人之公论哉？"吕祖廉说："史官，万世是非之权衡。公是公非，举天下莫之能移焉。"报，既与史的性质相

疯
话

同，也必须做到"公天下后世之是非"的标准，时时以众人之公论为依归。报社记者的任务，既与史官类似，也必须与万世是非之权衡。所是所非，不可掺入一毫党派或国人的私意。所是所非，只要不违背自己的天良就成了公是公非。因为天下虽有十七亿人之多，种族虽然差异，而天良并无不同。

天良就是公理。本着公理所发的议论，就是公论。公论中所认为是的，就是公是。所认为非的，就是公非。人类的恒情，固然捧胜不捧败，轻弱而尊强，但是这也不过是一时的蒙昧，如同时镜之上，盖了一层灰尘，只要稍加拂拭，立刻就光明如故。就以意阿之战而言，世人多与惨败的阿国大表同情，而对于胜利的意国，反不肯稍加夸赞，这就是由天良中所表示的公是公非。公是公非，既合乎天下的天良，所以具有广大无穷的威力。

外国称新闻记者，为 Uncrowned King（无冕之王）。王有生杀予夺之权，新闻记者的一字褒贬，也可关系一人的荣辱生死。王者发号施令，稍有偏私，即可祸及全国，新闻记者发言主事，稍存私见，也可祸及人群。李世民说："王者无私，故能服天下之心。"我以为，新闻记者无私，才能得人民之助，可惜在乱国里，无冕之王的笔，实在是斗不过有冕之王的权。

"言论自由"四字，是最好听的一句话。其实，更是最不易实现的一句骗人之语，并且成了我国的要人预备谋权夺位的招牌。前者，某要人向政府提出的四个要求，第三条就是主张实行言论自由。可是，在他的势力范围之地，新闻记者的言论，反大受了钳制。我敢决断，只要世界有人类，"言论自由"就没有实现的日子。究竟如何才是言论自由，我以为，只要发言的人，本着天良说话，当权的人，本着天良不加严禁，就是言论自由。只可惜，本着天良发言的平民还多，本着天良容纳的要人太少。

我的老友某甲对我说："现今的人，认假不认真，重言论，不重事实。若说良心话办合理事，反要得到傻瓜或废物的恶评，若说虚伪话办屈心事，且能得到志士或干员的美誉。生在这个是非颠倒、黑白混淆的时代，简直是不容人学好，只催人学坏。"我回答道："你还是胸无主见，只看见一时的现象，未想到将来的归结。譬如，你是一个女子，现今最摩登的女子，多以正式结婚为野蛮的遗俗，以胡滥姘居是进化的标准。那么，你就不为将来打算，而赶紧随便与人宣布同居吗？"

现今虽然是以真为假，以假为真，以虚为实，以实为虚，但是，是真的假不了，是假的真不了；实的总是实的，虚的总是虚的。真实与虚假相较，正如香与臭之比。世界上的人，既不能永远喜爱臭的，那么，香的到底还是受人欢迎。一个人，若能牢守真的实的，不被一时的好恶所牵动，至终也不能被人打倒。

颜元说："治世之民愚，愚，正其智也。乱世之民智，智，正其愚也。"国民不怀出位之思，不存非分之想，各守轨道，各尽本分。看起来，这仿佛是国民无知无觉，麻木不仁，不求进化。然而，唯独这种平静无争的生活状态，总可以达到真正国泰民安的途径。你以为他们真糊涂？其实他们是真明白。现今我国的人民，因为受了骗子们的诱惑，几乎人人全有出位之思，全有非分之想。甚至三岁的孩子，也要治国安邦，打爹骂娘。奸盗邪淫之辈，也敢大言救民救国。士农工

疯

话

商，多以低头尽职为羞耻，以高谈阔论为光荣。看起来，这仿佛是民族进化，思想高超。然而事业由此而衰，争端因此而起，你以为他们真明白，其实他们是真糊涂。

治世的人民，埋头办自己所应办的事，不存出位之思，不怀非分之想，不但因私全了公，并且不至于给大骗子们做傀儡。乱世的人民，不甘埋头办理自己所应办的事，偏存出位之思，偏怀非分之想，不但废私害了公，并且白白地给大骗子们当了牺牲品。

《皇极经世书》上说："天下将治，则人必尚行也。天下将乱，则人必尚言也。尚行，则笃实之风行焉。尚言，则诡谲之风行焉。"我中国前途的兴亡，在我国人的尚"行"或尚"言"。

《果斋日记》里说："盛世之民，不能言而能行。衰世之民，不能行而能言。"自近七八年来，我国事事退化，唯独"说话"，是天天进步，尤其是，许多要人和学者的嘴，简直成了铁唇铜舌。什么好听，他们就说什么。什么利己，他们就行什么。将字典里的好字，全用完了，将世间的坏事，全做尽了。我以为，我国的兵力微弱，还不足以亡国，可是我国的嘴力盛强，足可以覆邦。

我对某朋友说："你不必愁'出路'。现今，你只要会投机，再会说好听的话，会找正大的题目，我管保你必能名利双收。譬如，开发文化，救济农村，研究学术，发展教育，整理古物，抗敌救国等，全是最好的题目。你抓住一个题目之后，若再认识几个实人，立刻就能手到钱来，而名声大振。因为这些题目，既正大而又好听，谁也不敢反对。"

不但"学者"会抓题目，土匪也会抓题目。前者，福建西部出了一伙土匪，居然打起"救国军"三字的题目，对人民大加掳掠烧杀。他们虽被剿灭，可是为首的几个人，已经成了富翁，跑到海外去享幸福，并且还可以对人说是"因救国而遭失败"。

不但人会投机，兽也会投机。据某笔记上说，在前清咸丰末年，四川某外国教堂，势力最大，无人敢惹。某次，一家大闹狐仙，经术士作法，将狐仙收在一个瓶里，那狐仙在内大声喊叫说："我是某教堂的教友，你们若不赶快放我，我就禀告外国××，使你们吃官司。"那术士因为不敢得罪外国××，立刻就撕开封条，将狐仙放了。我虽不信鬼狐，可是这段笔记，颇有深意。

现今，有许多报纸里的言论，对于独善其身的人，大加攻击，说这种人没有功德。并且说，一个人纵然私德完备，若没有公德，也是于社会没有利益。说这句话的人，不但是忘了孟子所说那句"穷则独善其身"的"穷"字，也忘了下边那一句"达则兼善天下"的"达"字，并且不明白私德与公德是什么东西。

私德如同根本，公德如同枝叶，公德是由私德而生。若无私德，决不配讲公德。独善其身，就是讲求功德的第一步。独善其身，就是勉强做一个好人。一个人在不得志的日子若不能先做一个好人，到了得志的时候，决不能做一个好官。譬如一位姑娘，在娘家就七乱八糟，嫁到人家，也决不能循规蹈矩。

天良是人类所独有的特点。天良的有无，也就是人类与

疯

话

禽兽所不同的差别。社会由天良而成，邦国由天良而存。天良不失，民族虽弱而可以不灭。天良一去，邦国虽强而不可以长久。对外，若不讲天良，已经是亡国的先兆。对内，若不讲天良，简直是到了灭种的尽头。

我国在满清末年，多数人的天良已经是失了十之七八。自近十几年来，多数人的天良简直是树枯枝烂点滴不存，于是乎，上之对下，下之对上，彼此之间，相互之际，无不以虚伪为是，以真诚为非。只尚口，而不讲心。只趋外表，而不求内容。欧美皮毛的文明，仿学了一个十足。本国固有的精髓，早被摧残了一个罄尽。我以为一切高明的主义，以及一切的最新的科学，决不能救中国的危亡。当前的要务，是先寻找已经失去的天良。寻找天良，并不是耗财费力的事，只要肯扪心自问，天良立刻就返本还原。

六年前，我的一个穷朋友陈某，在某机关当一名小职员。每周，他必陪同一班大人先生，鞠躬三次，静默三分。我问他："你在静默的当儿，心里想什么？"他回答道："我的内人，现今病在床上，无人做饭，我每天上衙门之前，就蒸上一锅窝窝头。每逢静默三分钟的时候，我就思念我那一锅治饿的宝贝。"我说："你这人真肯说良心话。"去年我那苦朋友，竟因失业忧伤而死，家属也不知去向了。现在，天不保佑说实话的人。假若他能专发违心之言，善装虚伪之貌。或者他可以老而不死，富贵荣华。

国，是人立的。国，是人亡的。邦国兴盛是人的功勋，邦国败亡是人的罪过。邦国的危亡，决不是天意。人民的困苦，决不是劫数。说天意，是委过于天。说劫数，是推罪于命。大丈夫，凡事以人事为主，凡事只出于自己的天良，所有一切拜佛诵经祷告上帝，崇敬死的伟人，也是无济于事。反正，若不实行人力，若不改正人心，纵然释迦重生，耶稣复活，中山还阳，也是爱莫能助。现今，欧美的牧师与我国的僧道居士，求祷和平，全是耗财误事，白费光阴。我并不反对神鬼，我只是反对专靠神鬼而不尽人事。

《中庸》上说"行远自迩，登高自卑"。人必须先将近小的做到了，然后才可以谈到远大的。舍人事而谈天命，舍事实而谈玄理，舍中国而谈外洋，舍现在而谈未来，全是舍本逐末，倒行逆施。

现今，使我最莫名其妙的就是一些善男信女，多是有钱修佛像，无钱济穷民。有钱买鸟放生，无钱恤孤怜寡。尤其是一班要人，多是有钱给死的伟人铸像、修坟、立纪念堂、办纪念会，无钱为活的小民保命、救灾、开生路、立工厂，将有用之钱，耗于不急之务。并且，神佛是以救人为心，你果能尽力救人，就是替神佛行道。

现今是拜神佛的人多，学神佛的人少。拜耶稣的人多，学耶稣的人少。拜死伟人的人多，学死伟人的人少。神佛也罢，耶稣也罢，死伟人也罢，全是不愿人跪拜的偶像，是愿得人仿学的标准。你只要按照他们的遗范做人，就是他们真正的信徒。如此，不但他们喜欢你，别人也是敬重你。

见佛就下拜，遇庙则烧香，是愚夫愚妇的行为，也就是真正的迷信。所谓迷信者，是认不清而信。我常见许多村女乡妇，对佛像大磕其头，大烧其香。假若问她们所拜的是谁，是为什么烧香磕头，她们也回答不出。这种行为，不但是迷

疯
话

信，而且是盲从。不但可怜，而且可笑。

在前清朝代，某省有一个盐大使，一日出门拜客，忽然有一个妇人，向他拦舆告状。他接过状子一看，才知道那妇人是告她的丈夫宠妾灭妻。他对那妇人说："本官只管民间吃盐，不管民间吃醋。"这不过是认不清官吏的笑话。我以为，认不清神佛，就加以信奉，正和那妇人相等。

不但认不清而信是迷信，不必信而信，不当信而信，不可信而信，也是迷信。不但对神佛是如此，对死的伟人，也是如此。

放生是出于一时的不忍之心，也是我国自古就有的一种善举。善男信女，释放羁禁生物，正是仁慈的行为。然而仅可私自偶尔施行，不可定期当众买放。我常见一些善男信女，在庙中定期放生，僧道也在一旁诵经转咒。他们这种举动，不是行好，简直是造孽。

《聊斋志异》上说："有心为善，虽善不赏。无心为恶，虽恶不罚。"古语说："善欲人知，便是假善。恶恐人知，便是大恶。"我以为"定期买鸟放生"这一举动，就含着"有心为善"与"善欲人知"的心意。前者，决不能得神佛的喜悦。后者，且必得神佛的惩罚。买鸟放生，并不是为恶，所可恨的，只在"定期"而放。

定期买鸟放生，不但不是善举，而且是雀鸟的极大劫数。鸟贩一听某善士定于某日放生，必预先用力搜捕鸟类，将数十以至数百小鸟，困于一笼之中，既不喂食，又不给水。等到某善士施德行仁之日，小鸟全已疲惫不堪，放出之后，既无力远飞，又无力速跑，不是便宜了顽童，就是便宜了鹰鹞，假若巢中再有雏儿，则又不知饿死了几多。这种似行善而实为恶的行为，不但僧道不当提倡，官方也应竭力禁止。

在外国并非没有鸟贩，然而只准售卖善鸣与美观的鸟类，供人蓄养玩好，此外则禁止贩卖，以免残害生灵。我中国，尤其是平津两处，常有人成大笼售卖麻雀一类的小鸟；供人放生或是供人熏食，这实在是残忍的现象。麻雀一类的小鸟，虽有啄食谷麦的恶行，但是颇有除灭害虫的能为，有益之处多，有害之处少。善男信女，若有好生之心，最好请求官方，严禁售卖。

我对最好买鸟放生的某大善士说："你若真有为小鸟谋解放的心，莫如收买鹰鹞，将他们煮熟了或熏透了，散给饥民。因为鹰鹞是专能杀害小禽小兽的恶物，你若能除恶，也就是行善。"

买鸟放生的善士愈多，捕鸟售卖的小贩愈众。这种举动不是为善，正是奖恶。在前几十年，欧洲的慈善家，最喜欢周济残废的乞丐，于是就有许多乞丐，或懒惰之辈，故意打断了手脚，以谋不劳而得的生活。甚至有这等恶人，专门诱拐人家的小儿女，用人工将他们做成残废，使他们眼瞎口哑折臂足断，以便更能引动慈善家的心（这种惨无人道的恶行，以前我中国也有）。以后各国察觉这种秘密，就将残废的乞丐收养起来，不准他们沿街乞讨。于是这种骗人行善的恶丐，缘由根本铲除了。所以我认定买鸟放生也不是真正行善的方法。

最好的善行，是不给恶人或骗子造机会。许多善士，只是以尽了当时的心愿为主，并不留心查考以后的结局，且不注意自己一时的善行，是否要发生不良的影响。善士们若欲

疯话

· 73 ·

不白白地给"慈善虫子"进贡，最好是自己秘密地施行善举。否则，不可仅以尽了心愿为止，更当详查穷苦的人，是否得到实惠。

俗语说："救得了急，救不了穷。"我们只可周济人的一时之急，不可周济人的永久之穷。济一时之急，如同从坑边救人，用一臂之力，可以将他拉上岸。济永久之穷，正如《论语》上所说的从井中救人。所以，欧美的人，多肯周济乍一落难的穷人，而不肯施舍给职业的乞丐。所谓职业的乞丐，是身无残疾，专以乞讨为生的人，对这种人若一味施舍，不但养他的惰性，且恐误了他的前途。古今中外，有许多乞丐，因受人的激刺，努力要强，而成了名将伟人。

我在山东、河南、湖南等省的名山之上，看见许多以乞讨为生的职业乞丐，他们各据一段地盘，甚至搭盖小房，终日跪在山路一旁，向香客狂呼乱喊。不但以乞讨为职业，且以乞讨为世袭。这种人中，实在埋没了无数的人才，而养成寡廉鲜耻依人为生的天性。不但香客不应施舍，官方也当向香客酌收香捐，设立工厂，使那些"寄生虫"习学一点正当的职业。

东城有一个半瞎的乞丐，已经讨饭多年。去年，我忽然听不到他那"老爷太太"的哀号了，可是我又常听一个小贩的声音，和那乞丐的韵调如同出于一个琴谱。我出门探查，才知道他已改了行业，贩卖糖果花生，他的面色较前光润，衣服也见整齐了。像这种乞丐，决不是自暴自弃的人，我以为好运就在他的前边，焉知他将来不能由一个小贩，而变成一个富商。

自从民国九年，我由京北清河镇，迁入城内之后，屡屡有人到我门口，向我"化棺材钱"。据说，某某人死后，无钱装殓，全家挨饿，说的那种苦况，真使人闻之心酸，听之落泪。最初几次，我曾资助一点，以后我见向我化棺材钱的，总是那一个人，不过他所带的孝子孝女或孝妇，随时更换罢了。我对他说："你真是一位大慈善家，不过，这样替人沿门告帮也不容易凑棺材钱，我同你到丧家先查看一次，我再向施棺材的善士，为死人领一口棺木。"我竭力要去，他竭力阻拦。我不过是假意试探，他竟信以为实。于是向我哀告道："无君子不养小人，您何必对我们认真。"说完，抱头鼠窜而去。我对看热闹的说：有钱可以喂狗，决不可以给骗子。

前年，我接到某青年一封告帮并求应事的信，内容详说他如何爱国，如何爱民，如何为国奋斗，如何受了环境的压迫，如何努力的上进，如何被困在故都。我照内开的住址将他找着。我见他全身西服，满脸绿气，手指焦黄，桌边烟头与痰沫甚多，及至接谈之下，他又向我大表功德。我本来痛恨中国人穿洋装，更恨他那怨天尤人的言语。于是对他说："我并无力济人，更无处为人谋事。我们素昧平生，纵然遇事，也不敢贸然推荐。我没有钱，也不能帮助你吸抽毒品。"我自从那次受骗之后，凡遇告帮求事的信，一概置之不理。不是我毫无仁心，我只是不鼓励骗子。

前几天，一位美国朋友曾对我说："现今的世界是个Crazy world（狂妄的世界）。"我回答道："我很以你这话为然。不过，各国的小民并不狂妄。犯狂妄的，只是各国的一些要人与学者。他们若不狂妄，他们对于政治与学术，决不舍近求远；决不能倒行逆施；决不能牺牲眼前的民命，而求未来

疯话

的幸福；决不能蔑弃前人万古不易的成规，而考究今人随时改变的空理。并且，若论他们的原心，也并不狂妄，只是要假借这种狂妄的行为，谋权攘利。小民因不肯狂妄而倒霉，他们因善于狂妄而得势。"

人生最大的愚昧，是对于眼前所能看得见的本分不尽力，而对于将来未必靠得住的幸福苦用心。这种毛病，现今全球各国的人，尤其我国的要人与青年，多已受了传染。于是乎，一些要人，眼见无数的小民饥馑而不肯立施救济，许多青年，对自己应习求的学业而肯于迁延敷衍。结果，不但当前的要务未办得好，未来的计划也谋不成。所以，我常向学生们说："做你们眼前所当做的，将来才能得到你们所愿得的。"

有些因循畏缩的人，反自以为是老成持重。有些鲁莽浮躁的人，反自以为是奋发有为。前一种人，为患尚少。后一种人，造祸无穷。从来误国殃民之罪，全是由这两种人所做出来的，我中国现今所以国乱民穷，尤其是受了这后一种人害。并且，持重须先能辨轻重，有为须先能考是非，持所当持，为所应为，才是合乎为人处世与救国救民之道。

我看见一位青年所作的文，只要其中有"在这残酷无情的世界里"、"在这组织不健全的现社会中"等恨天怨地的话，我就可预断他将来必是个决无成就的废才。这种人，只可给军阀、买办、银行家、大财主去当子孙，坐享幸福。因为真有志气的人，只知刻苦自励，努力自修，决无闲暇在"社会"或"环境"上找毛病，费心思。

我常细想新圣人们，所以提倡"责人"的邪说，正是因为他们看出人类，尤其是青年人的弱点。他们为迎合人心起见，所以故意将种种罪过，向环境或社会上推卸。这种"将自己认做无过"的邪说，入于人心之后，人就认他们为知己，拥他们为圣人，并且承认他们为改良环境、改造社会的领袖。于是乎，也成了，利也有了。其实，他们并非真有救世爱人之心，不过是利用傻小子们，做他们那"登墙、爬房"的梯子。

《果斋日记》上说"子弟无专长，便是家之累。亦是国之累"。我常对学生说："先不必高谈救国救民的大事，先要将自己养成一个真有实在本领的好儿子好国民。"

现今多数的青年，对于自由平等，愿按新式的；对于依赖父兄，愿守旧式的。

军人所以可贵，在能阻止外洋武力侵略。学者所以可敬，在能传布本国固有的文化。

对活人，万不可捧他过甚，因为不知他将来还要变一个什么东西。对死人，还可以说几句好话，因为他已然失去了为恶的能力。

现今，在街上挽着"爱人"出风头的青年，百分之九十全是将来在僻巷里抱着"瓦盆"哭号叫喊的乞丐。

马克·奥佛尔说："若将扯谎的人全都禁锢起来，世界顿时就清静了。"他这话的意思，就是说"世界上少有说实话的人，世界上所以热闹，只是因为互相用言语骗人"。我以为，古今各国的学者和伟人，尤其是善于说谎者，他们的名与利全是因为不说实话而得到的成绩。可幸上天生人，仅使每个人长了一张嘴，否则，世界还不知要热闹到什么景象。

天下决没有废物立足之地，决没有闲饭养闲人。纵然某种主义成功之后，人人就有幸福可享，而所谓人人者，也是

疯话

指着有用的人人而言。你若一无所长，无论什么主义成功，也是与你毫无利益。有志之士，决不在任何主义上费精神，只有在学问与事业上尽心力。近几年来，有许多青年，高谈各种主义而不肯专心一致的求学习艺，实在是自寻苦恼的政策。

现今有一句最摩登的话，就是"有竞争，才有进步"。这句话，也能益世，也能乱世。人若能在学识上不肯让人，就能与世有益。人若在权势利禄上不甘落后，就必与世有害。因为在学识道德上竞争，并不妨碍别人。在权势利禄上竞争，别人必将受了损害。你如何损害别人，别人也必设法对待。一还一报，两败俱伤，岂能说是进步？依我看，现在所讲的竞争，全是向死途里猛进的竞争，不但不能进步，且必同归于尽。

报纸，固然可以称为民众的喉舌，固然可以称为代表民意的东西。但是任何报社也不能说，我这报是"民众喉舌"，我这报是"代表民意的东西"。因为民众这个名词，是指全国的人民而言，民意这个名词包含全国人民之意。苟有一毫偏私的念头，牵涉私利、私图、私恩、私仇、私愤、私怨，就不可滥用民众或民意作为题材。

一个报社的编辑，学识无论如何高超，观察无论如何通透，也不配说他的言论就是民意，他的批评就能代表民众。一个编辑，既不能以私意为民意，以自己为民众，那么，也不可以少数人之意为民意，也不可以少数的人为民众。所以一个编辑，每逢要写到"民众"或"民意"的当儿，必须详加考虑，自问天良。否则，就是包办民众，包办民意。

办报的人，若犯了包办民众或包办民意的罪恶，无论靠山如何高大，无论资本如何充足，也决不能支持长久。因为民众就是一个大公，民意就是一个天理。包办民众，就是违背大公，包办民意，即是拗逆天理。天理与大公，岂是可以任意假借的！若是可以随便假借，某某总统，何致贻议千载，某某军阀，何致身死名辱。以威风凛凛的总统，以杀气腾腾的军阀，还以包办民众，包办民意而遭失败，手无寸铁的办报的人，更不应擅违大公，妄逆天理。

孔子说："众恶之，必察焉。众好之，必察焉。"人，若想做一个真正的人，必不可模模糊糊地与众人同好恶。报，若想做一个公平的报，必不可模模糊糊地与众报同好恶。要知，众人或众报所排斥的人，未必不是一个媚世谐俗，欺人惑众的大骗子。

有人说，这二十世纪是进化最速的时代。依我看这二十世纪，正是一个骗术最精的时代。以前的骗子，只能骗个人骗社会。现今的骗子，专能骗民族骗天下。

以前的小骗子用诡计用诈术，现今的大骗子用主义用学说。以前的小骗子，只能使人倾家荡产。现今的大骗子，专能使国亡民奴。以前的小骗子，骗了人之后，被骗的人，还能切齿咬牙，谋图报复，将骗子送至官衙，治以应得之罪。现今的大骗子，骗了人之后，被骗的人，还要心服口服，甘愿牺牲，将骗子尊为圣贤，敬以非常之礼。

以前的小骗子死了，人全说除了一害。现今的大骗子死了，人反说是典型犹存。世人既以受骗子的玩弄为文明进化，骗子就层出不穷，骗术乃日新月异。大骗子前引，小骗子踵接，八仙过海，各显神通。于是乎全人类全世界，就笼罩于骗术的迷雾之中，没有天光可见了。

办报的人，或一党一派的人，若捧某一个伟人、要人、名人、诗人、作家或文学家，万不可凭自己的或一党一派一系的私见，将他捧到三十四层天以上。万不可说他是前无古人，后无来者的人物。尤其是不可将全国的或全世界的等形容词，任意强拉硬扯，加在所捧的人身上。要知道这种包办民意的恶习，不但不能给所捧的人特别增光，简直是给所捧的人格外招骂。

我中国在这二十九年里，所以国乱民贫，现今各地所以民不聊生，全是坏于极少数的人，背逆天良，欺人骗世，以私心私念，施行包办民意的政策。这包办民意的骗子们，若得了势力，小则骗社会，大则骗国家骗世界。这包办的流毒，若不能洗除，世上决没有太平的日子。若想不用武力而去净包办的政策，最好是将他们一班骗子们所说的包办的话，认做鸡鸣犬吠，由着他们胡喊，我们小民，偏不听他们那一套。

有权势的人，可以不顾声名，掩耳盗铃，障目捕雀，包办民众，包办民意。办报的人，即操言论之责，万不可对"民众、民意"等字，强拉硬拉，模模糊糊。譬如，若说"某处的全体民众，欢迎某某要人"，"某处的全体民众赞成某种团体"，办报的人，必须身临其境，亲见某处多数的人民，真有这种举动，才可用"民众"二字；必须人人参加，一个不剩，才可加添"全体"二字，以为形容。

做买卖，为销货起见，或可以张大其词。办报的，为报告消息，只可据事直书。譬如，说某要人或某学者之死，参加送殡者，若千万人，只可按执绋者的人数计算，切不可将看热闹的人，也算在其内。这样固可给死者锦上添花，但是就犯了包办民众或包办民意的罪恶。

前者，某人死了，某报竟敢说"××先生之死，实在是全中国人类的不幸，也是全世界人类的不幸。中国失去了一个这样伟大的'导师'，全中国的民众，当然也没有一个不掉泪的。也可以说，全世界的人类，没有一个不悲痛的。"这个报社，不但是以己之心，度人之心，且是以极少数人的私心，揣度极多数人的公心。不仅包办中国的民众与民意，尤其扩大那包办的范围，连全世界也敢包揽无余。我以为，这种"包办专家"实在是胆子太大，脸皮太厚。因为他如何能断定"全中国的民众没有一个不掉泪的"，他怎么能推测"全世界的人类没有一个不悲痛的"？

一个不读书认字的寻常人，无论如何善于言谈，他的话在一时之内，仅能传入几个人耳里，受影响的范围太小。他的话或善或恶，也积不了大德，也作不了大孽。唯独一位学者或一家报社，一动笔墨，一发言论，不仅在一时之间，影响百千万人的心田，并且可以传遗到天下后世，受感应的范围太大。若持论公正，就能为人群生无穷的福利，若发言偏邪，即可给人群造无限的罪恶。正所谓，一言兴邦，一言丧邦。学者与报社所负的责任，既然如此之大，发言立论，岂可只顾一时的私利而不详加考虑。

现今，有名的学者与有名的报社，既被人称为群众的"导师"，就当顾名思义，尽"指导"的责任。所谓"导师"者，必须自己先能辨清了方向，将群众引导着走入光明正大的坦途，万不可学瞎子引瞎子，一起行进斜曲不平的险路。所谓

疯
话

坦途，就是平平常常的直正安稳的大道。这个大道已经被我
们的先人走了几千多年，显然万无一失。所谓险路，就是奇
奇特特的右倾的捷径，这些捷径才由一二外国的学者发现，
未必妥实可靠。有名的学者也罢，有名的报社也罢，既处于
"导师"的地位，就不当自显聪明，以身试验而连累群众一同
踏入不可挽救的绝境。

群众的"导师"这个尊衔，岂是可以随便胡乱使用的。
极少数的人，认定任何一个人，是他们少数人的导师，并不
致招起反感，因为那是他们的自由。假若笼统地说某人是群
众的导师，那就是任性包办民意。包办民意，就是极大的专
制。以孔子而言，虽是中国多半数的人所尊崇的至圣，然而
因为有人主张定孔教为"国教"，还有人提出抗议。何况是极
少数的人，硬将他们所崇拜的称为"群众"的"导师"。

皈依一种宗教是一种信仰，尊崇某一个人为导师，也是
一种信仰。既是一种信仰，信与不信，仰与不仰，万不可包
办民意，强人从己，也不可心无定向，舍己从人。况且"信
仰自由"四字，是世界国家所主张的，也是我国约法所载入
的，你不能强令我信你所信仰的神，我也不能强令你尊崇我
所尊崇的人。不但用强力，使人信仰使人尊崇，是侵犯了别
人的自由，就是不得许可、承认而擅自将别人算入信徒以内，
也是违犯了民主国家的条例。耶稣教徒既不能说人人全是耶
稣的信徒，那么，极少数的人，更不应当随便乱说他们所尊
崇的某人，就是"群众"的"导师"。

王嫱那样美，还有人说她不美；黄巢那样恶，还有人说
他不恶；岳武穆那样精忠报国，还有人对他斩草除根；魏忠

贤那样险恶狠毒，还有人为他修建生祠。一时的颂扬，岂足为凭；一时的诽谤，何足为据。白玉上涂抹狗粪，不能污了玉的本质，至终仍必发现玉的光辉。狗粪上涂抹香粉，不能增了粪的价值，到底还要泄出粪的臭气。所以，知道自爱的人，绝不以自己一时的私见或随着少数人的一时之见而捧人，也不以自己一时的私见或随着少数人的一时之见而骂人。

孔子那"万世师表"的尊衔，孟子那"功不在禹下"的美誉，决不是在他们将死之后，就被人喊起来的。全是经过数千百年，经过无数人的考究，才下的断语，才成了无可反驳的定评。在孔子将死之后，孔子的门徒并没有大喊"我们的先师是万世师表"，孟子的朋友也并没有乱喊"我们的孟轲功不在禹下"。那么，现今的少数人，又何必努力呐喊，说："我们的××是中国民众的导师"，"我们的××是全世界人类的救星"。要知，现在若将他捧得太高了，捧过了火，并不是真爱他。

知道自重自爱的人，对于捧人或骂人，对于拥护或排斥一种学说（或主义），自己必先详加精细的考查、缜密的研究。不可仅看一面，而忘却了多方面。不可只顾一时，而忘了永久。不可只为一部分人着想，而不为多数的人关心，只要自己的天良认为是，虽然天下人全骂一个人，全排斥一种学说（或主义），而自己偏要捧他，偏要拥护他。只要自己的天良认为非，虽然天下全捧一个人，全拥护一种学说（或主义），而自己也偏要骂他，偏要排斥他。

现今，我国有一班知识阶级的人，因为失了分辨是非之心，遇事只以名人的言论与观察为标准，只要有几个名人捧

疯
话

· 83 ·

谁骂谁，自己也就不问是非，瞎跟着捧，乱随着骂。至于为什么捧，为什么骂，应捧不应捧，该骂不该骂，自己也是莫名其妙。不过以为捧某人的名人多，我若随着捧，我就可以被人认做是名人之一。骂某人的名人多，我若跟着骂，我也就能挤入名人之列。不但对于捧人骂人是如此，甚至对于一种学说（或主义）的迎拒，也是以名人的趋向为转移。这种人，未当不以为自己聪明绝顶，其实是昏聩已极。

迎合人的心理是发财成名的"不二法门"。做生意的，若善于迎合买主的心理，货物就能畅销。属员若善于迎合上官的心理，职位就可以超升。报纸若善于迎合阅者的心理，销路就可月增日进。著作家若善于迎合读者的心理，作品就能风行一时。专以著作家而言，处于这人欲横流、天良破产的今日，若讲道德，说仁义，不但不能发财成名，反要闹得怨声四起。假若倡人欲，导淫邪，不但可以成名发财，且必可以被人称为文坛健将。

人类中的痛苦，多是起于不知自反、自责的人。国际间的战争，全是起于不知自反、自责的国人，能自反自责，才肯为别人想。国，能自反自责，才肯为别国想。肯为别人想，就不致因为求自己的利益，而扰害别人的安宁。肯为别国想，就不致因谋己国的盛强，而破坏别国的安全。肯为别人想，别人也肯为你想。肯为别国想，别国也肯为你国想。这样才能谋到人类的真幸福，才能谋到国际的真和平。

人，决不能靠打架斗殴求生存。家，决不能靠欺邻霸里求兴旺。社会，决不能靠你排我挤谋进步。国，决不能靠你争我战求富强。人欲谋生存，必须刻苦自励。家欲谋兴旺，必须各尽职责。社会欲谋进步，必须相爱互助。国欲求富强，必须亲仁善邻。

疯

话

二　论官场

"鸿鸾禧"那出戏里的金松，本是一个乞丐头儿，然而嫁他的女儿，竟敢大言不惭地说："要陪象牙床一座，闪缎褥子闪缎被七百二十床。"他的女婿莫稽，本是一个四等乞丐，居然也敢大吹其牛说："备下凤冠一顶，白璧百双。"观戏的人，虽然知道是戏，但是也不能不加讥笑。可叹我国近四五年来，对内对外，也居然鸿鸾禧化了。戏剧中的鸿鸾禧，还可以解决了一个婚姻问题，我不知政治上的鸿鸾禧，要唱到什么结果。

人说小儿爱母是出于天性。其实母亲若不能替他解决饥食问题，他也不爱。母子尚且如此，何况当权的人与小民呢？

当初，孟子小的时候，问他母亲："邻居为什么杀猪？"他的母亲因他问得心烦，对他说："杀猪给你吃。"后来，她恐怕是对儿子说了谎话，于是特买些猪肉，给孟子吃，以免对儿子失了信用。母子之间尚需如此，假若多数的要人，对于民生，日日大唱高调，几乎没有一点实惠，临到人民身上，何怪人民对他们失了信仰的心而大加咒骂呢？

不必大骂古人，古人虽不好，他们全死去了，再没有为恶的机会。不必大捧今人，今人虽好，他们还活着呢，尚有为恶的可能。要知一百个死秦桧，实不如一个活要人可怕。

现在我国的"要人"，全是傻子，全害单思病。因为小民全怕他们爱，他们偏要爱。全怕他们救，他们偏要救。全厌恨他们替谋幸福，他们偏要替谋幸福。

以前，我在教会读洋书，我最怕听牧师讲道，我更怕听"为主作工"。现在，我最怕听要人演说，我更怕听"为国奋斗"。

古圣人的学说，是一愚民政策。新圣人的学说，是一政策愚民。古时是少数的强者，治多数的愚民，现在是多数的愚民，被少数的强者所治。正如"翠屏山"那出戏里，英儿所说的人心大变，就是大变人心，说法虽然不同，其实还是一档子事。

我中国目下，使真守旧的人治理，亡得慢。使假维新的人治理，亡得快。真守旧，人必起而亡我。假维新，我心趋于自亡。

"用夏变夷"是妄自尊大。"用夷变夏"是自趋灭亡。

现今我中国，要人也罢，小民也罢，提起国事来，全说没有办法。其实小民的没有办法，是真无办法。"要人"的没有办法，是有法不办。

中国的国事之坏，坏于小官僚随声附和，大官僚刚愎自用。

在古时将亡的国里，权臣挟天子以令诸侯。在将亡的共和国里，"要人"假借民意以骗人民。

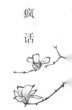

我中国人，不做官（或失了势）全是好人，正如大姑娘不入娼寮，全是贞女。

你若果真从了良，改变了卖淫的念头，才可以提倡贞节。否则，你纵然舌敝唇焦，人也要嗤之以鼻。我中国多数的要人，虽然日日发表通电宣言，仍是被人民视同狼嚎虎啸。其所以得这种结果，就因为他们那些好话，全是一边卖着淫，一边喊出来的。

文字，电报，本是表达思想的东西，也是我国的名人借以骗人的法宝。所以我常说，不但仓颉是中国的罪魁祸首，连摩乐斯也是中国的祸首罪魁。

我中国的要人通电，好说许多不必说的废话，然而独对于发电的日期，偏要用陈腐的韵目替代，以图省一个字的电费。这就应了俗语："大处不计，小处算。大篓撒油，车辙里寻芝麻。"

某洋报讥讽我国为电报国，我乍一见非常愤恨。细一想实在佩服，因为我国许多救国救民的大事，发几个电报，就算办到了。

文字，电报，毕竟是沟通上下联络感情的东西。假若没有这种利器，那么，政客们爱国爱民的好心，与军阀们保国为民的勇气，小百姓们怎么能知道呢？

无论什么政体，全是以少数的要人（官吏）统治多数的"非要人"（小民）。甚至无政府主义，往实里说，也不过如此。所以我总不相信"民治"那个好听的名词。因为无论在哪一国里，真正安分守己的人民，决没有得操政权的日子。已往如此，现在如此，将来也不能不如此。官吏也罢，委员也罢，代表也罢，统统是优秀分子，是天生的俊杰。小民也罢，国民也罢，民众也罢，统统是愚笨之材，是天生的混虫。

现今我国，百业停顿，四民破产。只有"爱国"、"救民"、"抗日"三种生意，无不一本万利，财运大来。不过他们发了财升了官之后，国也亡了，民也绝了，日本也来了。我对他们，无以名之，只好呼之曰"爱国贼"、"救国盗"、"抗日匪"。

宗教中的流氓，假借死后的天堂，骗取资财。政界中的匪徒，利用将来的幸福，攫取政权。名目虽殊，手段虽异，其损人利己的心志，则无不同。不过所生之祸害，有大小轻重之别而已。某学生对我说："我国如同老房屋，全体腐烂了。非经大破坏，不能大建设。"我说："若破坏，须将大家的一起破坏，若建设，须将大家的一起建设。不能先破坏我的，也不能先建设你的。更不可为建设你的而破坏我的。"

某官僚对我说："官场如戏场，我也不过是随班唱戏而已。"我说："你说得太言过其实了。戏子无论名角次角，无论生旦净末丑，只要登台，无不怕观众叫倒好，无不大卖气力，大显精神。所以扮演的君臣父子夫妇朋友以及将相卒仆，全能尽其所能。真是装什么，像什么。扮什么角，尽什么职。我国当权的人，若能以戏子为师，我中国这出'大保国'还不至于愈唱愈糟啊。"

俗语说：人怕恶人，鬼也怕恶人。又说：人善被人欺，马善被人骑。不但为人是如此，我看立国也是这样。亚洲出了两个恶国，一个是明坏，一个是暗毒。一个无法无天，一个暗枪暗箭。全球各国，无不受了他们的影响，可是对他们毫无办法。

"杀狗劝妻"那出戏里的焦氏，将她的婆母，打了一个肉绽皮开，她还大喊着说："东邻家，西舍家，你们都来瞧啊，婆婆打儿媳妇呢。"这种大背良心的举动，本是泼妇的蛮行，想不到，在国际的舞台上，也有仿学的，可谓焦氏精神不死。

亡国之后，仅有一党——亡国奴党，仅有一系——亡国奴系，仅有一派——亡国奴派，仅有一团——亡国奴团。到那时，外国人只认定你们统统是亡国奴，统统一律以亡国奴待遇，决没有闲心，详分你们的系属。

近几年来，失势的要人，屡屡大骂当权的人，如何摧残民意，如何箝制言论，如何倒行逆施，如何……其实，在他们当权之日，所行所为，也不好于他们所骂的人。正如娼妓，因生恶病，退捐之后，大骂未退捐的姐妹，不守贞操。一旦病愈上捐，重张艳帜，还是依旧地大过皮肉生涯。所以我常说："唯人民始有说便宜话的权利。我国到了今日这样危亡的地步，凡是掌过大权的人，全不能推卸祸国的罪名。"

一国的要人，分立政府，叫不合作。一家的老少，各怀异心，叫不合作。一对夫妻，同床异梦，叫不合作。一商店的东伙，尔诈我虞，叫不合作。殖民地对宗主国，生叛离心，叫不合作。我国对日本，既没有以上的种种关系，岂可将这三个字做作日的口号。

天下有无天理良心的官，决没有无天理良心的民。善治国者，治官；不善治国者，治民。治官则轻而易举，治民则劳而无功。

从来娼妓多喜欢拜佛烧香，然而不能根本改变卖淫的念头，不能减轻敲竹杠的手段。从来要人也多喜欢诵经受戒，然而不能消灭作弊的恶习，不能去掉刮地皮的劣性。她们烧香愈多，他们念经愈勤，愈使旁观者多生讥笑。

我中国之所以日趋乱亡，并非起于人民不知要强，不守正轨；实在是起于多数掌权者，口甜心苦，缺少正大光明的目标，不能为民众的表率。

有人问我："信仰什么主义？"我回答说："我只信仰'吃饭主义'，因为肚子若不饱，任什么好主义也听不入耳。"又问："佩服什么学说？"我说："只佩服'吃饭了不饿'的学说，因为任什么学说，也不能治饿。"又问："信奉什么宗教？"我说："我只信奉'尽人事，听天命'的宗教，因为任什么宗教，若不尽人事，也是瞎捣乱。"又问："赞成什么政体？"我说："不论民主君主，我只赞成'能使人民安居乐业'的政体，反正是'有治人无治法'，任什么好政体，若无好人主持，也必祸国殃民。"

有坚强的政府，才有坚固的国防。政府摇摇不定，为政者尔诈我虞，若高谈国防正如病夫妄谈决斗。

以前中国之所以衰弱，多是因为中国的要人，知内而不知外，知古而不知今。现今中国之所以扰乱，多是因为中国的要人，知外而不知内，知今而不知古。

各机关原参议，多是不参不议；顾问多是不顾不问；参事多是不参赞不办事。他们是多虚耗政费的蠹虫，是对付要人的陈设，是真正的冗员。我以为，为减政起见，裁去五十名书记，不如裁去他们一人。养他们是"锦上添花"，裁书记是雪上加霜。

对外战争，则兵单饷绌，噤若寒蝉，虽有中央的命令督

催，也推诿不前，迟迟不进。对内混战，则士饱马腾，摩拳擦掌，虽经中央的命令阻止，也充耳不闻，竞进不已。这就是我们中国的军阀，只知作内争，不知御外侮的特色。

前清末年的亲贵与红候补道，是无所不能。民国以来的要人与他们的亲属，也是无所不能。他们可文可武，可农可商，可邮可电，可海可陆，可学可工，几乎除生儿养女之外，门门全会，样样皆通。可叹无出息的平民，只会吃饭，只能造粪。

治国并没有什么神秘的妙法，只在掌大权的人，守定"中""正"二字做法而已。"中"则不偏，不偏则人心服。"正"则远邪，远邪则君子亲。人心服，则国靖。君子亲，则小人退。不为人心所怨憎，不被小人所包围，则威令可以施行，国事可以入了轨道。

治国，如同养鱼，必须听其自然，不可频加烦扰。只要除灭其中与鱼有害的东西，不竭泽而渔，鱼类自能繁殖滋长。教子，如同种树，不可听其自然，必须随时注意。只要斩断旁枝枯节，除净种种害虫，自能长成良材。

论官吏的好坏，只看他贪与不贪，他若因做官，发了大财，他一定不是好官吏。论妇女的好坏，只看她淫与不淫，她若有许多男友，她一定不是好妇女。

自"九•一八"的真国耻出现之后，第一应当悔悟的是一些要人，尤其是军界的要人，应当扪心自问，你们救国救民闹了二十多年，究竟是否争得外国一寸之地？是否为人民，谋得一丝之福？国土既连年丧失，民数既逐日缩减，还有什么脸皮，彼此攻讦？国土未复，国难日增，尚有什么心肝，阴谋捣乱？若说别人祸国殃民，试问你们当权之日，是否有较好的成绩？你们虽不自知，可是你们的骨髓，早被百姓们看透了。你们最好是设法"合班"多唱好戏，切不可故意"分包"大演闹台。中华这座舞台，挺不住了。看戏的小民，也受不了啦。

掌权的人，招仇敌的骂，是不可免的。权威愈大，招骂愈多。最怕是与你不仇敌的人民，也要骂你。仇敌的骂，是起于妒嫉。人民的骂，是生于憎恨。仇敌的骂，是一时的。人民的骂，是永久的。招仇敌的骂可喜。招人民的骂可怕。历史里所存的好人，全是当时曾招仇敌骂的。所存的坏人，全是当日曾招人民骂的。

同时的人，不认你为同乡、为国人，还是小事。就怕你将来的子孙，不敢认你为祖先。据我推断，在民国以来的要人中，将来有祖先资格的人，实在太少。

古时的好人，类如岳飞、杨继业，未必有后，可是现在仍有人认他们为祖先。古时的坏人，类如秦桧、吴三桂，未必绝种，可是现在就没有人敢认是他们的子孙。可见人生几十年，富贵权势，不过是一时的荣华。若把将来为祖先的资格混丢了，实在是一件可惜可哭的事。

令妖魔现原形，用符咒。使官僚现原形，用颂词。

欲求国家长治久安，须要士不邪，农不惰，工不猾，商不奸，官不贪。其中尤以官不贪为第一要着。愚民政策实优于扰民政策。愚民政策之下的百姓，还可以苟且安生，扰民政策之下的人民，绝难有安生的日子。

法律如同蛛网，他的能力，只能捕住弱小的苍蝇与微细

疯话

的蚊蠓，强大的黄蜂与凶横的木蜂，虽有时触到网上，网不但捕不住他们，反倒被他们撞几个窟窿。从来一国的法律之破坏，不怨小民，而怨一些有大势力的人。

人人想治己，国虽乱而必治。人人想治人，国虽治而必乱。

革命出于为公，就是吊民伐罪。所以孙中山先生，首先由《礼记·礼运》篇里，取了一句"天下为公"，使人人存在心中，以免人于私之一途。因为革命若出于为私就是夺取政权。吊民伐罪，是因一部分人，不忍见人民所受的痛苦，对人民有吊慰的心，因而集合一团势力，打倒压迫人民的恶魔。夺取政权，是因一部分人，羡慕当权者的富贵，对当权者，欲取而代之，因而纠合一团势力，打倒当权的人，以便为所欲为。

真革命（或为公的革命）之后，人民必有重见天日的欣慰。假革命（或为私的革命）之后，人民必有以暴易暴的痛苦。

革命，须以本国人，施之于本国人。不当有外国人的背景，不可受外国人的蛊惑与利诱，不应受外国政府的指导与驱使，更不可尊外国政府为政府。否则纵能侥幸成功，也不过是将本国的政府，变成为外国的分政府。将本国的土地，变成外国的附属地。这种行为，正与卖国为奴的行为相等。

法律是平等的，是普遍的，不能因人而施，亦不可因人而免。若只能施之于贫贱的人，那就不配为法律，只可呼之为命令。

外国的要人，以守法为荣。中国的要人，多以守法为辱。中国的要人，若不痛改这种劣根性，中国的政治，永远不能上轨道。

某年某要人，在北平大运烟土，大贩白面，大开赌局，终日门庭如市，顾客往来不绝。某要人竟敢在大庭广众之间，大言不惭地说："我就这么办，看谁敢出一口气。"说完扬扬得意真比征服外国、凯旋还朝，还觉得光宗耀祖。这种毁法乱纪的人，竟能高居民上，中国焉得不乱。

治国的人，对外须不使刀生锈，对内，须不使犁生锈，更不可使钱生锈。不使刀生锈，是勤于备战。不使犁生锈，是勤于耕种。不使钱生锈，是勤于流通。

对失势的要人，加以攻击，是"打死老虎"。对走背运的平民，加以攻击，是"落井下石"。

我中国人讲道德，有许多不合理的。比如对一个要人，不论他当权之日，如何倒行逆施，祸国殃民，只要他失了势，下了台，人就对他既往不咎。假若对他加以严厉的批评或正当的攻击，就要被人议为"打死老虎"。因此就养成一班怙恶不悛的要人，当大权在手之日，任意胡为，知道失势下台之后，决无人向他重算旧账。我以为：中国若想不亡，百姓若想安宁，全国人民，同心合力，非打死老虎不可。如此才能使一些活老虎们在当权之日，先存下怕日后挨打的恐惧。他们纵有为恶的野心，也就不敢任性施展了。否则对活老虎，既不敢打，对死老虎，又不忍打，中国的国土，必要亡于虎，小民必要死于虎。

打活老虎是政府的职责。打死老虎是人民的本分。若有强固的政府，绝养不成活老虎。若有强横的人民，绝不容死老虎复活。

有人问我："中国换了许多派许多系，全要将中国统一，

疯话

为什么全归失败，不但未能统一全国，反将他们的派或系全毁坏了。"我说："他们根本就不知统一是什么。统一者，是统一人心，可惜他们误解统一是统一位置。以为将一切位置，尽量安插本派本系的人就是统一了。所以得了甲省，就将甲省视为征服地。得了乙省，就将乙省认为殖民区。只知为亲属同乡扩充地盘，不问贤愚邪正，竭力任用，只知我的本派本系本乡本省的人，全是龙生凤养的治人之才，他派他系他乡他省的人，全是驴生狗养的被治之货。所以他们占据一省，一省的人'全要与之偕亡'。安插他们的亲属同乡愈多，愈显露他们的丑点。如此焉能平服人心，焉能使他们的派系不归于崩溃呢？"

修官署，不如用人才，正如修外表，不如修内心。

前几年，我常见要人所发的通电里，有一句"天祸中国"，我实在为天呼冤。天是空虚的，岂有祸国的能力，莫如改为"人"祸中国。若再往实里说，不如换成"我"祸中国。

现在的人民，对当权势人不满意，不是怨人民，是怨当权的人"为人民谋幸福"，太好高骛远，不切实在。目下的中国人民，如同小孩子，陷在泥塘里，受尽鱼鳖虾蟹的钻噬，当然要哭叫喊嚷。你只要将他一把拉出来，他立时就能喜笑颜开，歌功颂德。假若你连一臂之力，还不肯用，反在泥塘边上，对他高谈《封神演义》，他耳里虽然爱听，怎奈他身上的痛苦，是无法可忍呢。你纵然舌敝唇焦，他也要说"你是口甜心苦"啊。

在国中危乱的时候，元首的位置，如同旗杆顶。乍一看，仿佛是高于一切，人人全愿意上去开一开眼界。及到费尽心力爬上去之后，坐下去既不舒服，站起来又不稳固，稍微不加谨慎，就有跌落丧命的危险。

古时的恶人，未必如传说的那样坏。古时的善人，也未必如传说的那样好。不过经历史家添枝加叶，描写地放大了几倍而已。正如人夸人之善或讥人之恶，总要过了实在的范围。所以子贡说："纣之不善，不如是之甚也。是以君子恶居下流，天下之恶皆归焉。"可见做一个好人，不但在当时受人的崇敬，将来更必得人加倍或加几十倍的崇敬。当一个恶人，不但在当时受人的咒骂，将来，更必受人加倍或加几十倍的咒骂。我常说："人若因无饭吃，当了恶人，还觉值得。然而现在一些要人们，既不少衣缺食，又何苦自往恶人群里瞎钻而取千秋万世的骂名呢？"

一个人尚不易受骗，何况全国的人呢？一时的人还不易受骗，何况千秋万世的人呢。自古以来，那些骗子们，有几个不是骗了自己。

自作聪明的人，是世上最糊涂的人。历史中所载的奸臣大盗，全是当日以为自己最聪明的人，秦桧、严嵩、黄巢、李闯就是凭证。由现在说起，已被刺杀的几个要人与监狱里的囚犯以及已处死刑的盗匪，就是凭证。他们若不自以为聪明，何致做出种种的罪案。再以鸟兽虫鱼而论，凡落入陷阱索套钩网的，也全是自以为聪明的。

治国如同治病，须临症处方，随时用药。若预先拟出许多方子，强使病人按方服用，即是以人命为儿戏。所以古人，将良医与良相并称。

部下的人说你好，是一时的。百姓说你好，是永久的。可

疯话

惜中国的要人，只顾讨部下一时的欢喜，惹下百姓永久的怨恨。

治家与治国是一个道理。治家，若不能创业，就须能守业。若既不能创，又不能守，这个家绝不能不灭。一个国若到既不能创，又不能守的程度，也不能不亡。

又吃鱼，又怕腥，又养汉，又抛清，是自古以来许多小人招痛骂的原因，也是许多要人不能成大事的根由。往史不论，单以某总统而言，他若直直爽爽地做皇帝，免去筹安会的洋把戏，不行三揖三让的假客套，他那称孤道寡的志愿，也就能达到了。只因他半推半就，忸忸怩怩，所以未打住狐狸，反惹了一身臊。

对待人力车夫会的首领，先使他拉一拉车看看。对待工会的首领，先使他用一用斧凿看看。对待农会的首领，先使他种一种田看看。对待商会的首领，先使他卖一卖货看看。对待教职员工会首领，先使他教一教书看看。这样，才不致被人玩弄，才能表示真正的民意，才能谋一个团体的公共利益。假若外行的人，可以代表本行的人，那就是包办民意，强奸民意，以众人为傀儡。

陆世仪先生说："天地犹是此天地，日月犹是此日月，山川犹是此山川，城郭犹是此城郭，时移世变，而古之人则不可得而见矣。其间庸愚之侪，汶汶焉，与草木同腐，奸邪之流，遗臭史册。唯有道德文章忠孝廉节之圣贤，耿耿焉，有英气常存，人亦何可不自勉也。"这几句话，真可以作人人—尤其是目下中国的要人的座右铭。人人每日清晨若肯诵读一遍，使国家社会，所得的利益，比背诵任何佛经遗嘱的效力还大。如此，不但东北四省可以收回，帝国主义也能不打自倒。

自古至今，我所认为最可惜可哭可叹的，就是有许多的要人，本有流芳千古的能力与机会，偏要遗臭万年。

为好人易，为恶人难。说实话易，说谎话难。为恶人，须大费心机。说谎话，须大打草稿。我以为当一员秦桧，所耗的心血，较比当十个岳飞，所耗的心血尤多。只可惜古今一些要人，多费尽心机，模仿秦桧，多不肯坦坦白白，学法岳飞。

中国这些年的扰乱，所以此起彼伏，此伏彼起，成了走马灯式的现象，就是因为一些要人们的顾忌太多，心手不辣，以致敌方不能消灭。斩草不除根，遗毒未去净，焉有安宁的日子。刘邦平了全国，还不肯留下一个毫无实力的田横。乍一看，未免是残酷太甚，其实，欲求长治久安，就不能不下狠手。因为少一分祸根，小民就能多一分安宁。少一分乱源，小民就多增一分幸福。

我对要人有两句话。第一，须要知己知彼。若有实力则不必调和。若无实力就不必捣乱。第二，假和平不如真武力。用武力不如正己身。用武力要使敌方无死灰复燃的可能。正己身要于无过中思有过。

国家使无知之辈，操持军政之权，如同纵容少儿玩弄快刀，结果不但伤了别人，并且要伤了自己。

最危险的马屁，是属员的马屁。最可怕的批评，是人民的批评。可惜自古以来，一些要人的双耳，全被属员的马屁塞满了，人民的批评，简直达不到他们的尊耳。因此他们就一直走入遗臭万年的路途而不可挽救。

七年前，我在某军的参谋处供职的时候，曾因某军在前线，招得百姓怨声载道，特向某长官商议，请他设法整饬各

疯话

队，严整纪律。他说："你不明白，军队到了前线，不能管束得太严，否则他们就不肯打了。"我说："肯打不肯打是在平日的教练，不在到临时的纵容。收复一城一镇的事小，伤了人民的心事大，要知骄纵的儿子，不但给父母惹祸招灾，终久也必招他反噬。骄纵的军队，也不能例外。"

以前我国，将唱戏的，贬入娼优隶卒之中，将做官的抬到士农工商之上，实在是极大的错误。要知唱戏的，以品行而言，多能高过做官的。仅以他们对于艺术，全有"自知与知人之明"一事而论，足可愧死一些官僚。第一，他们决不敢贸然登台，决不敢演唱自己所不能唱的戏。第二，无论什么名角，决不敢将生、旦、净、末、丑，全由他一人包演，决不敢认定各种角色，全出在他的家里或他的亲友与同乡之中。第三，他们被人喊了倒好，若非在私下，大用苦功，演习好了，决不敢再登舞台。我国官僚，若全能如唱戏的有"自知与知人之明"，这座"中华舞台"决不能有将要倒闭的危险。

有人对我说："做县长的秘诀，是将县里的绅士维持好了。"我说："你若将绅士维持好了，县里的小民，可就恼了。"

消弭祸乱，不必讲什么高超不切实用的外国主义，只在掌权的人，设法"正风俗，辨邪正，别男女"。风俗不正，决生不出好政治，邪正不分，决育不出真人才。男女七乱八糟，决产不出好国民。这三样是一而三，三而一。从着就治，违了就乱。

我从来就不信有真确的"民治"。到我的骨肉化为灰尘的日子，我还是不信有真确的"民治"。我愈读新旧讲政治讲主义的书，我愈不信有真确的"民治"。不但中国没有真确的

"民治"，外国也少有真确的"民治"。甚至直到天地末日，全球上也实现不了"言不二价，货真价实"的"民治"。

世界上，只有"官治"，并无"民治"，官虽是由民变化而成的，也不过如同由蛹变成蛾，蛹终是蛹，蛾终是蛾。人既不可呼蛹为蛾，又不能称蛾为蛹，那么，就不能称官为民。

英国格言说："小心你帽子里的蜂子。"那意思是不要防远，先要防近。自古至今，许多做大事掌大权的人，所以闹得身败名裂，遗臭万年，多是被身旁一二小人害了他们。只可惜他们专对小民处处严防，而不知祸患就生于肘腋之间。

中国若不打倒个人系属的恶风，任何事业，永远也上不了轨道。二十年前，一省要更换一个巡抚，藩臬两司全不致动摇，道府州县，更不受牵连。做官的能安于其位，不存"五日京兆"的心，所办的事才有进步。现在不但官场成了走马灯，甚至清高的教育界，也成了后婚婆带犊子了。中国的前途，还用问吗？

世界上五十几国，没有一个国与我国感情深厚的。不但以前是如此，现在更可怕。联日，联俄，联美，联……全是自趋灭亡。我中国男子，若有汉子气，要先由本国寻出中国所以衰弱的原因，由自己设法医治，不必借助于人。依人者不久，赖人者难存。好汉子自己跌倒，当由自己爬起。人，不可靠人；国，更不可靠国。

娼妇未见金钱，未必不大喊贞节。学者未入官场，未必不自诩清廉。

"异族的欺辱可忍，同寅的意见难消"，是我国自古至今，官吏的劣根性。因有这种恶性，所以全国不能真正统一，外

疯话

国人利用这种弱点，还能施行分段侵略与各个击破的政策。

自古以来，我国的普通人民，对政体与种族的思想，实在模糊，所以有"抚我则后，虐我则雠"的古语与"谁坐天下，给谁纳粮"的俗话。凡有能吊民伐罪的人出现，不论他是中国人或外国人，不论他行的是什么政体，甚至不管他是一个什么东西，只要他能安民不扰，人民就肯对他箪食壶浆，扯起顺民旗帜，并不以为是奇耻大辱。因为有这种麻木不仁的坏习，所以由晋朝以来，外族才能屡屡侵据中国的土地，统制中国的人民。欲除这种国耻，第一步先须鼓动起中国人民的种族思想。种族思想，是民族的保障，是列形的国防，是不用枪炮的武力，是无需军费的设备。种族思想不是如同排外的义和拳，是要像努力自卫的义勇军（真的）。

现在某要人，屡屡提倡中国旧道德伦常，又翻印《康济录》分发各县，有人说他没有革命的勇气，没有现代政治家的眼光。我以为所谓革命者，是革除恶政，推翻专制。所谓政治家，是因事制宜，随时布政，全以利民为主，不必管什么现代不现代。

有人问我，"政治"二字怎么讲。我说："政是为政的人'正己'，治是为政的人'治己'。政治家能如此，就能有好的政治，否则，就成了俗语所说'上梁不正下梁歪，中梁不正倒下来'。"

《大学》上所说的"修身齐家治国平天下"，孟子所说的"修其身而天下平"，全是指对国家天下，应先注重个人的修养。《书经》上所说的"垂拱而天下治"与老子所说的"我无为而民自化"，全是指操政治大权的人，先能正己治己而发生的效果。

用药，须切乎病状。治国，须合乎民情。以人命试药者，是庸医。以国命试洋学说者，是庸人。病遇庸医，宁可不治。国遇庸人，宁可不救。唐朝陆象先说："天下本无事，但庸人扰之耳。"现在洋化的学者、野心的军阀与阴谋的政客，尽是一些庸人。

戏剧不是一个人唱的，政治也不是一个人行的。名伶须有好助手，名政治家，也须有好辅佐。自己虽好，用的若没要好人，决不能有好的成绩。屡次失败的某要人，并非没有要好之心。他所以受人议评，被人咒骂，就是因他所用的人，百个中有九十九是卑鄙小人。所以他的势力伸到何处，他的骂名也就散到何处。可惜他竟不知道。

以军政二界论，倚势欺人的是小人，依势作德的是君子；谄上骄下的是小人，谏上诚下的是君子。

纵容儿女，必招忤逆。与己不利，与人不利，更与儿女不利。纵容部下，必招骂名。与民有害，与人有害，更与部下有害。

权势愈大，位置愈尊，愈与人民隔绝，愈不能明通下情，正像人乘坐飞机，飞得愈高，愈对下界看不清楚。不但对人民的痛苦看不见，对人民的悲呼也听不着。

掌权的人做事，只可问天良，不必察民意。只要对自己的天良无愧，虽当时稍拂民意，日后人民也必对你歌功颂德。看公孙侨（子产）治郑的情形，就是最好的先例。

捐税愈往上交，愈少。赈款愈往下放，愈少。一则政府担了恶名，小民受了实害。一则政府空耗巨款，小民难得实

疯

话

惠。最得利益的，是经手的官吏与放赈的人员。

我中国目下的救亡之术，不在高超的学理与远大的计划，而在一些要人不背天理，不昧良心，不唱高调，不说空话。

我中国所以国土日缩，民生日困，全是我国人——尤其是要人——自己闹的，怨不上帝国主义。孟子说："国必自伐，而后人伐之。"荀子说："物腐生虫，鱼枯生蠹。"苏轼说："物必先腐也，而后虫生之。"俗语说：无有家贼，引不出外鬼。我中国人——尤其是一些要人——若再将祸之责向外推卸，就是没有男子骨头。

非有强固的政府，决不能有坚强的国防。非全国统一于一个政府之下，小民决没有安宁的日子。政府好，国民要诚心诚意地拥护它。政府不好，国民当实心实意地督责它。

官吏拥护政府，不在形式上的复电响应，是要在实质上的精诚合作。若仅仅照例行公事，敷衍面子，莫如省下电费，散给贫民。

地方政府对中央政府，必须如同太阳系中之八行星。不论自转公转，全要不离断与太阳的关系。否则，不但将太阳系毁了，自己也不能独存。

报上屡有"开发民智"的论调，我极不赞同。我认为，我国现今最要紧的是"开发官智"。因为官若有智，决不能贪赃枉法，决不能倒行逆施。他们若果有"智"，决不能不顾生前的骂名，决不能不怕死后的史笔。

民无"智"，国必不能强盛。官无"智"，国必趋于灭亡。我读中外史书，只见先有亡国之官，后才有亡国之民。

老子所说的"绝圣弃智，民利百倍"，所绝所弃的并非真圣真智。他所说的"绝仁弃义，民复孝慈"所绝所弃者，乃是假仁假义。他说这话，并非要违反人类进化的公例，不过是要彻底打倒那些骗子。

政府少添一份开销，小民多受一份实惠。政府多设一个"为人谋幸福"的机关，小民多入一层敲骨吸髓的地狱。

有人问我，为什么政府迁到南京，还不能铲除贪污。我说："贪官污吏，如同苍蝇，政府如同肥肉，你纵然将它迁到北冰洋，苍蝇也能追了去。再说，你在旷野荒郊，虽见不着一个苍蝇，假若你大便一次，立时就能招集无数的苍蝇。贪官污吏追随政府，也是如此。肉愈腥臭，招的苍蝇愈多。政府愈不清廉，招的贪污愈众。"

政府如同夏天的鱼肉，法律如同冰决。鱼肉若没有冰决的镇慑，立时就能发臭味，变颜色，生蛆虫。政府若想不腐化而保持原来的鲜美，须要时时站在法律之内。

在某系专政的时代，要人吴某打一夜牌，输了四万元。我听了，以为是一件奇谈。现今我听说，已卸任的某局长，在某处推牌九，一夜竟输去十八万元之多。某局长的原薪，连公费在内，每月不出八百元。我不知他这些浪掷的钱，是不是小民的膏血。唉，何怪人人愿意做官呢。

在我中国做官，只要做到"长"字，就有特别的收入。文的做到科长，武的做到营长，若专靠薪俸生活，纵然将太太卖了，也不够他们的应酬费。

某要人，前年在南方提倡"紧缩政策"，主张减低官吏的薪俸，我以为他是不明了中国官场的情形。假若他的妙策得以实行，最受影响的就仅是一些下级人员，他不知，官一到

疯话

了中级就如同当了招待。目的是在小费，决不在工资。

俗语说："儿的生日，娘的苦日。"我以为，长官的生日也是属僚的苦日。因为下级人员的饭，可以不吃，长官的寿，不能不贺。我当小官僚时，一见"福禄寿喜"的"知单"，立时就出一身汗。我常说"长官多做一次寿，当铺多生几分利"。

人的一生有三个成功。第一，是对国有功。第二，是对社会有功。第三，是对家族有功。若做不到第一，须做到第二；做不到第二，须做到第三。若一样也做不到就是枉度一生，对不住所耗的粮米。倘再与国有害，更对不住所见的猫狗。只可惜民国以来的要人，不但对不住猫狗，甚多是对不住蝎蛇的，因为这两种小东西，还可以做药材用。

有人驳我说，许多要人积下数百万的家私，位置了无数亲属同乡，岂不是有功于家族和社会吗？我说，只因为积下数百万不义之财，才给祖宗招了痛骂，才给子孙造下大孽。只因为安置了无数亲属同乡，才害得他们失了原来的可靠的生活，染成了许多不可挽救的恶习。俗语说"一人得道，鸡犬升天"。现今是一人失势，鸡犬也随着坠地。坠地之后，欲再为鸡犬而亦不可能了。

有些要人，眼光浅陋脑筋昏聩。他们只顾讨少数的私人一时的欢喜，扩充地盘筹书位置。结果，私人全都脑满肠肥饱载而归，自己却留下万代的骂名。要知争利时，有他们分肥；挨骂时，只有自己担过。

得百姓的歌颂易，得私人的感念难。对私人费万般心，不如对百姓施一分惠。私人的感念是一时的，百姓歌颂是永久的。私人受你的好处，以为是分所应当；百姓受你的好处，认为是天高地厚。究竟是哪样合算？

文明的国，只讲法律不重势力。纷乱的国，只重势力而不顾法律。换一句话说，国家将兴，法律可以裁制势力。国家将亡，势力必定操纵法律。欲知我国，究竟能亡不能亡，先看一看法律与势力的强弱。

法律与势力，如同白黑不可混淆，薰莸不可同器，是非不可颠倒，正邪不可并立。有法律决不容势力滋长，有势力，则不容法律进行。

理财，以养民为先。为政，以正己为先。练兵，以训将为先。对外，以调内为先。治民，以治官为先。

前清光绪末年，日本人在中国各处，大售"清快丸"。西太后因那个药名近于清快"完"，曾大哭了一次。但因国弱未肯因小事引动外交，竟无法禁止。民国成立，满清退位之后，"清快丸"也竟随着清运告终不见踪影。这虽近于迷信，也未尝不是先兆示警。古时中外明君贤相，发现凶象，无不惊心动魄，悔罪修省，励精图治。归终，凶象反成吉兆。假若凶象已经现出，反认为迷信，怙恶不悛变本加厉，虽不认为凶象必真成了不祥之兆。古人创出吉兆凶象，不过是勉人作德，阻人为恶而已。若一味认为是阻碍进化的迷信，那么就认定"放荡邪淫"是进化的象征罢。

小民所发的悲声，有害于国的程度，较强敌的枪炮还大。治国的人，若能不使小民发悲声，则可不惧强敌的枪炮。小民的悲声，若不能止息，你纵能兵坚甲锐，善固边防，也无济于事。

政治是什么？政治是以"正"而"治"。用不"正"的方

疯
话

法，决不能达到"治"的结果。

有人说"政治家，须要有手段"，这话我极不赞成，因为政治家是治国的人，治国是光明正大的事务，只可本着"中"、"正"二字做法。治国既不是偷摸鬼崇的行为，用不着一毫手段。以前我国的政治家所以失败，全是因为用手段用坏了。

位高，得人尊敬是一时的。德高，得人尊敬是永久的。位高，只能动小人。德高，始能动君子。人因你的位高尊敬你，是有所为而为之，全是出于假意。人因你的德高尊敬你，是无所为之，全是出于诚心。

在我中国，无论什么事业，只要一经官办必大糟特糟。明明是一种有大利的，反臻大赔本。据我推断，假若邮政与盐务，将洋势力完全铲除，不但没有盈余，简直，就要有盐亏、邮亏。这并不是中国人全要不得，是因为多数的中国人，一做了官心就变黑了。

韩非子说："左手画圆，右手画方，则两不成。"就是说，欲将一件事物办理完善，须将全副的精神，用在这一件事上。可惜我中国政府用人，多不明此理，以致施行兼差的恶风。兼差的恶风，由清末起到袁政府时代，一天比一天大。北伐成功之后，这种恶风仍未停息。在易某的热力正盛的日子，他的姑爷竟兼差十三处之多，仅天津某局一处，每月竟坐领纹银一千两。现在身兼六七处差的，一时更无暇详说。他们既是人类，并不异于凡人，我不知他们有什么特长的精神，偏能兼筹并顾。

有人说："兼差是人才问题。为事择人，不得不使他能者多劳，以便事成功举。"我说："既是为事择人，必是非他不可。那么，我见兼差最多的人，死亡之后，他兼的事务，并不发生'人亡政息'。是什么道理？既是人才主义，能者多劳，他们当然能将事办好了。那么，中国事，为什么又愈办愈糟呢？"

有人说："现在兼差并不兼薪，不过领'车马费'以酬劳累而已。"我说："原来如此啊。那就不怪兼差的阔人，家中汽车成队，肥马成群了。"

法国首相克莱孟梭退职之后，两袖清风，竟因无钱，欠下房租，经房主提起诉讼。他在欧战时，操持大权，威震数国，竟未搂下养生的费用，真比我国宋朝的名将曹彬还加倍的糊涂。若再与民国以来的官吏相较，更足证他是一个傻小子。

欧美的官吏，多是精于公务而昧于私谋。我中国的官吏，多是拙于尽职而巧于刮搂。就为这种原因，所以东北四省，入了日本的掌握；滦东国土，也岌岌可危；内政民情，更不堪问了。

我以为，天下最可怕的，只是自己的女人。你若得罪了她，她能使你不死不活。归终，你还得奴颜婢膝，亲递降书顺表，心服口服。至于得罪了要人，我认为是一件小事。他们若不辨是非，至多也不过要你的命，给你一个痛快，而无需乎再递顺表降书。到底，心也不服，口也不服。

孔子说："邦有道，危言危行。邦无道，危行言孙（孙是孙顺）。"又说："宁武子，邦有道，则知。邦无道，则愚。其知，可及也。其愚，不可及也。"我中国现今，只是"言孙"

疯话

109

的人多，而"危行"的人少。至于，能学宁武子的官僚，简直没有。不过是如孔子所说"邦有道，杀。邦无道，杀"的人。他们多是在平安的时候，不能行正道，处乱亡的日子，也不能守大节。

中国的事，全坏于一些要人包而不办。现在国民所希望的，就在他们能施行办而不包。包而不办，必致因循误事。办而不包，才能手到功成。

我以为，我中国民穷财尽，外患丛生，还不足忧虑。所可忧可虑的，是一些官居要位的要人中，少有能肩负国家大政的人。纵有一二仿佛能励精图治的要人，要负起责任来，又必有一些要人，因妒嫉之念，制造谣言而暗中拆台。

英国大儒赫胥黎说："国家之最不幸，不在贤者居下位而无由升，而在不肖者居上位而无由降。"这话正是中国现在的写照。在这人民还没有罢免权的时候，欲免去这种不幸，唯在政府能当机立断，对一切不肖之辈，不分亲疏，实行罢免，以解人民的痛苦，而救国家的危亡。

中国的要人中，有许多是可要可不要的。有许多是要不得的。更有许多是万不可要的。

报载，北平市政府议定，所属各机关职员，此后须穿长袍马褂。详细定章，我虽不得而知，我实在觉得是一件提倡国货的好消息。凡事若能先由官吏做起，百姓自必愿步后尘。

在我中国，严办小盗的人，多是逼迫良民为盗的大盗。重惩赌徒的人，多是导引良民赌博的赌魁。严办烟犯的人，多是诱惑良民贩烟的烟土大王。

小婆子，在需要的时候装病，或能得老爷的爱怜。要人，在国难当前的日子，托病辞职，只能招国民恨恶。

下级人员的正邪好坏，全是上级人员养成的。你若喜欢纳谏，他们就能进忠言。你若喜欢恭维，他们就会献谀词。总而言之，你若好谈嫖赌经，他们绝不敢向你说忠烈传。

常人不讲信用决交不着良友。官吏不讲信用绝遇不着良民。

为所欲为，不是真正的自由。为所当为，才是真正的自由。

国家最要的职务，是限制国民的野蛮自由。我国之所以国弱民贫不得安静，全是因政府软弱，不能限制少数有势力者的野蛮自由。

前几年冬天，平津提倡清洁运动，仿佛是一件惊人的大事。其实，也不过是几个身穿貂皮大衣的要人、由汽车里走出来，扛起一把扫帚，随着参加的民众出一出风头。结果，官府多开一种报销，使卖扫帚的多得一点微利，与国与民没有一点的益处。风头出完，街巷之中纵然成了粪坑尿池，那些要人也不肯再加注意。因为出一次风头之后，公事算交代了。

中国的文官，自古以来多是巧于营私，拙于奉公。中国的武将，近几年来多是勇于对内，怯于抗外。

做官如同上梯子，须要步步踏稳，才能避免跌落的危险。不可仅知向上爬，要知高处不是可以久恋之地。愈向高里升，固然愈得拍马屁的人喝彩助威。可是明白的旁观者，未免就要讥你，只知进而不知退。正在扬扬得意的时候，或者就是噩运临头的日子。

人一做了官，地位立刻超出平民之上。如同在群众中一个身长体大的人，他的身躯愈高，愈为群众所注意。他的美

疯话

丑肥瘦，一举一动，愈不容易瞒过了群众的眼目。所以一个不学无术的人，做的官愈高，招的羞耻愈大。

无权无势的平民庸庸碌碌，一生仅以吃、喝、传种三件事为目的。所以生而无闻，死而无名，与一切兽的一生相差不多。留好名或留坏名全不容易。唯独做了官，就有了流芳百代或遗臭万年的资格。

做官的，若目光远大见解超俗，以公正的心办公共的事，就能流芳百代。若目光浅小见解卑污，以偏私的心办公共的事，就必遗臭万年。

近二十几年中，中国死去的要人，十个之中有九个半以上是遗臭万年的。不过因他们或余威尚在，或子孙未绝，国民还不敢为他们"铸铁像"就是了。他们若死而有知，也当在九泉之下愧悔痛哭。因为他们当初执掌大权之日，若稍一转变，未必不可流芳百世。

求治的善法，诛杀千个盗匪，不如罢免一个贪官。

得人民的爱助者，虽弱必兴。失人民的爱助者，虽强必亡。我国历史中，这种先例极多。入民国以来，这种例子，更特别地显著。

一国之兴隆，是少数要人的功勋，小民不能分功。一国的衰亡，也是少数要人的过失，小民不能担过。国有亡于内乱的，然而内乱，也是少数的要人逼起来的。国有亡于外寇的，然而外寇，也是少数的要人招进来的。无论国兴国亡，小民没有兴亡的责任可负。

一国之中，少数的要人，若存公心，国就可兴，多数的小民，也就随着享安乐。少数的要人，若怀私意，国就必亡，多数的小民，也就随着受痛苦。

天下唯中国的百姓最老实、最怕官、最容易治。当权的人若不能治中国，天下再没有可治的国了。

中国的百姓，并不求参与政治，并不求官吏保护。只要官吏对他们不敲骨吸髓，他们就心满意足，歌功颂德。

有人说："在已往的二十余年中，我国的政客军阀，只能在'中华舞台'上演唱'双天师'。他们互相排挤，彼此攻讦，究竟谁是真的，谁是假的，我们小百姓，实在无法区别。"我说："真天师能降妖捉怪，假天师也能唤雨呼风，他们哪能比得上。他们不过是瞎唱'五花洞'而已。纵然证出谁是真武大郎，谁是真潘金莲，又有什么价值？"

我极愿做官，朋友问我愿做官的理由，我说："在中国千行百业之中，唯做官最容易。并且愈大愈好做。文的，我不敢做书记、传达。武的，我不敢做连长、排长。至于主席、司令，我敢立刻走马上任。因为官愈大，愈用不着学问。"

在满清将亡的时候，有不会写"军"字的陆军部尚书。在袁政府的时代，有认不清自己大名的督军。假若他们是书记或秘书，不但掌不了大权，发不了大财，简直保不着饭碗。

近一二年来，连连发现贪污大案。案中的要犯或远逃国外，或匿避租界。当局若果肯拿办他们，他们怎能安然出国，焉得稳居租界？纵然他们托庇于洋人宇下，既不是政治犯，又为何不肯交涉引渡？若能赶紧将他们明正典刑，非但可以制止贪污，且可以使小民消解愤怨，也可以使外国人少说闲话。因亲属关系，容留一二奸贪，固然是人情之常，但是若为全国设想，为自己的声名打算，则万不可稍存姑息。

刘邦所以受人民的欢迎，是因他能先除苛法。朱元璋所

疯话

以得人民的悦服，是因他能先诛贪官。

苛税不除，民生无望。贪吏不诛，国命不保。

定国不在奖善，只在去恶。因为去恶，就是奖善。对善者，要听其自然。对恶者，须痛加诛戮。

我中国的政治，所以屡改屡革，永未上了轨道，只是因为掌权的人，对"公私"二字分别不清。其实，事关个人或少数的人，就是私。事关国政或多数的人，就是公。

掌权的人，对私字上用心，不过养成一群胁肩谄笑的小人；对公字上注意，才能助成一些光明正大的君子。日与君子相亲，必定公心日长，私心日退。公则人心归服，私则民心离散。

宋朝名将曲端，为泾原都统的日子，他的叔叔为他部下的将官，因为打了败仗，曲端就不顾叔侄的关系，立刻将他叔叔在军前正法。并且作了一篇祭文说："呜呼，斩副将者，泾原统制也。祭叔者，侄曲端也。尚飨。"他这种办法，既能全公，又不废私，焉能不得全军的敬畏，怎能不受人民的歌颂？

明朝名将戚继光，因为他独生爱子临阵回顾，竟不念父子之情，斩了他的儿子。不怕当了绝户，断了香火。他能不因私害公，所以他才能东平倭寇，北卫边疆。今日掌权的人，多因私废公，不但对亲属力加庇护，甚至因同乡的关系，也能毁法乱纪。何怪东北四省，被岛民白白地拾了去。

外患不足以亡国，内乱不足以亡国，唯国法不能推行必致亡国。并且法律若得推行，国政才能入了轨道。国政入了轨道，自然不能发生内乱。内乱不起，自必不能招起外患。

无论行什么政体，讲什么主义，反正是，法行于上则治，法行于下则乱。我中华前途之兴亡，只看掌权的人，能否除却人情面子，能否因公不顾私。

俗语说"法律本乎人情"。所谓人情者，不是一二要人的私情，是全体国民的公情。以私情行法，必招人心怨愤；以公情行法，必能上下翕服。

长毛的名将陈玉成，守安庆时，对部下临阵退缩的将官，不分亲疏，一律用点天灯之法处治。东王杨秀清，对部下败将，全处以凌迟之刑。他们那等行为，固然是惨无人道，但是太平天国所以能支持十六年原因，未尝不是对大员能行法的效力。以后太平天国之所以灭亡，就是因为姑息顾忌，不敢严惩大员，只能在小民身上用法。

我国扰乱，就是因为两个原因。一是操持大权的人，对犯法的文武大员，多讲情面而不忍处治。二是对于犯法的文武大员，多所顾忌而不敢处治。其实若能光明正大认真办理，虽亲友亦不能怨你刻薄。若能将他们的罪状宣布全国，虽大员亦必无法反抗。

若想中国不亡，须振起监察的胆量，施行"闻风即奏"的办法，由该院直接派人暗中侦察。不必另派大员使大员们增加额外的收入。如此，不但可以减少公费，也可免得大员们因吃酒席太多而拉稀便秘。

严办犯法的人，才能保护守法的人。宽纵犯法的人，必致守法的人也因不平之故，起而犯法。

古人说"家庭之间，只可论情，不可论理"，固然是大有阅历的话，然而只可限于一家人，对一家人之间的私事。只要一关涉家庭以外的人，就只可论理，不可论情。家庭是邦

疯话

国的基础，若为护庇私情，由家庭先将理字破坏了，一国之人，彼此之间，更不能讲理了。

我常见一些未受过教育的夫妇，因孩子在外招生是非，反因舐犊之念，向被害者大打大骂而惹大祸，全是起于只顾私情，不顾公理所致。假若他们对自己的孩子，只论曲直不加偏袒，不但不致惯坏了自己的孩子，也可以免得招人的愤恨。天下小事大事全是一理。国中若有贪污的官吏，全是因掌大权的人念私情而纵起来的。

用太阳系作比方。太阳与八大星之间的吸力就是情，八大星的轨道，就是理。他们若不能守着一定的轨道走，太阳也就无法施用吸力，宇宙必立时分崩碎裂而化为乌有。人犯了法，就是出了应守的轨道，也就是不循理的举动，是破坏人类的系统，是群众间的败类，所以不可因情牵扯，而将理毁了。

法律是为讲理而设的，是专对不讲理的人而施的。当权的人，若只顾情而不顾法，就是毁法背理，国政不但永远上不了轨道，并且必致民乱国亡。

国际间，保护政治犯，是因为政治犯是对一国的政府叛逆的，并不是在一国的社会之间，因为私欲而杀人放火诈欺劫盗的。一国的政府，时常被一些人霸占而倒行逆施，才引出政治犯来。当权的人为泄私愤，可以施用势力，对反逆者加以惩处而不顾公理。国际间因维持公理起见，才对政治犯力加保护。

我国近二三年来，所发生的邮款、鸦片、盗宝、卖官、舞弊几件大案中的男女罪犯，虽然全顶着委员官吏的头衔，然而与寻常窃盗诈欺的罪犯相等。岂可容他们远居乐土逍遥法外呢？当权者若不将他们赶紧"引渡"过来，他们就要造谣攻击政府，而掩盖他们的私罪，假冒政治犯了。

司马迁论商鞅，说他"刻薄寡恩"。其实，若欲使法律推行，决不可"宽厚多恩"。太子犯法，他还敢认真处治，因太子不能加刑，而惩办太子的师傅。商鞅不知有所顾忌，不肯模糊敷衍，所以才能使秦国盛强。中国现今若有商鞅那么一个不避权贵，不徇私情的人，何致贪污的案子层出不穷呢？

前年我问某侦缉队长说："你们终日缉捕盗贼，假若他们被释出之后，对你们报仇怎么办？"他说："我们办的是公事，无所偏袒。不贪赃枉法，盗贼并不同我们结仇。"可见按法而施，公事公办，盗贼还知公理而无人可怨。假若当权者用光明正大的手段，重办几个贪污的官吏，将他们的罪公布全国，也必招不起私仇与私怨来。

据报载，某省当局，枪决三个见匪攻城弃职潜逃的县长。这真是一个大快人心的事。因为官吏受人民的供养，有守土之责，理当城存俱存，城亡俱亡。然而细一想，未免要为他们呼冤。因为县长多是文人，没有防守的武力。没有武力，因失城逃走，还须处以死刑，那么身拥数万之众的将官，若因敌进攻，轻弃防地该当何罪？

管子说："草茅弗去，则害禾谷。盗贼弗诛，则伤良民。"唐太宗说："养稂莠者，害嘉谷。赦有罪者，贼良民。"这两句话，当权的人若顺着走，就能保权位，定国乱。否则，不但害了自己的声名，也要缩短国家的寿命。

操持国中大权，不在乎有什么高明的学识，只在乎能否"除恶"。所谓除恶者，只是"除恶税，除恶法，除恶人，除恶俗，除恶习"。这五恶若不能除，任何好的政策，也不过是

疯
话

谈谈而已。

前几年，在机关任职的要人的自用汽车，没有一辆纳捐的。那么依此推断，在机关服务的小要人的自用人力车，也可以不纳捐了。但是我看他们的车上也有捐票。可见在目下的中国，做的官愈大，享的权也愈多，并且愈对国家有不纳税的义务。何怪人人愿做官而且愿做大官呢。

民变起于争食，官反起于争权。争食因为饿，争权因为贪。民的肚子容易饱，官的欲念永不足。民变常少，官贪常多。

有人说："中国将来不亡于东方某国，就要亡于北方某国。中国目下不联东，就得联北。"我说："东方某国是凶狠的强盗，北方某国是阴毒的恶妇。亡于强盗是家破人伤，亡于恶妇是家败人亡。联前者，如同交匪类，联后者，仿佛娶婊子。全不能有好的结果。"

《颜氏家训》上说"夜觉晓非。今悔昨失"。我中国的人——尤其是些高出小民之上的要人——若能施行这句话，国中就可真正统一，东北四省终究是中国的领土。

我最恨现今有些要人，对中国民穷财尽的现象，不说是"前人遗下的祸"，就说是"受了主义的剥削与压迫"，一毫也不承认自己的过错。

《潜夫论·务本篇》上说"为国者，以富民为本，以正学为基"。所谓"富民"者，不是用科学方法，改良农田，也并非礼聘一些讲堂上的人才，干涉农工商的职务。是不行扰民的恶政，轻减人民所担的恶税，少设不切实用的机关，剿除人民中的土匪，令人民能安心自理他们的职业。所谓"正学"

者，不是采取四二制或三三制，也不是效颦欧美日本，是慎选有学有品的职员，是施行"教育纪律化"，是编定合乎中国民族性的教材，是养成学生出了学校，有在中国谋生的本领，是排除一切"外国顺民"所作的毁坏欺骗青年的邪说。

"要人"犯了显显然然的大罪，本可立正典刑，偏要另派大员亲临检查，唯恐屈枉了他们。"小民"犯了似实似虚的小罪，本可设法详查，偏要立时捕拿下狱，竟无人代为剖白。专制时代也少有这种现象。岂知要人是人生父母养的，小民也不是猪生狗养的。同为一国的人民，不可有两种的待遇。

"匿名信"本是不敢负责的怯懦之夫的卑鄙行为。寻常人接到这种东西，还认为鸡鸣犬吠置之不理。然而近四五年来，我听说官方竟凭这东西，任意逮捕人民。假若此风一行，人民就无时无刻不在忧惶恐惧中度日子了。

官方对于匿名信，不可认做升官发财的机会。应先设法详细追查投信的人。一方面对于被告发者，慎加调查暗行监视。另一方面在无真赃确据之前，万不可轻施逮捕。一则可免无辜者含冤，二则可保官方的名誉。

五年前，北京某机关，因得匿名信一封，竟不加详查将某校教员某甲，捉捕而去，非刑审问，使他承认是共党领导人。至终，打掉了他三个脚趾。及至证明他是被人陷害，才将他释放出来。某甲虽未丧了性命，但是两只脚全残废而成了瘸子。这种黑暗，只可在我中华民国寻得出来。

人民迷信太深，固然是妨碍国事的进步，然而"要人"所办的"金刚时轮法会"，也不是推进国事之良谋。

古语说："国将兴，听于人。国将亡，听于神。"所谓听

于"人"者，是靠赖一群要人，化除私欲专心国事。所谓听于"神"，是一群要人，尔诈我虞放弃责任，专在他们所拜的神上用心。这两句话并不是指着无官无职的小民说的。

所谓"要人"者，是要办"要事"的人。所谓"要事"者，是需要办的大事。只要"要人"能将"要事"办好了，小民那种种不合科学的陋见，先不必管它。

我听说某省，苛捐恶税层出不穷，土匪遍地。某省的要人竟熟视无睹，偏大用精神，拆毁庙宇，严催放足。这是倒行逆施，这就是轻重不分。

新序上说"圣人不易民而治"。汤武所治的人民，就是桀纣当日所治的百姓。然而前者扰乱，后者安稳。不是人民改良进化了，是当权的人正大光明了。

《汉书》引古谚说："足寒伤心，民怨伤国。"自古以来，善治国的人，不惧外患之迭起，而怕民怨之骤兴。民怨之所以起，是起于赋税之繁苛，官吏之贪暴，兵匪之滋扰，能将这几项人民之害，彻底扫除，民怨自息，外患也就无隙可入。

近二十年来，中国的乱源，是因为没有巩固的政府。没有巩固的政府，是因为政府中没有能统治的人才。没有统治的人才，是因为纵然有一二可以统治全国的人才出现，就必有一些嫉贤妒能的要人，竭力在暗中将他的肘，扯他的腿，拆他的台，使他不能安于其位，不能尽其所长。

人民说便宜话，是出于望治心切，是督催政府。要人说便宜话，是妒嫉心深，是要拆政府的台。

一人所表示的意见，或许是妄言。多数人所表示的意见，就是舆论。拿破仑说："随舆论行事，何事不成。舆论所向，天下无敌。"管子说："民别听之则愚，合听之则圣。"法国古语说："人民之言，神言也。"可见舆论是不可抵抗的。

现在我国一些无系无派不受津贴的报纸上所表示的意见，就是代表多数人民的意见。当权的人若能对这种报纸多加注意，以定行止，绝不致身败名裂，遗臭万年。

姜子牙（姜尚）说："以天下之目视，则无不见也。以天下之耳听，则无不闻也。以天下之心虑，则无不知也。"天下就是指人民说的。古今中外的伟大的人物，所以能得流芳万代的成绩，就是因为他们能以人民之耳目为耳目，以人民之心为心。

中国百姓全是好的，只是缺少好官。百姓中纵有坏的，也是跟官吏学来的，或被官吏逼出来的。中国兵士全是好的，只是缺少良将。兵士里纵有坏的，也是上梁不正下梁歪。我以为，与其训民，不如先训官，与其练兵，不如先练将。

好主义或好演说，也不过如同千里马。非有千里人，不能得他的效用。

大前年，我因求升官发财，也买一部某书朝夕研究。我的朋友某小"要人"问我说："怎么？你也要投机。"我说："许你们偷狗，还不许我偷鸡（投机）吗？你们偷大的，还不许我偷小的吗？"

一些要人，若欲替人民谋幸福，只有本着天良，凭着权势，脚踏实地，一步一步地做去，不必大唱高调，乱发宣言，以免再使人民失望，而怀"与汝偕亡"的怨愤。

我的亡妻活着的日子，因缺柴少米，时常愁锁双眉。我劝解着说："你不要因家境忧伤。你耐烦等着，将来总有汽车

疯
话

给你坐。"她说："我受你的欺骗太多了。你有好听的话，不必向我说。我恐怕死了，连寿衣还穿不上呢。"果然，她死去十八小时，我才借到朋友的钱，将她身上的旧衣，换下来。对妻应许得太过，还能使她失望而死，使自己的良心抱愧，何况要人对于小民呢。对妻说大话，若办不到或能得她的原谅。对百姓说大话，若办不到只能受他们的咒骂。

苏俄、德、意、日四国，所以能转弱为强，是因掌国政的人能以身作则，是因国中的要人肯牺牲己见，捧起一个肯负责的人来做首领。中国所以日趋脆弱，是因掌国政的人言不顾行，是因国中的要人私见难除，各怀首领欲。

《孔子学语》上说："汤武以谔谔而昌。桀纣以唯唯而亡。"当权的人，若欲国事兴隆，不可不广开言路，使人民有敢进直言的可能。若愿国势危亡，只有箝制人口，强使人民歌功颂德。

《史记》上说："千人之诺诺，不如一士之谔谔。"民国以来，一切失败的要人，全是被诺诺之声而毁坏了的。他们部下，虽有时有一二特出的人员，对他们竭尽忠言，怎奈他们听不入耳。不但不肯采纳，且必力加摈弃，使中正之士不能展其所长，尽其所能。

吕坤先生说："庙堂之上，以养正气为先。海宇之内，以养元气为本。能使贤人君子，无郁心之言，则正气培矣。使群黎百姓，无腹非之语，则元气固矣。"庙堂就是政府，海宇就指民间。政府之内，若多为小人霸占，纵有贤人君子，正气也无法发挥。国中的言论，若受无理的箝制，纵有真正的舆论，也无法上达。民意既无法发泄，元气就保不住了。正气不能存，元气不能养，国命就是到了尽头了。

一党须先统一党员的心，才能站立得住。一国须先统一要人的心，国政才能进入轨道。人说，治国须先统一人心。我以为所谓人心者，是"要人"之心。只要"要人"们能统一，人民自必风行草偃。因为人民向来就是统一的，不过被一些"要人"们，强加上不统一的恶名而已。

人民自古就有互助之心，所以容易统一。要人从来就有猜忌之念，所以惯于彼此分立。

"要人"居高位，如同一个人站在高处，他的优点或劣点，最容易被人看出来。他的一举一动，绝瞒不了众人的耳目。所以要人留好名或留坏名，全比寻常的人格外容易。寻常的人想留名，如同由深井里向外爬，除非爬到井口，才能被人看见。所以或好或坏，多不为众人所注意。

以"老实易治"四字而论，中国的百姓，可谓全球第一。以"贪赃枉法"四字而论，中国的官吏，可谓环球无二。因为百姓老实，所以容易养成官吏的贪污。因为官官相护，所以官吏的罪恶永远不能除净。

中国的百姓之所以老实易治，是因为怕官怕势。官吏之所以官官相护，是因为朋比为奸。若有严正的政府，自不能容留官官相护的恶风。百姓的痛苦若能有上达的可能，自不能养成怕官怕势的心理。

不必高谈革命。中国的革命若不能首先由官吏革起，中国的革命永远不能成功。政府若不能破除情面，严惩贪污的官吏，无论什么法式的政府，永远不能根深蒂固。

我读历史得了一个判断。从来伟大的人物，所以招起天

疯话

怒人怨，身败名裂，多不是他们本身所引出来的，多是因为护庇少数的私人而生出来的。

治田，只能勤于耕耘。治国，只能勤于惩劝。耕，就是疏通上下，耘，就是铲除恶苗。惩，就是诛罚贪污。劝，就是鼓励良善。治田与治国，全是一理。上下之气，若不能流通，民心永不能稳固。贪官污吏，若不能肃清，民生永不能繁荣。

人民服从官吏之心，甚于服从家长。属僚服从上官之心，甚于服从父兄。所以治国，易于治家；驭下，易于训子。

有人说："古时的人民易治，现在的人民难治。你不可将治民看容易了。"我说："古今的时代，虽然不同，但是古今的人民，便是一个心念。古时的人民所求的，只是安居乐业。现今人民所求的，也是乐业安居。正如三千年前的人，喜欢吃饭，三千年后的人，也不能喜欢吃屎。"

古时人民，所以易治，是因为骗他们的人少。现今的人民，所以不易治，是因为骗他们的人多。古时为政的人，多是治民。现今为政的人，多是骗民。所谓治民者，是惩治莠民。所谓骗民者，是欺骗良民。人民肯受治，决不愿受骗。若误认骗民之术，为治民之法，当然得不到好的效果。

我读古人的言论，少见"为人民谋幸福"的话，而人民反多得幸福。我读今人的言论，天天日日时时刻刻，见"为人民谋幸福"的话，而人民反无法安生。我愿我中华的老实百姓，大家立定志愿，每逢听见"为人民谋幸福"的话，不论是谁说的，大家要同心合意地静骂他三分钟。如此，虽不能使他得"千夫所鸣，无病晏驾"的效果，也可以使他心神不安，多打几个喷嚏。这并非迷信之谈，这正是感应之理。

对穷苦的人尽一份心，比等他们饿死之后，施舍花棺彩木好。使悲苦的人民，减轻一份担负，比等他们愁死之后，为他们谋成极大的幸福好。我所以痛恨现在的外国学说，就是因为他们要用现今的人民，作试验的牺牲，专专为未来的人民打算。他们纵或能使未来的世界变为天堂，然而等到那时候，不幸的小民早已化为枯骨了。

近几年来，我中国人——尤其是一些要人——多养成了一个亡国败政的陋习。凡事怨天尤人，不知痛自反省。纵然亲自将国事毁了一个七乱八糟，反在一边恨天怨地，大骂张三李四，自己不负分毫的责任，而竟昧着良心大说风凉之话。寻常的人有这种恶习，一生休想发达。国中要人有这种恶习，国命决不能持久。

外国对中国所施展的帝国主义固然可怕。中国人对中国人所施展的帝国主义，更加可怕。外国的帝国主义，是强横之国对弱小之国而施。中国的帝国主义，是有权势的人对无权势的人而施。

旧的专制，是寡头专制。因为只有皇帝，可以行专制。新的专制，是多头专制。因为你若有权势，就可专制。旧专制，是皇帝自以为受命于天。新专制，是"要人"自认为受命于民。旧专制下的百姓，是皇帝的家畜。新专制下的民众，是"要人"的傀儡。

"有强权，无公理"一句话，自从由外洋传入我国之后，已经被许多人误认为是人生的金科玉律。其实，这句话只可行于禽兽世界，只可行于天下将乱的国际之间。一国之人对

疯话

于一国之人，万不可施用。中国人对中国人，更不可施用。

在无权位的日子，不可擅骂当权的人，要先自量，你得到权位的时候，你能否好于你所骂的人。在失位下台之后，更不可轻骂当权的人，要先回想，你掌权的日子，你是否好于你所骂的人。平民说便宜话，讥骂要人，还觉情有可原。现今的要人，说便宜话，讥骂要人，未免是不知自反。

"要人"为老婆孩子牺牲声名，还觉值得，若为几个私人败名丧节，未免是愚不可及。可惜我国失败的"要人"之中，十之八九是因为使几个私人的欢喜，而得到全国的骂名。结果一些私人发了大财做了大官，而自己反无立身之地，岂不可叹。

去年，一位爱国商人，屡次来见我讨论救国的事，并且有意呈递救国的条陈。我说："你的条陈，是否确切先不必说。凭你这一个毫无声望的人，居然要'伏阙上书'，就是不知自量。并且每一个要人，必有几层的包围，你的条陈又岂能达到他的尊目。与其白耗精神，空生闲气，何如安分守己，做你的买卖。要知救国并不在乎干政，各尽本分就是为国家谋富强之一法。譬如，你的贵行是买卖米面，你只要不囤积居奇，不大斗买人，小斗卖出，不向米面里掺东西，不劝人吃'西贡'吃'仰光'，遇到善士捐舍米面票，你真能给穷人准斤十六两，就是救国，也即是救民。"

又问："顾炎武说'天下兴亡，匹夫有责'。我虽是个匹夫，岂能放弃责任，不管国家的兴亡。"我说："顾先生的意思，并非指定邦国危亡之日，匹夫匹妇全应舍弃当尽的本分而去救国。他所以提出匹夫匹妇来，正是激励一班要人。匹夫匹妇尚须负救国救天下责任。至于一班要人，更是责无可卸了。"

帝制国的君臣，向来负亡国之责。因为帝制国的人民，是处于奴仆地位。譬如，主人若将家弄败了，只有主人负责。民主国的公仆，永远不负亡国之责。因为民主国的人民，是居于主人身份。譬如，奴仆若将家弄败了，人也必是要将责任归到主人身上。况且，我以中华民国而言，这四万万多位主人，既有这个权，那个权，所以公朴们，可以永远立于无过之地。

公仆这两字是由英文 Public-servant 译出来的，是首先经华盛顿发明的，是专指民主国的官吏而言。因为民主国的官吏，是人民选举的，是为人民办事的，是服从民意的，是不敢独行己见的。所以，我以为民主国的官吏，若没有华盛顿那种为人民鞠躬尽瘁、大公无私的心志，就不配妄用公仆这个名词。

富家的主人，若对于家务不关心，必致养成一班恶奴。专以北平一处而言，有一些旧日的富家的主人，现今多已成了乞丐。至于他们的仆役，多已变成了富翁。我详查他们败家的原因，多不是因为他们吃喝嫖赌，多是因为过于信任仆役，以致"太阿倒持，大权旁落。主人日瘦，仆役日肥"。甚至反奴为主，上下颠倒。民国的人民若对于国事不加注意，只容一班公仆们任性而为，将来所得的结局，恐怕还不如北平富家的主人。所以，孙中山才提倡"民权"以防公仆们的存私作弊。

富家的仆人，并非全是没有良心的。有些主人败家之后，反可领带仆人为生。甚至有些发了财的仆人，不但能维持主

疯
话

· 127 ·

人的生活，并且对主人能尽旧日礼节。至于不入轨道的民国的"公仆"，多是高居主人之上，作威作福。平日既不将主人看在眼里，亡国之后，他们必跑在一边安享快乐，更不管主人是死是活。

仆只是私的，并没有公的。愈是一人之仆，或小家庭之仆，愈能尽为仆之责。假若是大众所用的仆人，必然没有专诚的忠心，所以仆字之上，若加一公字，实在是不合情理。

凡事须顾名思义，有其名就当有其实。民国的官吏，既以公仆自居，就当细想仆字是怎么讲。假若住必洋楼，衣必华贵，食必精美，行必汽车飞机，而对于国事，成则居功，败不认过，未免是名卑实尊。如此，我宁愿生生世世为民国之公仆，决不愿名尊实卑而为民国的主人。

我是求实不求名的。我常说："当犬马之名目若能享祖宗的待遇，我甘愿为犬马；得祖宗的名目，而受犬马的痛苦，我决不当祖宗。"

假若民主国的公仆不肯尽公仆之责，将来公仆二字，就要成了字典里最恶劣的名词。譬如"救国救民"四个字，岂不是可尊可敬可钦可佩的好话。然而为什么，老百姓现在一听这四个字，就要长吁短叹，皱起眉头。

私仆若忘恩负义，营私肥己，就是恶奴。然而，其罪只关系一姓一家。公仆若忘恩负义，假公济私，便是民贼，其罪关系全民全国。前者，仅招一生一世的讥评；后者，则受千秋万代的唾骂。

中日两国，变法的时候，相差不远。然而，一则因变法而弱，一则因变法而强。我中国所以得到相反的结果，只是因为一班执政的人，专能在法上变革，而不在自己的心上改善，徒有良法而无良"心"，焉能得到良好的成绩。

不会变法的国，如同"沐猴而冠"的猴，纵然日日薰浴，天天更衣，到底还是贼头贼脑。不改良进化，还不失本来面目，一向人里打扮，反倒格外难瞧。

孔孟纵然披上猴皮，还是圣贤。猴子纵然穿起蟒服，仍是兽类。内心未变，外表的变更，毫无关系。

法制不过如同器械。徒有精良的器械，而无干练的工匠，也是无济于事；徒有完美的法制，而无公正的人员，也是有害无利。所以，重法制不如重人格。各项的工匠，若仅凭技艺，不讲道德，决不能做出利民的政绩。

怕得罪小人，就是小人；肯扶助君子，就是君子。

中国古时重德化，西国今日重法治。化是温和的，是无形的，是静而不扰的；治是强暴的，是露骨的，是勤而多变的。施德化，则须勤于修己；讲法治，则须劳于防民。德化，是出于情；法治，是生于术。情之用，无尽；术之用，有穷。情专能感人内心；术仅可制人外体。

为政的人，勤于变法，不如勤于正心。对于自己的一颗心，若不能将它放在腔子里，而欲使人民的行为，不出轨道，焉得能够。正心二字虽然是腐化的名词，但是无论哪一国的要人，若不能先由二字做起，纵然天天变法，日日改制，也是只能扰民，不能利国。

革命，不只是革除专制者所受的天命，是革除专制者所为的弊政。假若旧弊虽除，又生新弊，就是反革命。如若旧弊未清，又增新弊，那么，连反革命三字，还不配担承。

疯话

罗洪先说"圣人居危临变，莫不省躬改过"。现今我中国全国，已到危急变乱的境地。我国的要人，纵无希圣之心，也当为惜名着想。凡是一个要人，就有历史里的位置。若肯为千秋万世的令名预计，目下的当务之急，须先省躬改过。这样，才能息止人民的愤怒，才能感发同僚的天良。如此，才能精诚团结，才能上下一心。

救国先救党也罢，救党先救国也罢，无论施行哪一种方法，也必得先由救心入手不可。心若沉沦下去，自己先失了做人的资格。人若失去做人的资格，就成了行尸走肉。行尸走肉，自身尚且不能保全，何况身外的国事党事。

"精诚团结"一句话，说着容易做着难。这个难字，不在外人而在己心。当权的要人，若能除己见开诚布公，难事也成易事。因为所谓精诚团结者，是须由自己首先向人求团结，并非端起架子，坐在家里等候别人前来向你尽精诚。

"斯人不出，如天下苍生何"是从古以来，朝野上下对于真有救国本领的要人的想望之辞。若自问真有救国的能为，并且在全国苍生的渴望之下，就当俯顺与情，不顾己私，立刻出山，负起救国的责任。万不可躲在一边大唱高调，而辜负四万万苍生之心。否则，莫如支领一笔巨款，出洋去做寓公，以免惑乱人心。

国内的政敌，毫不足畏。身边的小人，实在可怕。从来我国的要人，所以不能成功，多不是因为受了政敌的攻击，而多是受小人的蒙蔽。要人若把消除全国的政敌之心，用于肃清身边的小人，我以为，决不致走入失败的路途。

有人问我："在专制的时代，一些圣帝贤王名臣良将多是起自田间，深知人民痛苦，所以能得到民富国强的成绩。我民国的要人，也多是由贫贱出身，为什么竟得到相反的结果。莫非他们全是些毫无知识的坏人吗？"我说："其中颇有几个有知识的好人。不过略一得志，就被身边小人用'米汤'给灌糊涂了。"

小人善能窥察长官的心意。掌权的人，若以公正的心办理国事，小人决不敢以偏私的言语，欺瞒诱惑。小人固然可杀可诛，而以偏私办理国事的要人，更是可耻可恨。就以民国"皇帝总统"袁某而论，他若不想背叛民国，他那身边的几个小人，决不敢假造"顺天时报"，助长他的私愿。

小人全是眼光太短，只愿一时的富贵。君子全是目光远大，肯虑千载的荣辱。小人唯恐他的主人，不为莽曹。君子唯恐他的主人，不为尧舜。在俗人的眼光看来，小人未尝不是通达时务的俊杰，君子未尝不是顽梗不化的匹夫。

历史中所载的小人，在当日全是自以为聪明之辈。历史中所载的君子，在当时全是被小人所讥为不达时务的人。小人，在当日权威愈大，到后来挨骂愈多。君子，在当日遭讥辱愈多，到后来受颂赞愈甚。

什么叫随和？自重的人，决不随和。什么叫顽梗？自重的人，必要顽梗。水性杨花最随和，盘石砥柱最顽梗。结果，随和的，乱流乱飞，不知达到什么所在。顽梗的，不摇不动，永远不失固定的根基。

若是一国的要人，抱定"许我们任意唱高调，不准你们凭心说实话"，就如讳病忌医的人，永远也不能有身强体健的希望。病人讳病忌医，所害者，不过一身一家。要人饰非拒

疯话

· 131 ·

谏，所害者，普及全民全国。

薛瑄说："进将有为，退必自修，君子出处，唯此二事。"
近二十余年以来，我国的要人多是进而不思为国家谋福利，
退而专想为自己泄私怨。可为之时，不知所应为。可修之时，
不知所当修。否则，决不致内乱不止，决不致外患层出。

刘向说："智而用私，不若愚而用公。"有治国之责的人，
若能将这话记在心里，我以为，国事并不难办，只怕是"愚
而用私"反将别人认做了愚人。

治国的正道，只是清静无扰。亡国的原因，多因胡改乱
革。改革之见，若出于大公之心，尚须详加考虑。假若发于
偏私之念，当知一动不如一静。要知，百姓若不得安生，你
们也不能独享幸福。

专以要人而言，天良就是公、诚。公则正，诚则实。正，
可以服人，实，可以感人。若不能服人感人，必是不公不诚。
不公不诚，就是私，就是伪。私必偏倚，伪必空虚，偏倚即
不能自存，空虚则无所依据。并且私字伪字之音与死字危字
之音相近。这虽是有些强拉硬扯，可我以为，私是死征，伪
是危兆，私与伪决不能支持长久。民国以来许多的要人，所
以不能成事，只是因为缺乏公诚。所以不能公不能诚，只是
因为先将天良丧尽了。

现今我国，因为外患紧近，"团结一致"的标语，又成
了一时的口号。几乎是一个要人，就必拿这四个字作口头禅。
其实，无论在哪一国，团结全国的小民易，团结当权的几位
要人难。要人若肯团结，小民自然一致。

要人所以不易且不能团结，只是因为他们不肯以公、诚

相待。所以不肯开诚布公，只是因为误将别人全当做愚人。于是乎专以诈、伪相尚，不肯吐露真实。用这种方法以求团结，岂不是南辕北辙。《说苑》上说"巧诈不如拙诚"。古语说"智而用私，不若愚而用公"。要人若果有团结的志愿，不可不先将这两句陈腐话记在心里。自己若本不巧、不智，用诈、用私，更是自寻烦恼。

《袁子政书》上说："凡有国者，患在壅塞，故不可以不公。患在虚巧，故不可以不实。患在诈伪，故不可以不信。三者明，则国安。三者不明，则国乱。"这"有国者"三字，并非专指帝王而言，只如果执掌一国大权的人就是有国者。我国虽名为民国，我国的要人，虽自称"公仆"，可是，要人无论如何客气、自谦，我国的命脉，仍是操之于他们之手。自从我民国成立以来，所以一日不如一日，并非百姓不堪造就，怨一些要人们十之八九，不肯尚公，不肯崇实，不肯重信。

程颐说："以诚感人者，人亦以诚而应。以术驭人者，人亦以术而待。"王艺说："使诈，则能愚人。推诚，则能感人。感人者，可久。愚人者，不常。感人者，动以情。愚人者，用其术。然情之用不竭，而术之用有穷。"某总统因为小有才，目中无人，一生惯用权术。竟不知，权术还不可常常用之于粗鲁的大兵，何况屡屡施之于精明的人士。到底，他的私智用尽，露出马脚，不但未能满足自己的私欲，甚至气愤羞愧而死。他若肯推诚待人，秉公治国，何至身死名辱，留下千秋万代的笑话。

张栻说："至诚可以回造化。"造化，在这里，就是"天"。古时以为大乱是有"天意"的。现今还有人说，我国人民所

疯话

· 133 ·

以困苦惊慌，不得安生，是因为遭了"劫数"。劫数，也有人认为是出于天意。这不但是迷信之词，并且是移过于天。大乱是人造成的，劫数也是人造成的。所谓人者，不是小民，乃是要人。虚空无知的天不能负祸国殃民的责任。现今要人所应办的要事，不是挽回天意，是要先挽回民心。所谓要挽回民心者，是要先挽回自己的良心。孟子所说的"收放心"，也就是指收回自己所固有的良心。若失去了良心，决不能有诚的表现。若无诚意，纵然学尽了科学，用尽了智力，大乱还是不能止息，民生还是无有指望。

刘行简说："天下之事，下合人心，上合天意，中合大道，唯有一言，公而已矣。"公则可免壅塞之患，公则可杜虚巧之谋，公则可消诈伪之机。一国之中，若没有这三种大害，帝国主义虽然狠毒，也必无隙可入。莠民盗匪虽然喜乱，也必化为善良。因为，只要国中的要人能以公为心，国中的一切全能上了轨道。如此，外患也就可以防止了。《孟子》说"国必自伐，而后人伐之"，自伐的原因，也就是因为有一个私字在要人的心中作怪。

专制的兴亡，帝王必须负责。民主国的兴亡，要人必须负责。譬如，你若管理一件事务，不论你出于自愿，或出于推举，你既承担起来，就是责无旁贷。纵然民国的要人，是被"民选"的，人民也不能负成败之责。因为无论哪一个民国，人民也不能强用武力，将一位要人推到台上去。好比你若不肯唱戏，谁也不能拉你玩票。你既上了舞台，披上戏衣，开了尊口，唱得好坏，他人再不能担功担过。假若一个民国的要人，不是出于民选，那么，国若亡了，要人之罪，更必无可推卸（并且稍有一点思想的人，决不信天下真有"民选"这么一件事）。

中国圣贤的学说，所以可作万世的典范，就是因为论齐家治国平天下，全是由修己入手，并将责任上推。"三纲"虽然仿佛将为君的为父的为夫的地位抬高，可是这三项人，须负了"国亡、家败"的责任。地位好听了，担承太重。空空戴上一顶硕大无朋的高帽子，然而，说真了，那挨压挨骂的滋味，并不好受。

古时为帝王的须负"父、师"之责，不仅担亡国之罪。所以有些人，类如巢父、许由等，虽遇着可以为君的机会，而不愿一尝滋味。前几年，中美洲某国，曾有五个总统争位，就是因为该国纵然因乱而亡了，自有人民做挡箭之牌，他们还可以败不担过。

我中国"三纲"之说，并不是只责下而不责上，甚至，多是责上而不责下。我只听说"正君心"，并未听说"正臣心"。我只读过"君明臣忠，父慈子孝，夫义妇顺"，"君、父、夫"必先能"明、慈、义"，才能收得"臣、子、妻"的"忠、孝、顺"。并且，只以《论语》《孟子》两部书而言，孔孟二人，全是对在上的人指明了责任，使他们戒慎恐惧。据一班新圣人所说"中国的书籍，全是颂扬主子的东西"，这是因为他们被欧美的学说先入为主，而不肯对中国古书略加注意。

民国的要人，虽没有"君相"之名，然而也是做君相的事。他们虽客气自谦而取"公仆"之名，可是既办理国中大事，公仆之名虽卑而且低，然而公仆之实则高而且尊。我以为，任何民国，若想国富民安，一班要人，万不可将兴亡之责，向百姓身上推卸，百姓虽不能辩诘诉说，可是千秋万世之后，功罪自有分明之日。我从来未见历史里有责骂百姓的记载。或者外国的新历史是专骂人民的，可惜，我因读书太少，还未看到。

古时的专制国，因为是"家天下"，帝王责无旁贷。若遇着好的君主，往往因私而全了公。现在的共和国，因为是"公天下"，要人责有可推。若遇着坏的要人，往往因私而害了公。所以，共和国的要人，也必须责无旁贷，才能有好的希望。

李世民说："王者无私，故能服天下之心。"在古时，王者本来被人民认为真龙天子，并且人民也将邦国认为他一人的私产。现今，民国的要人既被人民认做"一个凡人"，并且人民也将邦国认为全民所公有。王者若不大公，还不能安服天下之心。要人若尚偏私，岂不是不知"民国"的意义。

《素书》上说"败莫败于多私"。这句话的含意，就是"成莫成于尚公"。多私，则劳而难成。尚公，则轻而易举。我读中外的史书，见许多的小人，所以遗臭万年，全是因为上了私的当。许多的伟人，所以流芳千载，全是因为得了公的益。这个定例，不但已往的几千年中是如此，将来再过几百万年后也出不了例外。

私，必有己无人。公，则人己兼顾。有己无人，必将招人的妒恨；人己兼顾，才能得人的同情。妒恨心一生，你的私念愈大，人对你所施的破坏力愈坚。同情心一起，你的公心愈切，人对你所尽的辅助力愈多。

古语说："独力难成，众擎易举。"独就是私，众即是公。私，则势孤力单。公，则势强力厚。古语说"得道者多助，失道者寡助"。所谓得道者，是因为得到了一个公。失道者，是因为失去了一个公。道，也不过是公罢了。

《书经》里称纣王为独夫，就是因为他失了公心，只知有己，不知有人。不但帝王独行己意是独夫，就是民国的要人，若不以公为心，也算独夫。某总统因为欲将全中国人的中国，变成他一人的私产，以致成了一个众叛亲离的独夫，遂闹得身败名裂。

《冰言》上说："做官都是苦事，为官原是苦人。官职高一步，责任便大一步，忧勤便增一步。"现今的人，十之八九所以都在竭力向官场里钻挤，只是因为将做官认为乐事，把官认做乐人。并且，以为官职高一步，势力便大一步，欢乐便增一步。这并非因为观察点错误，实在是因为，现在做官愈大，愈可以自由行动，愈可以不负责任。

有人问我："现今我国既然将民尊为'主人'，将官贬为'公仆'，为什么还是愿做官的人多，愿为民的人少？"我说："人全是愿得实惠，不重虚名。做官若能真享幸福，纵然将'官'改称'孙子'，人也是愿当孙子。为民若真受罪，纵然将'民'唤作'祖宗'，人也怕当祖宗。区区名称上的高低，毫无考究的必要。"

在以前，做官做到一个大将军，还不敢为所欲为。到而今，升官升到一个小旅长，大可宣布独立。做官做大了，政府可以不遵，责任可以不负，并且有民意可以任意强奸。成了，是自己的功劳，可以据扰一方，独霸称尊。败了，是人民的主使，可以向外洋一跑，大开眼界。既有这种便宜的勾当，莫怪人人愿向官途里奔跑。

某总统实行帝制的日子，说："我只以民意为从违。人民愿我做皇帝，我就做皇帝。"我曾对朋友说："哪一个××愿

疯话

他做皇帝？"后来他在取消帝制的时候，又说："我只知民意。人民愿意我做总统，我就做总统。"我对朋友说："哪一个××愿他做总统？"大丈夫做事，只凭天理良心，为公只说为公，为私只说为私，岂不光明磊落？

朱熹言："居官不可作受用想。天之生我异于众，予以治世之职，是造福于世之人，非享福之人也。"居官的人若肯将这句陈腐的话记在心里，较比熟读一切的欧美政治学，还能使国沾光，使民受惠。人人若果明白做官的原义，现在宦途之中，决不致被人推挤见得不着天日了。

《鹿门子》说："古之官人也，以天下为己累，故己忧之。今之官人也，以己为天下累，故人忧之。"己所以忧，是因为要尽职责。人所以忧，是因为怕受刮扰。以天下为己累，是因为尚公。以己为天下累，是因为行私。

陈惕龙说："大智兴邦，不过集众思。大愚误国，不过好自用。"大智所以愿采纳多数人的意见，是因为怕自己的私见妨害了邦国的公务。大愚所以愿施行自己一人的计谋，是因为怕众人的公意阻碍了自己的私图。

公是政治的灵魂。由君主专制直到无政府主义，一国无论采用哪一样，若离开了一个公字，也不过如同无根之木，无源之水，决不能支持长久。

高大的山，是一粒一粒的沙土所堆积起来的。深广的海，是一滴一滴的水所团结而成的。可见，合则虽弱可强，分则势难独存。顾炎武说"合天下之私，以成天下之公"，正是公私兼利的方法。黎元洪说"化小团为大团，除私党为公党"，也正是为小团为私党谋长久的利益。明末那些党派，若不彼此排斥，决不致给满清造了机会。以后马士英、阮大铖之辈，若不因私害公，明朝的国祚，未必就会一亡到底。

越谚说："家不和，防邻欺。国不和，防外欺。"家和是生于公心，不和是生于私见。国之和与不和也是如此。家不和，多是起于长舌的老婆。老婆一和，立刻意见全消。弟兄总有手足的关系，决不致自残骨肉。国不和，全是起于无知的要人。要人一和顿时风平浪静。国民总有种族的情分，决不愿互相争杀。要家和，先不可听信老婆的枕边私语。欲国和，先不可听信要人的冠冕文章。

有人问我："何为君子？何为小人？"我答道："简单地说，君子只是尚公，小人只是重私。小人只争一时的私见，不顾邦国的兴亡。君子只重千秋的令名，不顾自己的生死。结果，因私害公的小人，也不能长寿万年。废私存公的君子，则必能流芳百代。看一看，马士英、阮大铖、史可法、黄道周四人的结局，究竟是谁得到了永久的便宜！"

吕坤说："两君子无争，相让故也。一君子一小人无争，有容故也。争者两小人也。"又说："两悔无不释之怨，两求无不合之交，两怒无不成之祸。"常人不明此理，还能家败人亡，要人不明此理，必将民奴国灭。

在一个病人病到垂危的当儿，万不可轻动他的心脏。心脏一发生强烈的变化，病人准死无活。在一个弱国弱到将亡的时候，切不可擅改她的政府。政府一旦动摇，非亡不可。

愈是广土民众的邦国，愈当实行中央集权的制度。在我国这人心缺乏公德的日子，万不可滥唱地方分权的高调。前几年，滥唱这种高调的人，多是有割据自雄的思想，并非出

疯
话

· 139 ·

于真正的民意。我国人民的公意，全是盼望有一个巩固统一的政府。政府若愿迎合民意，得到号令全国的威权，必须先由组织政府的要人，化除私心，清廉自矢，树起一个大公至正的模范。

政治，并没有绝对好坏之别，执政的人则有实在的好坏之分。孔子说："其人存，则其政举。其人亡，则其政息。"荀子说："有治人，无治法。"专制国在名称上听，固然刺耳，可是，有了好的君主，也可以国富民安。民主国，在名称上听，仿佛悦耳，可是，没有好的要人，也能够民穷国乱。正如做中国饭或外国饭，全在乎厨子手艺高低。同是一样的鸡鸭鱼肉，手艺好的厨子做出来，就能使吃主适口充肠，手艺坏的厨子做出来，就能使吃主拉稀跑肚。

专制国的"君臣"也罢，民主国的要人也罢，全是如同厨子。百姓也罢，民众也罢，全是等于吃主。厨子做的饭，只合厨子的口味，那还不是厨子的能为，必须使吃主点头咂嘴，那才见出厨子的本领。吃主虽然不能做饭，可是舌头全能分得出苦辣香臭酸甜咸。厨子做得顺口，纵然脾气刚暴，吃主为吃饭起见，也能勉强对付。厨子做得太糟，纵然态度柔媚，吃主为生活打算，也必碍难将就。

专制国，若君主懦弱无能，不理朝政，必要养成权臣。民主国，若人民懦弱无能，不问政事，必致惯成政匪。权臣挟天子之命以弄大权。政匪借人民之名而施大骗。不过，专制国若君主无能，是怨他自己"太阿倒持"，有权而不肯用。民主国若人民无能，是怨政匪霸占，人民徒拥虚权而无法可施。

按我国军阀已往的成绩而言，虽然打了一个七出七入，张三并未铲除李四，李四也未打倒张三，所铲除的只是人民的生机。以他们将来的成绩预断，纵然再打一个七入七出，刘五也未必能推翻王六，王六也未必能消灭刘五，所推翻的只是邦国命脉。战来战去，张三或与李四结为秦晋，刘五或与王六交了朋友，他们战也有理，和也应当，只是国民该死，国命该亡。

孔子说："始吾于人也，听其言而信其行，今吾于人也，听其言而观其行。"寻常的小百姓，若"言不愿行，行不愿言"，还要招社会的轻视。堂堂的大名将，若竟"食言而肥，说了不算"，岂不要引起各国的议论。百姓言行相违，不过关系一身一家的荣辱。名将言行相反，岂不要牵涉全国全民的成败。

美国房龙说："委员会，任何事也做不出来。譬如，一会中有三名委员，若想有一点成绩，必须其中有一名不到，有一名病假。"他这话与我国俗语所说"一个和尚提水吃，两个和尚抬水吃，三个和尚无水吃"的意思相差不多。人数过了三人，假若没有一个主持的人，永远也不容易将事务办到好处。

人权虽然不等，事权万不能相同。无论一个家族的私事或一个团体的公事或一个邦国的政事，必须有一个指挥的人，然后才能成得系统。若在事权上，互相争夺，意见庞杂，谁也不服谁，私事或公事或政事，必致闹成一团糟。在欧美，纵然是三四个人组成的旅行团，权限也是分得很清，必公推一个，作为首脑，大家一致服从，决不容自由行动，以免误

疯话

· 141 ·

了公共的事务。

我国自从共和成立，所以闹得家不成家，国不成国，就因为误解了自由平等，将事权当做了人权，于是乎子弟不服从父兄，官吏不服从政府。以家长的管理为压迫，以政府的治权为专制。譬如太阳系中的八个大星，必须向心力与离心力并存，才能有"私转"与"公转"的可能。假若失了向心力而独发展离心力，公转既转不了，私转也转不成，岂不是要将一个宇宙毁灭了？

《左传》上说："一国三公，吾谁适从？"仲长统说："夫任一人则政专，任数人则相倚。政专则和谐，相倚则违戾。和谐则太平之所兴也，违戾则荒乱之所起也。"我国近二十余年，民心所以终日惶惶不安，国势所以"危如垒卵"，全是因为我国政治紊乱，事权不专。有专责的人，不肯尽职，遇事互相推倚。无专责的人，偏又越俎代庖，甚至设法在暗中拆台。

《礼记》上说，"天无二日，土无二王，家无二主，尊无二上。"说这话的古人，并非生成奴隶骨头。这正是因为他们用长久的经验与普遍的阅历而得出来的定理。假若天上两个太阳，热度必太强烈，人物全都不能生存。假若一国之中，有两王并立，必定互不相容，国事永远不能太平。假若一家之中，有两个主人，必定时相吵闹，家务永远办不到好处。假若一尊之上，再出一尊，必定彼此争夺权限，永远不能秩然有序。当初，皇帝是一国的至尊，太上皇虽然高于皇帝，但是主事之大权还是归皇帝一人所有。《文子》说："一渊无两蛟。有，必争。"也是这个道理。

凡是成群的动物，必得尊奉一个首领。团体愈大，行动愈得服从一个首领的指挥。蜂群的分子最多，所以只有一个蜂王。古人"师蜂蚁，立君臣。师蜘蛛，立纲罟。师拱鼠，制礼。师战蚁，置兵"。可见古人能由微小的东西上，得到一些有用的教训。

君也罢，王也罢，皇帝也罢，大总统也罢，政府主席也罢，人民政府委员长也罢，名称虽然不同，可是全是一国的元首。国体不同，元首的名称，自然不能一致。"元"是"第一"的意思，"首"作"头脑"并解，只能有一，不能有二。一人不能有两个头颅，一国也不能有两个元首。一个人，长的头颅愈多，愈不能生活。一个国，愿为元首的人愈多，灭亡得愈速快。我国以先扰乱，是因为屡屡有人要做皇帝。近二十余年的争夺，是因为常常有人要当总统。我常说："在民主国，人人虽然有做总统的希望，可是，人人全不可存做总统的欲念。"

"君"字是"群"的意思。一国的人民也不过是个大群。蜂群为谋全群的统一，所以必特意喂出一个蜂王。古人为谋全国的统一，所以特意公举一个君长。蜂群有了蜂王，才可以有了秩序。有了秩序，才可以合谋全群的利益。人群立君的原因，也是如此。在蜂群里，并非是一个蜂，就可以为王。在人群里，并非是一个人，就可以为君。在民国里，也并非是一个人，就可以为总统。

以前，君主政体所以愈行愈糟，是因为君位常为一人所霸占，成了一家的私产。一家的子孙，既不能人人全好，所以治日常少，乱日常多。现今的民主政体，所以好于君主政体，是因为总统出于选举，正和古时公举君长的用意相同。足证，由

疯
话

根本上说，非才识道德出类拔萃的人物，不配为一国的元首。

　　古时所以尊君，并不是古人生来下贱。因为尊君，才可以使国中少生篡夺的危险，才能使人民有安居乐业的可能。所以尊君正是爱群，爱群也就是爱国。蜂群既不可屡屡更换蜂王，人群也不可常使君长的位置摇动。至于历史家，常将开国帝王，说得神乎其神，常说帝王降生的时候，有何等的祥瑞，并非是提倡迷信，也非是在拍马，乃是为使人对君位不敢有侥幸尝试之心。假若人人以为一国的元首是人人可做的，国中必永远也没有安宁的日子，百姓必永远成了垫马脚的东西。可见这正是古人用意深远，想出种种的计划，如此才能避免扰乱的祸根。

　　项羽看见秦始皇东游，他说"可取而代之"。他那句话固然是富于革命性，但是那种自私的革命性，就是破坏秩序祸国殃民的引子。以民国而言，假若人人想当一当做总统的滋味，有钱的人，就可以贿选，有兵的人，就可以强夺了。

　　一个地方，若仅有一只猛虎，总胜于一个地方有许多饥狼。一只猛虎虽然可怕，但是害人的能力是有限的。许多饥狼害人的范围是普遍的。人防备一只猛虎或攻击一只猛虎，并不甚为难。人防备许多饥狼或攻击许多饥狼，则不易成功。一只猛虎势孤，许多饥狼势众。一只猛虎出没有常。许多饥狼踪迹无定。所以，一人专政，人民受害还小。多人专政，人民受害最大。在这二十五年之中，我国人民所以不得安生，只是因为赛猛虎的皇帝，虽然被打倒了，可是赛饥狼的要人，竟产生了无数。虎患虽除，狼祸又起。欲救民命，必须将大权集于中央，不可再容地方官吏自由行动。

一盘磨，更换一个轴心，就得停止工作一二小时；一个国，更换一个政府，决非一二月所能稳定。磨不应时常更换轴心，正如国不可时常改组政府。欲使磨不停顿，应在最初就拣选好了轴心，万不可用朽坏的材料，苟且对付。欲使国不受害，当在起首就组织好了政府，切不可用不良的人员模糊敷衍。任何事物，若到中途胡改滥更，决不是正当的办法。何况改组政府，与国命民生大有关系呢？

自从我国进步改良以来，"组织小家庭"的风气，已经普遍了全国。摩登男女，所以要分家别过独树一帜，多是因为不愿受父母的指导，不愿尽晨昏定省的天责。那么，分立政府的人，所以要另辟门户，也不过是为避免中央的监督，以便独霸称尊，为所欲为。至于摩登的男女所说，组织小家庭是为维护天赋的人权；野心的要人所说，另设政府是为实行民主政治，全是掩耳盗铃，掩目捕雀，瞒不住人，骗不了鸟。

在四川未统一的时候，该省的军阀到处皆是，个个被首领欲的思想所迷，互争尊长，人人欲为全省的第一人。甚至一个小小团长也敢割据一二县，独霸一方，招兵买马，要坐全省第一把交椅。于是乎，凡有一两营的人，就可征田赋，擅委县长。有些地方，田赋预征到民国七十六年。人民典妻卖子之后，还得敲骨吸髓，滴血不容存留。一省足可代表一国。一省不统一的害处，已可使人民家破人亡。全国不能统一的害处，更不必详说。

英雄美人，正如猛兽毒蛇，实在是可少不可多的害物，所以天道限制他们的繁衍。春秋战国以及三国的时代，所以扰攘不休，全是因为那时英雄美人最多。单以现今我国而言，

疯

话

所以祸乱日多也就是因为一些英雄美人在里边作怪，尤其几乎是一个受过两天教育的男子，就以英雄自居，几乎是一个有鼻有眼的女子，就以美人自命。真英雄真美人，还能乱邦国毁人群，何况是假充的英雄，何况是冒牌的美人？我只求女同胞们，多养愚人，多生丑女，但愿她们所生的男子比我还愚，所养的女子比鬼还丑。

曹操说："使天下无孤，不知几人称王，几人称帝。"他这话，实在合乎当时的情形。本来，天下是一治一乱，由分而合，由合而分。当初，天下所以治所以分，是因为小"私"发达，所以治所以合，是因为大"私"专政。小私发达，各据一方，百姓就不得安生。大私专政，混合一统，百姓才可以喘气。操是一个大私，吞灭了许多小私，正是"以毒攻毒，用贼捉贼"。我中国，在这二十几年中，若有曹操那么一个人才，一些假仁假义而谋小私的人，决不致毫无畏惧。在民国中，若再能以大"公"灭小"私"，更可手到功成。

在云贵深山的苗族，善于制造一种毒药，叫做"蛊"。若涂在箭头或枪尖之上，伤了人立刻发狂，或顿时丧命。制蛊的方法，是将各种毒虫放在一器之中，使他们彼此吞食，所剩下的最后一个，就成了最毒的药品。我以为，一国之中若想达到统一，使内安外静，也必得使英雄们彼此吞食。去一个英雄，少一个乱源。看各国历史，所以能得到国泰民安的原因，也全是因为一个大英雄吞尽了一切小英雄。

以大公心行独裁制，也可以国富民强，以偏私心行委员制，也必能民穷国乱。不可只在名目的好听与不好听上注意，也当在事实的利民与不利民上考究。在这二十世纪，若被"人民的这个府、那个会"，迷住了心数，我敢断定你，只有上当，决无便宜。

当初，君主国的制度是最好的，可惜多被暴君毁坏了。现今，民主国的制度，更是最好的，可叹多被政府假借了。我不知，究竟行什么政策，采用什么主义，老百姓才可以不受虐待，不被欺哄？

自古，土豪劣绅最能揣摩风头，联络官吏，走动衙署，包办民意，假公济私。一乡一县之中，只要有一两个土豪劣绅，一乡一县的安善良民，就成了他们的俎上之肉。不过，以前因为有严刑峻法的限制，他们还有所畏惧，不敢明目张胆，为所欲为。自从"民治"时兴以来，人民虽然未能得到一点利益，可是给他们造了许多机会。

自从民国成立以来，"救国"二字是最好听的名词。然而须当知道，只要你那救国的行为，是发于你的天良，你虽不说是民意，人民也自认是真正的民意。假若你利用时机，争权泄愤，那就是违反你的天良，你虽说是出于人民的要求，人民也知道，你据说的民意是出于伪造。要知人民并不是全瞎全聋，人民只能装糊涂，并不真糊涂。

以先我国的人民仿佛糊涂，自从受了二十多年的欺骗，现今全都精明了。凡是一位要人，若有什么举动，最好坦坦白白，直出直入。你若要争权，你就痛痛快快地说"我要争权"；你若要谋利，你就干干脆脆地说"我要谋利"。这样，成功，也光明磊落；失败，也磊落光明。

我敢决断，专以我中国而言，以后无论是谁，若愿意在中国做一件惊天动地的事，千万不可再用"国"字"民"字

疯话

147

作招牌。你的心志，纵然是为国为民，只可存之于心，不可发之于口。否则，我管保你决没有成功的希望。

俗语说"弄混了池水，好摸鱼"。每逢我国将要有统一的指望，必有外人设法在我国挑拨是非，弄起风波，以便施行瓜分的计划。我不恨外国人设计吞灭我国，因为这是国际间的常情。我独恨我国的要人，偏要故意上这种大当。

非中正廉明的人员，不能组成强固有力的政府。非强固有力的政府，不能制止地方当局专横跋扈。非地方当局专横跋扈，一国决不能四分五裂。非四分五裂，决不能给外人造成瓜分零吞的机会。现今，我国已到千钧一发的时期，正是我国上自政府的要人，下至地方的当局，各自悔过的时候。百姓不向你们清算旧账，你们也当问心知愧。

春秋战国的时代，一国的面积，不过等于现今一两省之大，所用的武器也不过是些拙笨的干戈。然而，管子还说"计先定于内，而后兵出于境"。就以兵法之祖孙武而言，对于用兵，也认为"国之大事"。他的《十三篇》，且将"始计"列为第一，先谋之于朝廷的庙堂之上，而后用兵于四境之内。庙堂为朝廷最尊严之地，谋于朝堂，表示尊重戒备。一切计划定于庙堂，如水之发于一源，以免有滥流枯竭之患。

我国近二十余年所以内争最多，第一是因为权势多入了军阀的掌握。在专制的时代，大权若归了军阀，还要发生篡夺的祸乱，何况在这"自由平等"的民国。试看古时所谓的创业之王，有几个不是军阀出身？第二是因为组织政府的分子不良，偏私狭隘，倒行逆施，不能表率群伦而做全国的模范。试问历来的政府所以不能稳固，有几个不是物必有腐，而后虫生？

固然，照民国的成例，"若愿得良好的官吏，人民须先举良好的成员"。但是，依我的一偏之见推断，在四五百年以内，我国未必真能发现真正的民选。英国大政治家西德尼说："政礼最恶者，权归于少数人，而不知其所自出。"自我民国成立以来，就是这样。试问前前后后一班要人的权位，究竟是怎么得来的？从上到下，直至一个小小的县长，有一个真正人民所选的没有？既然如此，我们不必谈既往，不必管将来，不必考察一切要人以及一切官吏的来由。我们只望他们这班有位的人，能够为自己的死后声名设想，既在其位，必尽其责，做出一点好事来，平一平人民的怨气。

人在崎岖的路上行走，滑脚的少。人在平坦的路上走，失足的多。一个人处得意的日子，较处屈辱的时候，更容易发生危险。一国的要人，在政敌消灭以后，对于国事，更当加倍的小心谨慎。要知，顺境未必不是祸，逆境未必不是福。

《通鉴纲目》上说："与国之君，乐闻其过。荒乱之王，乐闻其誉。闻其过者，过日消而福臻。闻其誉者，誉日损而祸日至。"民国之中，虽没有君，然而掌大权的要人，也就是处于君的地位，他们在言语上，虽然自轻自贱，可是在事实上，权威并不少于古时的君王。在掌大权的人的心里，最喜欢造成清一色的势力。其实，这种志愿若能达到十之五六，耳中就仅能闻到其誉，决不能闻到其过。甚至外边的公论，全主张刨你的祖坟，而身边的群小，反要说人民正要给你建立铜像。

范缜说："集群议为耳目，以除壅蔽之奸。任老成为心腹，

疯话

以养和平之福。"《处世金箴》里说："用一己之聪明，虽圣贤不能智。用六合之耳目，虽众人不能愚。"集群议为耳目与用六合为耳目，也不过就是依纵天下的公是公非。所谓有老成者，就是中正刚直，谨慎持重，不甘随声附和，不肯轻举妄动之辈。也可以说，就是不肯向你拍马屁、灌米汤的人。

曾国藩说："位愈高，则誉言日增，箴言日少。望愈重，则责之者多，怒之者少。"本来，人达到高位，就如同上了飞机，升得愈高，愈听不着下边的人言。只有那"推进机"的嗡嗡之声，不断的送到耳鼓。人执掌了大权，就如同在戏台上做了主角，愈是重要，愈被台上台下所注意。简直是只许好，不许坏。观众对于配角，还肯模糊原谅，唯独对于主角，专好吹毛求疵。

从来，民气之通与不通，民情之达与不达，最关系邦国的兴亡。民气不得上通，民情不能上达，就如同得了"下痿"的病。人，得了这个病，就仿佛半死人。国，得了这个病，就成了半亡国。所以，古时的明君贤臣，无不主张"开放言路"。现今的文明邦国，无不提倡"言论自由"。

薛瑄说："为政，通下情为急。"又说："天下大患，唯下情不通为可虑，昔人所谓，危亡之势，而上不知也。"现今，我国的民怨，所以不能消弭，只是因为在上的人与人民之间，起了许多隔膜，上下之气不能通达，以至在上者的设施，与人民的心愿毫不相干。这种毛病若在专制时代，还有可说。因为帝王日处深宫，不易知晓民间的疾苦。现今民国的要人，既是由人民出身，又有各处报纸所登民间的情形可作参考。在上者的所作所为，岂不能与人民的心愿趋于一致。

姜尚说："以天下之目视，则无不见也。以天下之耳听，则无不闻也。以天下之心虑，则无不知也。"陆贽说："统天下之智，以助聪明；顺天下之心，以施政令。"现今，中正的报纸就是天下之目，天下之耳，天下之心。在上的人，若肯对这种报纸多加注意，足以统天下之智，而不被身边的群小所惑。所施的政令，足可顺合天下之心，而不致与人民作成两截。固然，报纸上的言论记载，不是治理国事的金科玉律，但是中正的报纸，较比亲信的人的报告，还觉妥实可靠。当初，某总统，若不是专听身边几个亲信人的话，决不致在史书里留下一个极大的污点。

张居正说："自古顺耳之言易从，逆耳之言难听。于逆耳之言，难听之言，能曲容之，乃为盛德。"唐尧本是完全无疵的人物，然而还怕听不着他的过错，所以特意安设"敢谏之鼓"，使人民声述他的过失；安设"诽谤之木"，使人民记载他的短处。可见他是专能领受逆耳难听之言，所以成了自古以来的帝王中的模范典型。商纣既不肯容纳逆耳难听之言，并且善能饰非拒谏，所以成了自古以来帝王的罪魁祸首。

当初，舜尊为天子，富有四海，还能忘了自己的权位，而向小百姓探问民间的情形。他的设施，当然不能违反了民意。现今的官吏，差不多做到司长，就要自命不凡，绝不肯向人民有所垂询，唯恐失了身份。他们的设施，当然不能与民意恰相吻合。

《龙溪子》说："乐闻过，而后直者亲。"寻常的人，若肯乐闻己过，才能结交正直的朋友。当了一个要人，若专好誉言，岂不要将属下养成一班小人。

疯话

《淮南子》说："刺我行者，欲与我交。訾我货者，欲与我市。"从来劝人纳谏的言语，唯这两句最可使人猛醒。前一句，用后一句作陪衬，更觉贴切明了。俗语说"挑剔是买主，喝彩是闲人"。你每逢遇着人指责你的过错，你就是如同商人，遇着好挑剔的主顾。不过，商人对于货物，因为巧于辩护，或能将劣货出手。你对于过错，若善于遮掩，必致将大过养成。

《春秋繁露》上说："匿病者，不得良医。"我冒昧附加一句："讳过者，难交益友。"

献誉词，固然能受人的欢迎，但是，君子决不欺昧天良苟且求容。进忠言，固然易招人的厌恶，但是，君子必行心之所安一吐为快。

当初西西里岛（Siciy）的王，本来没有学识，可是偏爱作诗，并且好得人的夸赞。所以每逢他作完一首，他的群臣，全都高呼万岁，认为是空前绝后的诗。那时，在国里有一位极著名的学者，王以为若得到他的好评，定然更觉光荣。可是那位学者，见了王的大作，连连摇头，大喊"不通"。王听了顿时大怒，将那学者押在地牢之中。过了许久，王将他提出来，说道："你再细读一遍，究竟我的诗好不好。"那学者读完，对禁卒说："还是将我送回地牢去吧。"王问他是什么缘故，他回答道："还是不通。"我以为，这种因说良心话而蹲监坐狱的人，较比因拍人马屁而升官发财的人，更觉光宗耀祖。

前几年，北平举行选举，有人劝我登记。我回答说："我是天生被治的人，决不想争选权，更不想得被选权。并且，我所要选的人，未必就有被选的资格，我既无财产，又无声望，也决没有半个选我。既是如此，我何不低头教书，安分作稿。假若学校不容我误人，报馆不容我惑众。我空有选权，又当何用？至于宣誓，我更不愿做。因为大丈夫办理关于国政的事，决不在乎两片嘴皮的一开一翕。"

自从我国成立以来，宣誓就成了官吏就职和选民登记的例行公事。近七八年来，宣誓更是应时当令。它的重要性，几乎与敬拜某伟人的仪式相同。简直有此一举，就是奉公；无此一举，就算犯私。甚至反叛政府的英雄就职，也必须宣誓，总算是名正言顺。其实，一切贪官污吏以及叛逆之徒，全是曾经宣过"清廉尽职，服从政府"的大誓的人物，可见宣誓不能防止官吏的违法贪污。

贪官污吏所以敢违背他们的誓词，只是因为他们宣誓，仅是给别人听，并未向自己心里去。只是将誓词认为一种虚伪的仪式，并未认为是一种最庄严的契约。我以为，若要避免官吏的贪赃枉法祸国殃民，最好是使他们在就职之日，仿照古人，对天宣誓，并且学法村女乡妇的口吻，说："我若违背誓词，叫我世世代代，养儿做贼，养女为娼。"固然，现今的贪官污吏，全都丈明进化了，绝不信天。可是，他们多是野蛮退化的人养的，他们多少总有一点遗传性。纵然他们不肯如此办理，我们小百姓，为求国和民福起见，也当在暗中替他们代宣。

《琐语》上说："为上者行达乎言，则民作实。言过乎行，则民作伪。"欲使人民忠实，为上者必须在事实上着力。欲免人民虚伪，为上者，不可在言语上骗人。李固说："表曲者，影必斜。源清者，流必洁。"戴德说："上者，民之表也。表正，何物不正？"若欲避免利口覆邦的危险，必须由政府中的要人起，先对人民，对同僚说实话。

疯
话

我从来发言持论，永远尊重政府以及地方官吏，并且永远将治国治民或救国救民的责任，推到他们身上。有人说，我不懂现代的政治，不知民国的国事须由人民负责。我说："我固然未读过现代的政治学。"可是我敢断定，邦国的兴亡，全在乎少数的官吏。多数的人民，全是这少数人的傀儡。这种定例，再过一百万年，也不能改变。纵然有'九民主义'出现，人民还是被治的东西。并且政治上用得民字愈多，人民愈无法安生。我所说的是万古不变的政治学，你所说的是欺人骗众的政治学。"

　　无论什么团体，全是被几个人的霸占，所包办，所操纵。对外，用团体的名义，对内，施专制的行为。你若是一个无名小辈，你只有是是权，绝无否否权。换一句话说，你只有举手赞成权，决无发言反对权。这种恶例，不但已往是如此，现今是如此，再过五百年也是如此。不但中国如此，外国也不能不如此。

　　团体是什么？团体就是几个人施行专制手段的一个组织。也可以说，是多数的傻小子，为少数野心人谋权利的一种集合。你若是个老实人，又是个无名小辈，最好是任何团体也不加入。与其白做别人的傀儡，还要惹一肚子闷气，白给别人抬轿，还要闻一鼻子臭屁，莫如安常守分，低头认命。

　　我天性刚愎孤僻，永远是我行我素，永不愿加入任何团体，尤其是对代表这个名词，深恶痛绝。并且，我认定，一百个代表之中，有九十九个半，是包办民意，假充字号。据我的经验，某种团体所举的代表，全是某种团体的发起人。自从代表时兴以来，是使骗子们走了旺运。于是乎，未曾出过国门一步的人物，也敢代表华侨。乍到北平几天的南方旅客，也敢代表北京市民。几个摩登妇女，也敢代表全国女界。

既称代表，理当经过各该团体的公举，绝不当由几个人，假借一种团体的名义自上尊号。然而，据我所知，许多的代表，全是私自内定。各该团体的分子，连一个影儿也不得知晓。这种包办、假借的行为，简直是将别人全认做浑蛋。这种恶风若不严加取缔，以后必致猫可以代表狗，鸡可以代表鸭，男可以代表女，人可以代表鬼。我早已发下大愿，永不参加选举活动，永不选代表，永不做代表。我所代表的只是我宣永光一人。我纵然当了扒手，我也是独往独来。

一国的官吏，若无爱名这心，无论是什么政体的邦国，只有灭亡的归宿，决无盛强的希望。现今，就以我国而言，若想起死回生，我国政府先不必在最新的政治学理上寻方法，当前之务，是要在官吏的人格上谋解决。我国国民不要考究官吏的来由，不必管他们是否出于民选，最要紧的，是要求政府凭天良，除情面，严惩贪污。须知愈是不爱名的人，愈怕死。假若政府重姑息，讲情面，纵然将全球最新的政治学说，全都整个的搬了来，也是庸人自扰。纵然日日宣誓，天天谒陵，人人改名"孙文"，也不能挽救我中国的危亡。

自古以来，有名的男子中，好人太少，有名的女子中，好人更少。因为循规蹈矩的男女，只是安分守己，所以不易使人知晓。奸盗邪淫的男女，专好滥出风头，所以最易惹人注意。

我所以对现今的选举制，大抱悲观，就是因为我中国的好人，向来不肯出头；肯出头的人，又多不是好人。这并非因为我国的好人，全都是冷血动物，是因为好人纵然愿意出头，也必要大受小人的排挤。好人既然势孤力单，只有小人，可以声应气求。选举之权若落在他们手里，经他们包办垄断，那么，所选出来的人物的好坏，也就不问可知。

单以我中国而言，若想使选举制有良好的效果，必须施行"连坐"的办法。假若所选的某甲全要受某甲，做出任何非法行为，凡是选举某甲的人，所应受的处罚。寻常保荐一个学徒或一个仆役，若发生窃盗的行为，保人尚须担负赔偿之责。何况被选人的好坏，关系邦国的兴亡。要知，选举与保荐，不过是名称上的不同。保荐既须负责，选举更当负责。

一国不过是一个大群。无论实行什么政体，全是要为这一个大群的全体，谋利益求幸福。自己既是这一个大群里的一个分子，自己若先不好，而想为全群谋幸福求利益，正是舍本逐末，倒行逆施。最使人气愤恼怒的，就是谈公德的人多，修私德的人少。换一句话说，高唱兼善天下的人多，实行独善其身的人少。

我以为，古今中外，只有"好人政治"。一切的主义，无论说得多么悦耳动听，若无好人实行，全是等于废纸。并且，政治里最坏的，是一班掌权的人，专在名目和形式上考究。我常说：一国的要人，果能每晚在床上施行一次自问天良，较比每天在众人面前"静默"一千四百四十分钟，还能有利于国，有益于民。

祭祀祖先，所以合乎人情，是因为祖先是人的根本。无论何人，若非得着祖先的抚养教育，谁也不能存立生活。正如木自根生，水由源发。不敬祖先，正是忘了身所从出。崇拜伟人，必须该人生前，有功于全国，有功于全民，更必须是全国民众，所公认的伟人。假若该人，只与少数的人有功，只是少数人所私认的伟人，而竟强令全国的民众一体崇拜，就是极大专制。俗语说"卖什么吆唤什么，干什么说什么。"那么，要人办理国政，也是办理邦国的要政，不必夹杂一些与要政毫无关系的闲事琐务。

专以崇拜死的伟人而言。他们生前若果真有功全国，真有德于全民，国民自然而然的要崇拜他们。在这民贫国弱的日子，纵然将他们箔卷席埋了，千秋万世的人，也必能崇德报功，为他们修坟立庙。否则，纵然将坟修成了天宫，将像铸遍了全国，后世的人，也必要报怨愤，起而拆毁掘挖。岳武穆的墓，自从秦桧死后直到如今，年年有人接修；而那拉氏的陵，在她死后，不出二十年，就已被人炸毁，究竟是什么原因？现今，若有人拆毁了岳墓，全中国的人必对他群起而攻；假若有人发现秦桧的坟，将他的骷髅做成便壶，全中国的人反要对他同声感谢，这又是什么原因？

一个要人死后，盖棺论定，他是伟人或是小人，天下自有定评，史家自有公断。他若没有实功实德，一时的少数人，虽然竭力地捧他，也是捧不起来。并且一时捧得愈高，将来跌得愈重。他若真有实功实德，一时的少数人，虽然竭力地贬他，也是贬不下去。并且一时贬得愈甚，将来获得愈高。正如，一女子若生得奇丑，少数的人强说她极美，是不行的；一个女子若生得极美，少数的人强说她奇丑，也是不行的。

善男信女，对神佛烧香还愿，是用自己的钱财，别人毫无干涉之理。要人官吏，对已死伟人锦上添花，是用人民的血汗，人民实在难于屡次牺牲。我以为，神佛若果有灵，你们只要存佛心，行佛事，纵然不诵经叩头，神佛也必使你们增福增寿。死伟人若果有灵，你们只要真爱国，真爱民，纵

疯话

然不铸像修坟，死伟人也必能认你们为志同道合。否则，我就不忍说了。

在无论施行什么政体的国里，全是官吏少，人民多。以少数官吏要欺骗多数的人民，岂不是自找败露。败露之后，若还继续行骗，岂不是恬不知耻。俗语说"好贼不偷二回"，官吏骗术，既经人民发觉之后，官吏若不痛自改革，他们的知识，岂不是在盗贼之下。

治病须临时处方，不可预先拟下若干方案。治国也是如此，不必预先定下几年的计划。与其以后乱加改动，使人民增加许多的纷扰，遭受许多的损失，不如到一个时候，办一个时候的当务之急。

包办民意最易，附和民意最难。因为，前者为利己，后者是为利民。利己的事，虽禽兽也能办得到。利民的事，非圣贤不能做得成。

一种政治若失了人民的信仰，就如同行尸走肉，只能令人躲避，不能令人亲近。

有好民，无好官，有好兵，无好将。如同有好的身体，没有好的脸面，也能使全身体受了挂累。

目下欧美各国的现状，正如目下平津的商店。欧美的各国，已经失去了治国的正道而讲究竞争。平津的商店，已然失去了营商的旧规而注意比赛。欧美各国对外的设备，使人民的脂膏日枯。平津商店忙于外表的装设，使自家的血本日亏。欧美各国如此竞争下去，不待敌国动手，自己必先要民乱国亡。平津商店这样比赛不停，不等同业排挤，自己必先要关张倒闭。

邦国若真知"竞争"之道，须先在人民上注意。商店若真知"比赛"之术，须先在货品上用心。人民富庶，国势自张。货品精良，利源自广。军备的扩充，不能防止真正敌国的野心。外表的装备，不能吸引真正买主的光顾。我见平津两处新近倒闭的商店，多是将将把门面修饰好了的。我预测，不久就要灭亡的邦国，也必是将将把军备筹设足了的。

以武力谋国的富强，正如以赌博谋家的兴旺。俗语说久赌必输。所以好赌的人，到底必倾家荡产。赌得愈凶，败得愈猛。刘向说"好战必亡"。所以好战的国，到终必民乱国亡。战得愈狠，亡得愈快。好赌的人，若能有好的结局，我就信好战的国，能有好的归宿。

好赌的人，若是到了自以为手术精巧，来者不拒的时候，就是到了他的末日。好战的国，若是到了自以为军备充足，天下无敌的日子，就是到了他的尽头。好赌的人与好战的国，若一现出骄气，绝不是好的预兆。我在民国十八年，著了一本《治兵箴言》（分十五章）。第二章就以"戒慎"二字为题，对于骄字，痛下针砭。不但赌与战，不可骄满逞强，人生一世，谁不是因戒慎恐惧而成功，谁不是因骄满逞强而失败？

赌博与战争，全是赔本的举动。好赌者，虽有时侥幸可以赢些钱财，然而所耗的精神，决是钱财所买不回来的。好战者，虽有时侥幸得些土地，然而所耗的元气，决是土地所挽不回来的。可见赌博不仅是输者吃亏，战争不只是败者受害。何况是输者还要捞本，败者还要复仇，因果相乘，循环不绝，任何一方，也没有便宜可占。

我每逢一进中央公园，必对那座"公理战胜"牌坊，冷

疯话

笑一次，因为他实在是一座"武力战胜"的牌坊。假若他真是"公理"的成绩品，世界第二大战决不致又在酝酿之中。只有到了第二次世界大战之后，好战的国，全都力竭筋疲，民亡财尽，再不信武力万能而深信仁义万能的日子，公理才能露出本来的面目。

几年前我在日本人大岛隆吉所编的一册《英文译》里，读过一段关于战争的话，大概是说"延长的战争，是痛苦，是流血，是经济的消耗，其比例是继续增加的。十八个月的战争所生的损害，与六个月的战争所受的损害相较，不仅是三倍而且是十倍"。现今各强国之间危机，已到箭在弦上，引满待发的当儿了。我们替全球的人类设想，只盼这世界第二大战，早早爆发，速速完结。否则，如同疔疮，若不快快破头出脓，必将愈套愈大，愈不易医治。

古语说："善保国者，戒用兵。善居家者，戒争讼。"我们远考历史，好战的国，有几个不遭惨败的？近查社会，好讼的人，有几个不归破产的？因战争而得利的，只是军火商人。因诉讼而生财的，仅有律师讼棍。英谚说："律师的房屋，全是建筑在愚人的头上。"我以为，军火商的宝库，全是创设在愚国的领域。然而，鼓动战争的军火商与挑词架的大律师，又有谁能得到好的结果？反正，无论如何高谈文明进化，也不能除灭了循环果报之理。

目下，我国对于为人民谋幸福的机关愈多，我国人民愈无幸福可享。现今当前的要务，是当权的要人，先扪心自问，寻找自己已经失去的天良。只要自己的天良能够归还原处，人民的一切，全都有了办法。否则，多一个为人民谋幸福的机关，人民多一层剥削的痛苦。

我国人民现在所怕的不是水旱，也不是害虫，所怕的只是贪官污吏。水旱与害虫，并不年年发生，贪官与污吏，时时能吸人民的膏血。设些机关用科学方法，固然能调解水旱，捕灭害虫。但是若不能用你们那科学方法，诛除贪污，纵然连人民拉屎撒尿，全设一个机关，也是仅能替人民增害，而不能与人民有益。

朱元璋说："治民犹治水也。治水者，顺其性。治民者，顺其情。"在上者的设施，岂可不与民情相连。

凡不宜于中国之现状，不合于中国人民之设施，不妨从缓举办。否则，就是多事，多事就是扰民。现今救国救民之道，不在机关的增添，而在官吏天良之发现。

将中国治成"现代的国家"这一句话，是极易说出，可是极不易做到。因为不但我国十分之八的人民，还不够现代国民的资格，并且我国官吏中的百分之九十以上，还不够现代官吏的程度。要知，徒有洋式的建筑，只会洋式的享乐，并不能算现代的国家。

有人说："民意二字，最无凭证，最无把握。顺合民意而为，究竟由何处下手？"我说："人人全有一天良，天良就是民意。一国的官吏，虽然高居人民之上，但是他们还未曾出了人类的范围。只要是人，就有天良。本着天良办国家的事，就能合乎民意。并且，我国的官吏，多是由寒贱出身。他们在寒贱的时候，希望官吏如何尽职，如何为民想。他们高贵起来之后，对于所做所为，若还能照他们当日所想望的施行，就不致与民意做成两截。"

官吏是由人民转变而成的。人民是本，官吏是末。人民是源，官吏是流。有世世代代为民的民，无世世代代代为官的官。为官是一时的，为民是永久的。民有为官的日子，官也有为民的时候。官的祖先未必不是民，民的子孙也未必不为官。官与民既是一体，一旦做了官，若不念人民的痛苦，岂不是舍源忘本。水与源断绝，必日趋干涸。木与本隔离，必日渐萎枯。官不与民一致，岂不是自入绝境。

扬雄说："政之本，身也。身立，则政立矣。"郑康成说："政，正也。政，所以正不正也。"《盐铁论》上说："善为人者，能自为者也。善治人者，能自治者也。"使我气破肚皮的，就是我国的为政者，多不能立身，不能自正，不能自治，而偏在法上考究，而偏在民上注意。譬如，自己已经生了满身的杨梅大疮，仍不停止宿娼行为，而偏在药方子上讲求医治之法，岂不是南辕北辙。自己已经"杨梅升天"，臭气扑人，而偏在路人身上找毛病，岂不是舍近求远。

凡事，急则治标，缓则治本，不急不缓，才可标本兼治。目下我国，命在呼吸之间，还谈不到治本，也顾不及标本兼治。当前的问题，只有从治标下手。凡不是关切国民生死的当务之急，一钱不可妄费。譬如一家，已经无米为炊，无衣遮体，苟有一点钱，须当治饿御寒，万不可先买脂粉，先置陈设。可惜，专以我国近几年的建设而言，多是等于乞婆买脂粉，花子置陈设。涂上脂粉，不但治不了肚子的真饿，反而令人多起疑心。摆上陈设，不但掩不住自己的真穷，且招人多加讥笑。

朱熹说："足国之道，在务本而节用。"又说："国家财用，皆出于民。如有不节而用度有阙，横征暴敛，必有及于民者。

虽有爱民之心，而民不被其泽矣。是以将爱民者，必先节用。此不易之理也。"李邦献说："用不节，财何以丰？民不苏，国何以安？"现今我国当前的急务，不是要聚合一些专家，研究如何增加国家的收入，而是在一些要人，用心计算，如何缩减国家的支出。假若不能在节字上考核，纵然将全球最新的经济学家，统统地请了来，也是不能救国救民。

张居正言："治国之道，节用在先。耗财之源，工作为大……于不容已者而已之，谓之陋。于其可已而不已，谓之奢。二者皆非也。"他这话，正是用与节的分别。我国现今的要人，若能知道如何是陋，如何是奢，何者当缓，何者当急，我国就能免去国困民穷的危险。譬如，国防的设备，堤岸的修整，沟渠的疏掘，工厂的建立，只要切合现今的实用，就是"不容已者"。若不肯用款，就归于陋。譬如修饰死人的坟墓，国葬所谓的伟人，建设华丽的衙署，筹设高谈学理的机关，增设摩登的娱乐场所，纵然合乎时代化，正是"可已而不已"。若不惜用款，就流于奢。

有人问我："现今某省用三十万元培修黄帝陵。你有什么感想？"我说："我中国人谁不是黄帝的子孙，黄帝既是中国人的共祖。为这大家的祖先修陵，凡是个中国人，当然表示同意。为一位'国父'的陵，还可用四百七十九万七千一百十六元五角（据民国二十二年，傅焕光所编"总理陵园小志"载入）。若培修一位'国祖'的陵，仅用区区三十万元，实在为数不多。并且为一位革命伟人谭某之陵，还费了二十余万。为一位我国自有史以来第一大伟人黄帝的陵，才多用十来万元，尤其是不觉其多。"

163

疯
话

又问："黄帝死去已经四千多年，连骨头渣滓也没有了。给他培修坟陵，与国计民生有什么益处？"我说："我国的国土日缩，我国的国民日困，只是因为我们这伙子遗孙，实在不知给祖先争气，不能继武先人，并且也是因为大家将这位露脸的祖宗忘在脑后了。假若将他老人家的陵培修起来。一些有钱到西北去逛的人，看见这座光荣的祖坟，因而发奋图强，不再自私自利。我中国的前途，岂不是大有后望焉。"

当初，太甲不曾做王，伊尹就想了一个方法，在太甲他爸爸坟墓那里，建了一座宫殿，请太甲去住了三年。太甲天天见着先人的埋骨之所，因而想起先人创业的艰难，果然改过自新，成了商朝的好王。这次将黄帝陵重修起来，我中国的要人，每逢到西北去，看见黄帝的陵，若追念他老人家的文治武功，因而励精图治，清廉自矢，未尝不可变成好官。并且，我中国现在，名虽民治，其实还是官治。假若这班治国的人，于谒中山陵之后，再谒黄帝陵。谒黄帝陵之后，复谒中山陵。每谒一次，就追怀先人的功德，就反躬自思一次，我中国的前途，岂不是更"大有后望焉"。不过，我以为，假若修了等于不修，谒完如同不谒，未免是多此一举。因为，两个月前，据报载兰州通信，兰州城里就饿死一千多人。与其费三十万元培修死伟人的坟墓，实在不如用三十万元救济活小民的性命。

后人要强与不要强，发达与不发达，和先人并无关系，和先人的坟墓，更无关系。若因为先人有功有德，自己才肯要强，若因修饰了先人的坟墓，自己才肯学好，实在不是真有志之士。真正有志之士，决不管先人是个什么东西，决不管先人的坟墓修与不修，自己总要先努力争求上进，自己总要先在举动行为上耀祖光宗。

纵然有孔孟那样的先人，自己若只能误国殃民，不但不能给自己遮罪，反要给先人丢尽了脸皮。纵然将先人的坟墓修饰得赛天宫，自己的先人假若鬼魂有知，也是要在里头气得乱蹦乱跳。

先人若果然有功有德，后人纵然不好，别人追德念功，还不致骂及他的先人，只有替他的先人悲叹。假若先人原来就无功无德，后人又是变本加厉，别人必然连活的带死的一起骂。这样，将先人的坟墓修饰得愈好，挨得骂愈多。费得钱愈多，将来的人，刨得越凶，我以为，后人若想不挨骂，若想使先人的尸骨得平安，只有自己在自己的品行上用工夫，不可专在先人的坟墓上费财力。

曹操与秦桧，毕竟还能自知其恶。他们的子孙，也真有先见之明。因为曹秦两人的坟墓，隐隐秘秘的直到今日，还未确实被人发现。假若在当时就辉煌美备，恐怕早就和魏忠贤的生祠，走了同样的命运。我以为，人生一世，只要光明正大，死了纵然箔卷席埋，躺在九泉之下，也是坦坦然然。假若一生只是祸国殃民，死了纵然金井玉葬，躺在九泉之下，也是心惊胆战。

现今，在我国这危机四伏、民穷财尽的日子，用一个钱当得一个钱的实用。不但对于修陵、铸像、立纪念碑、修纪念堂一些不急之务可以停止，至于重修杨贵妃墓与薛涛井一类的工作，更可以缓而又缓。固然有些工作之费，是出于要人的"捐廉"。然而有这笔款项，不如移作紧急国防或贫民教育的费用。修黄帝陵，还可以说是培植民族精神，修杨妃墓与薛涛井，不过只能供有钱的人去逛。杨薛两人，固然是最有名的美人，但是这美人，只能祸国，只能迷人，有何功德值得我们纪念？

推崇前贤，不在乎形式上的敬拜与物质上的表扬，只在精神上追随，天良上的效法。他们在史书里已占了万古流芳的位置，用不着我们一时的锦上添花。死人果有真功在国，实德在民，自有千秋万世的人，替我们花钱修坟、铸像、立纪念碑、修纪念堂，用不着我们现今费钱费力，我们何必急不能待？试问一些名贤名宦的纪念物，是当时修筑的吗？

俗语说："吃不穷，穿不穷，打算不到才受穷。"歌德说："生财之道，与其注意小利，不如注意小费。"一家用度费于柴米油盐者，并不甚多，只是不会打算，才能倾家败产。若以为任意支出一些小费，无关重要。其实，积少成多，足以家败人亡。家与国的情形相同。若以为这里用十万，那里费二十万是小事一段，不足计议。然而若用之不止，也足可以使民乱国亡。只要稍读史书，就可以知道各朝乱亡的最大原因，就是取之于民，一毫一厘不放松；用之于官，成千成万随手去。

吕坤说："今之用人，每恨无去处，而不知其病根在来处。今之理财，每患无来处，而不知其病根在去处。"他这"来、去"二字，将明朝以及前朝后代，所以亡国的总原因，说了一个罄尽。

古语说"量入为出"，虽然是一句陈腐的话，但是足可行于万代而无弊。最新经济学纵然说了一个天花乱坠，著的书虽然数 4 万册，也出不了这四个字的范围。可惜，现今的人多是从外国的经济学上找方法，专靠一些经济学者寻门路。

韩非子说："与死人同病者，不可生。与亡国同事者，不可存。"我读宋元明几朝将亡的时候的情形，再一反观我国的现状，我真怕亡国奴的罪名不久要临到我国人的头上。时至今日，我国的要人，若不愿负亡国之责，我国的富人，若不愿尝乱亡之苦，最要紧的就是将有用的钱，用于有用之地。

国家的岁入，全是人民的脂膏，外债的抵借，全是人民的担负，天下各国，无不如此。然而既取之于民，就当用之于民。譬如用之于国防的设备，用之于生产的建设，一则可以使人民得保障，一则可以使人民增利益，人民当然表示同情。假若取之于民，而用之于不急之务，用之于消耗之品，人民当然大生反应。有治国之责的人。对这种的支出，若不详加考虑，就是显然与民意为敌。与民意为敌，不是促短自己在政治上的寿命，也是要促成国家的灭亡。

横征暴敛是亡国的根源，滥用轻支是亡国的引钱。既横征暴敛，而又滥用轻支，就是到了国命的尽头。《榖梁传》上说："财尽则怨，力尽则怼。人民一生怨愤之心，就必丧其乐生之念。人民若不以生为乐，国家决没有还可以存立的道理。

不只家败出不了一个奢字，国亡也出不了一个奢字。

家败，多因购买不急需的物品，多因讲求无益的应酬。国亡，多因滥施不急需的建设，多因耗于无谓的虚文。

李绘先生说："家贫而结豪贵，无钱而喜多事，速败之道也。"不独居家如此，是速败的原因，立国如此，更是速亡的定理。

贺琛说："事省则民养，费息则财聚。"在上者若有静不

疯话

多事，人民就不致多增烦扰。在上者若朝改夕革，不但钱财多所损耗，而人民也不得安居宁处。要知，加损增税，人民还可忍疼贡献，唯独多烦多扰，百姓实在忍受不了。假若既向他们搜求，又催他们改良，他们实在支持不住。

李堞说："俭之自下，则涓滴。俭之自上，则丘山。"假若在上者"成大篓的撒油而向车辙里捡芝麻"，财政永远是要入不敷出。

李邦献说："上节下俭则用足。"我国自维新改良，习染洋化以来，上不知节以为倡率，下不知俭以顾身家。这种现象，已是不祥之兆。

官吏用自己的钱，如同抽筋剥皮。用国家的钱，等于扬沙撒土。一有这种现象，纵然没有敌国外患，也必民穷财尽，民乱国亡。

我问一位朋友说："一家若已经到了无米为炊，典当度日的时候，有修饰坟墓的没有，有修建花园的没有？"他答道："天下决没有这种不会打算的愚人。"我国现今，对于恭维死人的消耗和对于摩登建设的支出，是不是就等于这不会打算的愚人？

在我国现今这危急的日子，决无办理"颂扬死人"的余力，若在这民不聊生的当儿，大耗财力，表扬死人，非但不能振起民族的精神，反要惹动人民的怨愤。要知，人民的怨愤，较敌人的攻击更为可怕。并且，纵然将死伟人的铜像碑祠，立遍了全国，外人也不能因我国伟人众多，肃然起敬，而奉表称臣。纵然将死伟人的坟墓遗迹，全都修整一新，外人也不会因我国建筑辉煌，诚加保爱，而不忍摧毁。总之，国土若保持不住，连一切现代化的建设，也是徒为外人耗财费力。

国是全国人的国，如同家是全家人的家。家长以血统之尊严，还不能任意妄用家资，要人不过为一国的"公仆"，岂可滥支国币。前者，某大学校长本来穷得无米下锅，他领到薪水之后，竟敢买了一个紫檀的书桌，闹得全家向他起了冲突。不但他低头认罪，邻居也派了他一身不是。他用自己的心血换来的钱，还不能购买不急的东西，何况国家的钱财，全是出于人民的血汗。要人又岂可背逆国民的心理，而随便开销，去办一些不急需的事务？若说我是强奸民意，阻扰建设，我决不惜粉身碎骨。因为我决不忍亲眼看见我中国的灭亡。

钱，是国家平时的筋骨。钱，是国家战时的血脉。在平时滥用，决站立不住；处战时妄耗，是自求速亡。

我所最不明白的是，自民国以来的要人之钱，就一掷几万或十万万而不知爱惜。既然是由平民出身，为什么忘了民间的疾苦？对区区几万元，固然以为涉乎其少，岂知这几万元中，有若干是人民卖儿卖女的代价！

专制国所以不如民主国，是因为下情不能上达，皇帝生长深宫，不知民间疾苦，浪费妄用，还有可说。民国要人，既然来自田间，为什么居然"好了疮，忘了疼"？

英谚说："用钱买你所不急需的物件，将来必要卖你所必需的东西。"我以为，国家若好办不急之务，不是奋勇图强，正是努力求亡。

钱，如同火炭，聚合起来，方能用以做饭烧茶，假若零星抛在各处，立时就必化为灰烬。以我国的岁入而论，并不为少。所以屡觉不足，就是坏于随时随地乱抛掷。这些年来，

疯话

· 169 ·

只要有人能与要人接近，只要他能创出一种好听的名义，就能支领一笔款项。"研究学术"也罢，"整理文化"也罢，"复兴农村"也罢，经常费若干万元，至于成绩如何，只要你"朝中有人"，管保无人过问。反正是大家心照不宣，你不可揭穿我的黑幕，我也不必探查你的内容，所以只见领钱，不见出货。滥支妄费如此，国库焉得不空，民生怎能不困？

所谓一国的圣贤，一国的伟人，必须是全国人民所公认的，决不是极少数的人所可以勉强捧起来的。极少数的人，在有势力的日子，固然可以硬将一个龟奴或一个婊子，捧得高与天齐，说他们如何有功于国，有德于民。但是在多数人的心里，还是要认定他们是龟奴是婊子，而决不肯认他们是圣贤是伟人。我以为，这种圣贤，这种伟人，只可称之为"蘑菇式"的圣贤，"蘑菇式"的伟人。因为他们是在昏黑的时候，突然钻出来的。只要阳光一射，立刻化为几滴臭水。本质既不实在，当然不能持久。

要人全是"圣贤豪杰"，小民全是粪土毫毛。要人因试验政策，弄死几百万民命，也是为人民谋幸福。小民为维持生命，偷窃半升粗粮，也是有害于人群。要人善于假借国字民字，享尽荣华，受尽富贵，死了也是"为国为民"而死。小民不敢利用国字民字，受尽痛苦，遭尽颠连，死了也是"为私为己"而亡。所以，要人死了全是"殉国"，小民死了全是"殉私"。前者，就应大耗国币，举行国葬，铸像修坟。后者，就当箔卷席埋，弃在郊野，喂狐喂狗。

三　论人生

对学识不知足，是成名立业的基础。对财势不知足，是亡身丧家的根由。

至诚可以动鬼神，何况活人。虚伪不能欺禽犬，何况活人。

小禽小犬，全欢天喜地，快乐无忧，是因为少经事故。老禽老犬全愁眉不展，丧气垂头，是因为饱经阅历。人类也是如此。

老猫老狗，责骂小猫小狗轻浮躁妄；小猫小狗，讥笑老猫老狗萎顿颓唐。其实，老猫老狗，正有小的时候，何尝不轻浮躁妄。小猫小狗，到了老的日子，又何尝不萎顿颓唐。可见小猫小狗并不是识时务的俊杰，老猫老狗也不是不识时务的浑虫。

当进而不进，是自暴自弃。应退而不退，是不知自量。

许多好人，被"穷"字毁了。许多好人，被"富"字毁了。我以为不穷不富，才容易养成完善人格。

办公事不可存私见。办私事不可无公心。办公事存私见，

疯

话

· 171 ·

必致祸国。办私事无公心，必致害人。

非英雄不肯认过。非大英雄不能改过。不知自己有过的是浑蛋。知过而不肯改的，是大浑蛋。专以为别人有过的，是最大的浑蛋。青年人须多受压迫，方能灭除许多骄妄的毛病。老年人须多得安慰，才可振起衰颓的心情。青年人不遇压迫，如同树木未经修剪。老年人不得安慰，如同枯根再受霜侵。

男子的学问思想，须如指南针，有一定所指的方向。不可如时髦妇女的衣饰，永没有一定的标准。妇女的衣饰，只知趋新，只知盲从，不辨美恶，不顾卫生。闹得终日惶惶，无所适从。

泥古是顽固，趋新是轻浮。大丈夫要择善而从，不为古人所愚，不受今人之骗。天下虽乱，我心不乱。天地可变，我心不变。如此方能挺然立于天地间。

在打倒一切之先，先须打倒自己的私心。在建设一切之先，先须建设自己的人格。私心如重担，重担不除，不能实行打的举动。人格如精神，没有精神，不能行建的工作。

人类有过去、现在、未来三个思想。禽兽只有现在一个思想。思想愈多愈苦恼，所以禽兽比人类快活。人类有衣食住三样负担。禽兽只有食住两样负担。负担愈多愈劳累，所以禽兽比人类清闲。

人对于已过的最系恋，对现在的最忽略，对未来的最注意。其实，对过去的追想无益，对现在的须聚精会神，对未来的不必打算。若将现在的，尽力而为，不做害人的事，将来自有好的结果。

为善如登山，一步一步地走去，终必达到极高的境地，便觉神清气爽。为恶如掘井，一铲一铲地挖去，终必达到极深所在，立觉眼迷神昏。并且登山，用力小。掘井，用力大。结果，登山者容易下来，掘井者不易爬出。

对贫苦的人，说一句好话，胜如对富贵人献千句谀言。一句好话可以叫开贫苦人的心门。千句谀言，不能激得富贵人的一顾。

穷人为富人尽十分力，富人尤以为少。富人为穷人尽一分心，穷人则以为多。所以俗语说："宁给穷人一口，不赠富人一斗。"

人生，快乐是短促的，烦恼是长久的。生活的年数愈多，所认为快乐的事愈少。

世上没有真快乐。我们所认为快乐的事，若达到目的，未尝不是以为是真烦恼。

拉人力车的羡慕坐汽车的，其实坐汽车的人，心中有时不如拉人力车的安逸。坐汽车的横行直冲于街市中，仿佛是逍遥自在。其实未尝不是去奔走权门，屈膝献媚。未尝不是去追妾捉奸，畏罪潜逃。

女子以为男子快乐，男子又以为女子快乐。小儿以为大人快乐，大人又以为小儿快乐。贫人以为富人快乐，富人又以为贫人快乐。女羡男，男羡女。小愿大，大愿小。贫慕富，富慕贫。人生不过是这山望着那山高而已。

名誉如同人的影子。影子的大小曲直，只看你的身体形式如何。名誉的好坏忠奸，全以你的品行邪正为断。

人若肯说良心话，开口第一句，当说自己不是好人。人

若为自己作传，首章第一句，当说我是为自己造谣。若为别人作传，开笔一句，当说我是替别人说谎。

读书愈多，阅历愈深，愈以为自己无知无识。读书愈少，阅历愈浅，愈以为自己多智多谋。欲知人胸中知识多寡浅深，须观察他的言行动作。他若张牙舞爪，趾高气扬，必是一个半瓶醋，必是一个纸老虎。

现今，好人多被人讥为无用的人。人所尊为有用的人，又多不是好人。

有名的医生，给人治好了病，人说他是医术精深。无名的医生给人治好了病，人说他是碰巧了。

"少年老成"四字，现在被一般人误认为污辱青年人的名词。其实是说少年人而有老年人的阅历。青年人，既有勇气与毅力，若再有老人的阅历与经验，做事自能少有失败。我以为"少年老成"四字，正是青年人最好的荣誉。

人与其他动物，在幼稚时代，因被一种好奇心所驱使，最容易不顾前后而遭受欺骗，陷入苦恼，轻则受伤，重则丧命。我在幼年，最喜欢用夹子与拍网捕鸟，所得的雀鸟，全是未脱黄嘴的。我问先堂兄："为什么捕不着老鸟？"他说："老鸟有阅历，小鸟不听话，所以被你捕住了。"

人若先将自己明白透了，世上一切物理人情，无不迎刃而解。若对自己还不了然，纵能读古今的书，观遍天下的事，也不过是模模糊糊，得不着实在。世界就如同一本大书，自己就是全书的提要。

由书本得来的学识，不是真学识。由书本得来的经验，不是真经验。欲求真学识真经验，须抛开书本，对人情物理，随时随地用心考究。我愈读书，愈不会为人，不能做事。从今以后，我不再读书，我立志先读人。

俗语说"活到老，学到老"，可见人生就是学。只要活着，就得学。学到死，也不过是逃学，并没有毕业。人若自以为学足了，那是妄自夸张。若说某人学成了，那是替人吹牛。若自以为学识过人，形骄气傲，那是恬不知耻。若讥人学识不足，那是不知自量。

人生就是学做人。可惜人生短促，费尽全力，朝夕研究，将要入做人的门径，就要变鬼了。这真是一件可憾的事。

我自二十岁以后，学问退减，只练成一个顽梗不化，不肯受骗的本领。无论人说得天翻地覆，我心自有一定主见。我只肯受妇人女子之骗，然而也是明知故受。男女之性，既根本不同，男子受女子之骗而为她们的奴隶，并不可耻。若男子愿受男子之骗而为他们的牺牲，实在可叹。

我见两个人力车夫争吵，甲强乙弱。甲不善言辞，乙口齿伶俐，甲默不出声。乙跳叫不止。甲忽然伸出巨灵之掌，向乙的脸上连加攻击。乙连哭带骂，自指鼻尖说："你……你……你敢打吗？"甲不言不语，又狠狠地重打了乙几下。打完，拉着车走了。乙还是站在那里，自指鼻端，大声喊叫着说："小子啊，你……你敢打太爷吗？"我实在佩服甲的手，我更佩服乙的嘴。然而甲的手是争强的手，乙的嘴是招辱的嘴。

穷人以命换钱，阔人用钱换命。命可以换钱，可是终不能换命，足证命比钱贵。

服从家庭的尊亲，服从适宜的师长，不是奴性。正如服从真理，不是盲从。

心服口服而后从之，是真正的服从。吠影吠声，不辨邪正而亦从之，是真正的盲从。

人生就是碰钉，碰一回钉子，长一分见识，增一分阅历，做的事愈多，碰的钉子愈多。没有碰过钉子的人，必是没有做过事的。不过，聪明人能因别人碰钉子，而增见识而长阅历。糊涂人虽碰了钉子，还不知是钉子，必待左碰右碰，碰得体无完肤，不知钉子的厉害。

老年人，遇事退缩，并不是生来畏缩，是因为被钉子吓怕了。青年人，遇事猛进，也不是生来勇杀，是因为还未受着钉子的教训。

富人与穷人，多不能得天然之死。因为有钱的人，多是被药毒死的。无钱的人，多是为钱愁死的。

对贫民施舍一枚铜钱，他们就认你是恩出格外。为子女遗留黄金万两，他们也认你分所当然。

一个父亲能养育十个儿子。十个儿子反不能奉养一个父亲。

心即是佛。心即是上帝。若问心无愧，何必念经礼拜，若问心有愧，又何必念经礼拜。果有神佛，神佛决不受骗。果有上帝，上帝更不易欺。

我的先父，穷困半生。临终，虽未给我遗下分文，可是留下破屋六间半，旧书数百部。我因是不孝之子，屋与书全经我卖了花了。现在我已悟悔，我若幸而有子，他也必遗传我的劣性。所以我发誓，我若有钱财有东西，决不给他留下分文，抛下一件，以免他替我卖了花了。我既能卖能花，何必劳我儿子的大驾。钱物经我而聚，自我而散，取之社会，还诸社会，正是名正言顺，又何必另经一个姓宣者之手。

"青年"是最危险的时期，是将预备加入社会活动的初步，必须要在这血气未定的日子，立下坚强的志向，埋头预备他日谋生的知识，更须刻苦自修，不受外务的利诱。否则就要误入奸人的圈套，而因小失大，作了他们的牺牲。

青年人，多是心高志大，只贪虚誉而不重事实，只重未来而忽视现在。要知心高，是应追求高尚的知识。志大，是要培养伟大的人格。有高尚的知识，再有伟大的人格，才能做一番光明正大、轰轰烈烈的事业。

人生如种树，如建楼。青年正是培根筑基的时候，根深树必茂，基固楼自坚。我在青年时期，虽有远大的心志，然而因为忽视应预备的知识，忘了培养正大的人格，以致学问浅薄，品行卑污。所以蹉跎至今，一事无成，寸名未立，小不能维持一家的生活，大不能造福于社会。这不是环境的不良，确是因为当初我未肯在培根与筑基上做功夫。

能责己的人，必成功。怨环境的人，必失败。责己则能振起精神，力求上进。怨环境，则失望忧烦，容易趋下流。

我对某大学的学生说："凡事以个人为主体，环境不过是四周的情形。主体不可为四周的情形所影响了。比如说，一盆桂花放在粪厂里，环境是臭的，而桂花仍不失其香。一块狗粪放在桂花林里，四周空气是香的，而狗粪仍不失其臭。我们当为臭环境里的桂花，不可为香环境中的狗粪。"

不合时宜的人，多是最好的人。善于趋时的人，决不是好东西。

人生就是苦恼。所以一出娘胎，开口第一声就是哭。决没有一见天日，就大笑的。哭先于笑，是人生的途径。笑不

177

过是偶尔的表示而已。假若一落生就笑，反要招起人怀疑，说他非妖则怪，或要将他置之死地。因为是违反了人生观了。

愈有不良的环境，愈能造成非凡的人物。中外历史里，这种实例，说不尽，写不完。仅以舜这个人而言，若非遇着不良的家庭，决不能使他成为我国自古以来的圣贤。他因不被环境所限，刻苦自修，不但使百姓受他的恩泽，他更能将他的万恶家庭感化好了。现今的多数青年，只知怨恨家庭，不知用正心修身的方法，去改善环境，所以日与恶环境同化，堕入不可救药的地步，而变成环境的牺牲。

人生就是吃饭问题。所以不论男女、贤愚、英雄、豪杰、帝王、将相、贩夫、走卒，一落生全感觉饥饿的痛苦，大哭特哭。乳一到口，啼声立止，因为是吃饭的总是解决了。

我不怕鬼，我只怕人，我只见人害人，我未见鬼害人。我听说鬼害人的事，实在不如我亲见人害人的事多。

肯当面得罪人的人，无论如何，全是好人。

天下凡速成的东西，必不能耐久。芭蕉一年生长八九尺，松柏一年生长一二寸，所以芭蕉不能经风霜，松柏则可以抗冰雪。一则一年一枯，一则千年不死。竹虽体质坚硬且生长得速快，然而内部全是空虚的，不能抵挡坚物之一击。速成之名与速成之学，也是如此。

没有多时的预备，决不能得一鸣惊人的成绩。爆竹虽小而能震人的耳鼓，雷声虽虚而能撼人的魂魄。一则因经多时的制造，一则生于多时的蕴蓄。陈涉本是一个小卒，竟能一举留名，成为自古以来，以平民向专制帝王革命的第一个人。人全说他是时势所造的英雄，成名太速。然而若细查他在贫贱的日子所发的言语，也可以明断他实在是用心深远且有多年的预备。

因为没有权位，埋没了好多人才。因为没有钱财，低减了好多人格。

世界如同一棵玫瑰花。悲观的人，只想他的刺可怕，乐观的人，只想他的香可爱。

不能治国，而日受帝国主义的阻扰。不会为人，而日环境不良，这种人才是自暴自弃的人。

时时责己，不期然而然地就化为君子。时时责人，不期然而然地就变成小人。或为君子或为小人，只看你能反身自省不。

立志要如山，行道要如水。不如山，不能坚定，不如水，不能曲达。

无论多么浑蛋的人，也能遇见比他更浑蛋的人捧他。浑蛋再遇着浑蛋来捧，他那浑蛋的程度，就无药可医了。

你若想试验人的智愚深浅，最好是当面先颂扬他几句。他若不露喜色，不失常态，必是一个非常人。他若眉开眼笑，忘其所以，必是一个大浑蛋。

吹牛的人，只能祸己。拍马的人，必能祸人。对于吹牛者，当置之不理。对于拍马，须严加预防。否则，在不知不觉之间，他将你拍舒服了，就能骑上你。

愿得人的欢迎——献谀词。欲受人的恨恶——进忠告。

你用金钱，有时买不动人心，用谀言，则人多能被你收买。千古的伟人与美人，多因谀言而败名失节。

你若愿瞻仰"浑蛋"是什么形态，对人颂赞几声，立时

疯话

179

就有一个"浑蛋"，摆在你的眼前。

不要骂"环境不良"，先要问问你本人的天良，你是不是"不良的环境中的优良分子"。不要骂别人不爱你，先要扪心自问，你是不是一个可爱的人。如要骂别人不肯用你，先要自问，你是不是有过人之才。

有好货物，不怕没有买主。有好学识，不愁没有用处。货物若不精美，还少有人肯照顾，何况没有货物。学识不优良，还少有人肯聘用，何况没有学识。在这政治未上轨道的时候，固然有些酒囊饭袋，得到高官厚禄。然而他们若没有吹牛拍马的特长，或没有能生养美人的父母，也决不能走那样的好运。要知政治入了正轨之后，还是有学识或有技能的人才能有饭吃。所以最要紧的是，赶快努力蓄养充足的学识或有用的技能，将来不愁没有你的用武之地。比如你若是美玉，终能遇着卞和。

我最怕听人说"我若想发财，早发了"或"我若想做官，早做了"。我一听着这种自向脸上贴金假充神圣的话，就如遇见婊子对我谈贞节，我总是回答说："我为我自己奋斗二十余年，总想发财，总发不了。总想做官，总做不成。"

什么叫清高？有钱，谁也容易清高。什么叫卑鄙？无钱，谁也容易卑鄙。我以为，有钱足够生活而能不再贪得无厌，就是清高。既有钱足敷一生之用，而仍贪求不已，就是卑鄙。

我常对学生说："财产有败，势力有倒，人情有散，父兄有死，这几样，全靠不住。只有学问或技能，是靠得住的。不过，无论有什么高超的学问或技能，全须以道德做基础。中外历史里，许多学问出众，技能超群，反致身败名裂的人，就是因为他们那学问与技能未曾建筑在道德上。"

我在"农学院"与"铁大"教英文的时候，学生们问我学英文应当怎么样学。我说："只按'不要脸'三字做去。无论学习什么学术技艺，若肯拉下脸皮，无不成功。学习洋文，只要不怕讥笑，敢说敢做，敢勤勤地向人请教，所学所习，就能日有进步。仅以梅兰芳而言，他本是堂堂的一个男子，他竟敢在广众之前，着起女子服装，扭扭捏捏，细声细语，装模作样，不怕羞耻，所以能练成一个名伶。当初他若'要脸'，决得不到今日的美誉。他在学习之日，能'不要脸'，所以学成之后，反倒露了脸了。不过，天下的事，除了研究学术与技艺之外，若不要脸，那就是自寻失败，自找苦吃。"

天本是虚空的，不能靠。人多是虚伪的，不可靠。世间唯有自己是自己最可靠的。

我只劝学生们几句话，就是：立定志向，稳住脚步。不为古人的奴隶，不做今人的傀儡。不要见异思迁，不可舍己耘人。不要拍人的马屁而替人摇旗，不可受人的利诱而代人呐喊。但有机会读书，不必早谋出路。若想为国奋斗，须先立下根基。要知现在是青年最危险的时期，稍一大意，就要赔了性命，切勿贪图一时的虚誉，徒为野心之辈，做了求富贵的阶梯。娱乐场所，全是陷人坑。摩登女子，尽是迷魂阵。人生只有一个生命，不应随便牺牲。父母生我一场，孝不孝先可不论，若不能成名立业，才是胡混一生。死后若鬼魂有知，总要不使它痛哭流涕。

存愤世嫉邪的心，天下少有不可恨的。怀悲天悯人之志，世间少有不可怜的。

疯

话

· 181 ·

良心无愧，身体无病，胸中无累，肩上无债，是最大的快乐。

糊涂人的糊涂，有法可治。聪明人的糊涂，无术可医。

有孝顺的儿子孙子，不如有孝顺的爸爸爷爷。孝顺的儿子孙子太少，孝顺的爸爸爷爷太多。

儿子孙子承受爸爸爷爷的财产，全以为是理所当然，并且爸爸爷爷，也多以为不如此，就于心不安。爸爸爷爷得儿子孙子的奉养，反多以为受之有愧，并且儿子孙子，也多以为若如此，就是莫大的恩德。因受遗产而感念爸爸爷爷的人，千百中未必有几个，因得儿子孙子奉养而感念儿子孙子的人，千百中，实在有千百。

糊涂人，多成功。聪明人，多失败。自以为聪明的人，必失败。

英国俗语说"天助糊涂人"是一句迷信话。其实，是因为糊涂人多有自知之明，遇事只知循规蹈矩地做去，不敢存非分之想，不敢有出位之思，只知低头傻干，不敢行险取巧。如同登山一般，不问山的高低，一步一步爬去，自有达到极顶的时候。人看糊涂人那种傻头呆脑的情形，以为他必遭失败，岂知他的成功，就在眼前。他成功之后，人还疑惑不是他自己所能成就的，于是，就造出一句"天助糊涂人"。

不能自治的人必被人治。幼年不受父母尊长训责的人，将来必遭社会的轻蔑，遭受国法的制裁。监狱中的因犯（除了少数被人诬陷的人之外）全是不能自治或幼年不受管教的人。

人之一生，十分之九为己，十分之一为人，就是天下少有的极大的好人。百分之九十九为己，百分之一为人，就是好人。至于说某某伟人，一生专为民众生活，我决不相信。寻常人，若说"我立志终生专为人谋幸福"，那是等于放屁。我以为孔丘与释迦，至多也不过是十分之二三为人而已。

谀言（马屁）是一种骂人不带脏字的讥评。只因为是用柔和的声调与温顺的态度说出来的，所以入了人耳，就如同打了一下吗啡针，立时先使你微觉麻木，然后就觉得血液循环，肺叶颤动，周身舒畅，不知东南西北，忘了姓甚名谁。染了这种嗜好，与习成吗啡病相同，日染日深，前途决无好的结果。然而不肯近吗啡的人太多，不肯纳马屁的人简直没有。我虽是竭力拒绝，心里有时也是欢迎。

在学校混文凭易，在社会混饭吃难。

老禽老兽，费尽辛苦，甚至舍死忘生，将小禽小兽养起来。到了小禽小兽能飞能走自己寻食的日子，便各奔前程，父母子女的关系，立时断绝。以后重逢，如不相识。我们替老禽老兽打算，它白费精神气力，未免太糊涂。然而因为它们不能反想，所以不知悔悟，仍是生生不绝，并不知研究任何避孕或堕胎的方法。

人是有反思的动物。假若将儿女养起来与他们没有一点益处，只知受养育之恩，不知还报之义，人谁还肯操心费力，养育忘恩负义的害物呢？古圣先贤，唯恐人类将要断绝，所以创出一个"孝"字，使为父母的不致灰心。

孝字正是引诱为父母的一种钓饵。儿女虽不能个个全孝，然而为父母的，总以为他们必有尽孝的可能。心中存着这种希望，所以就甘心担负养育辛苦。全以为我们现在为儿女虽受尽苦劳，将来总有使我们快乐的结果。因有这种思想在心

疯
话

· 183 ·

中鼓动，人就繁殖下去了。

禽兽不知尽孝，然而决没有对父母为仇的。中国的古语"枭食母，獍食父"，并不是实有其事。不过古人特意造出这种谣言，警戒不孝之辈，不要学禽兽而已。按《述异记》说，獍状如虎豹而小，生食其母。《汉书注》又称獍曰"破獍"，说它食父。它到底怎么样，我看论动物的书很多，也未能查出来。枭，俗称猫头鹰，北平人称它"夜猫子"。我由种种方面考察它，决没有食母的恶行，只知它们有时同类相食。老的，因为力弱被强壮的吃了，剩下一些毛骨在枭巢底下，人就因此造出谣言诬蔑它们。

禽兽对儿女，只担负短期的义务。禽到了能飞，兽到了能走，能自己觅食，可以自己独立的时期，父母对它就脱卸下养育的责任，决不肯再受缠累。人类则由生到死，只要有父母，父母就能对他们挂肚牵肠。禽兽为儿女打算，至多不过几个月，人类为儿女打算，无尽无休，甚至到两三代之后，人岂可不孝。

人有才识，正如商店有好货。纵然自吹自擂，若没有人代为宣传，也难有人肯来照顾。不过既得了宣传的效验之后，更当维持住了信用。否则，人上当只一回。不但人与商店是这样，一切主义学说，也是如此。

愿得人的欢迎——献谀词，欲受人的恨恶——进忠告。

儿童喜奉承，是因入世尚浅。妇女喜奉承，是因阅人不多。老年人喜奉承，是因活得日子太久，碰钉子太多，到了残年暮景，愿听一些顺耳的话，安慰安慰已经失望的心。

谀言与美色，全能催动人的血轮，使人发生美感，振起人的疲倦。耳里喜听谀言，正如眼中愿见美色。也可以说，谀言是耳中的美色，美色是眼里的谀言。

有人问我："你是否喜欢人对你拍马。"我说："何尝不喜欢，不过我既无学识，又无财势，虽愿受人之拍，其如人之不肯白费气力何。"

世界就是一个大学校。世上的人，不论男女，全是这学校的学生。一脱离母胎，就在这校里报名注册。活到老，学到老，永没有学成了的日子。"殃榜"与"死刑罪状"，就是修业证书。善恶的声名就是成绩。自从这学校成立以来，修业生不知有几万万人。不论你在这学校里，如何聪明，如何愚昧，修业之后，同归"完事大吉"。孔子、释迦、苏格拉底等人，也不过是为学校里的高材生而已，他们也没有毕业。

什么是人生？人生就是"离了母腹向坟墓里进行的路程"。少亡的就是这条路短，老死的就是这条路长。所谓命好的，就是这条路平坦。命苦的，就是这条路崎岖。在这条路上，老老实实走的，就是君子。在这条路上，争争斗斗走的，就是小人。不论你怎样走，你也不能不走入坟墓。

钱是好东西，然而须会用，书是好东西，然而须会读。正如水与火，全是人生所一日不可缺的，但是若用得失宜，却能与己与人有害。

诚、伪、公、私四个字，是分别君子与小人的试金石。君子必诚，小人必伪，君子必公，小人必私。

不给父母招骂，是孝子。使父母增荣益誉，是最大的孝子。

求学如逛景。须自己时时刻刻一步一步地留心观察，才能得到真正的知识与阅历。徒读死书，不过如同读古人的游

疯
话

185

记而已。说得虽然热闹，当不了自己的经验。

古时是养儿防备老。现今是养儿尽义务。古时养儿，是我养你小，你养我老。现今是你养我小，我不养你老。

俗语说"养儿不养俩，老了轮官马。养儿不养仨（读萨），老了没有家"。又说"好儿不要多，一个当十个"。这些话全是警戒那班对儿子不嫌多的人，造出来的。

某人说："父母想得儿女的济，是没有道理的，因为生儿女的原因，是为图贪一时的快乐而起的。既然贪快乐，就当有代价。儿女就是快乐的代价。"他这话实在是追本溯源之谈，所以人为儿女操心费力耗财惹气，不必怨天尤人，只可怨自己当初太不老实。

在这文明进化的时代，生儿子的好处，就是你到临终的时候，若有财产，可以有所交托。生女儿的好处，就是在你活着的日子，多一门亲戚来往。

人生一世几十年，仿佛是岁月久长。若细想一想，也不过如同梦幻泡影，转眼就完。任何权位财产，也不能永久据为己有。所能永远占为己有的，就是学问与名誉。军阀强盗，能夺人之权位，杀人之肉骨，分人之财产，而不能夺人之学问，不能灭人的名誉。历史中，这种证据说不胜说。

青年人的思想，一天比一天新，正如他们的身体一天比一天长。人过四十，身体既不再长，思想也就稳定了。

人生是忧闷时多，欢乐时少。世界是扰乱时多，太平时少。否则人更不愿死了。

要学好，先学诚。欲学坏，先学伪。

少年人最忌轻浮躁妄，老年人最忌暮气颓唐。一则无事可成，一则无步可进。所以中年人办事，多易成功。

真浑蛋，不致吃大亏假聪明，始能惹是非。

骄满虚妄，是伟人失败的第一步。戒慎恐惧，是伟人成功的第一步。

真正大英雄的胆最大，是勇于为善。真正大英雄的胆最小，是怯于为恶。

名誉是人生最靠得住的财产。有名誉的人，虽穷绝不至于饿死。因为有无形的财产带在身旁。

人全喜爱金银。假若用金银造成一个笼子，将他关闭起来，他决不愿意。妇女全喜欢金手镯，若用金做成手铐，将她双手连起来，她也不赞成。因为金笼金铐虽好，怎奈束缚了她们的自由。然而有些人，因广有金银之故，全于无形之中入了笼，加上铐了。

无钱财无权势的人，全以为有了钱财，有了权势，必然快乐。其实，达到这两种欲望之后，未必就能真快乐。没有儿女的人，全以为有了儿女，必然喜欢。其实，有了儿女，也未必就能真喜欢。人生只是彼此羡慕而已。我以为，因没有而生羡慕，终比因有了而生烦恼的滋味好。

人一生的大毛病，多是对别人的事，看得明明白白，对自己的事认得糊糊涂涂。因为有这个毛病，所以世上闹得七乱八糟。假若能将这毛病反过来，世界必能风平浪静。可惜，人性既不能改，世界也就没有安宁的日子。

良心胜私欲，则为君子。反之，则为小人。

有知识有道德，是人才。有道德无知才识，是凡才。有知识无道德，是狗才。无知识无道德，是弃才。既无知识又无道德反自以为有知识有道德，是杀才。

苏秦张仪，走遍六国到处受欢迎。孔丘孟轲，行遍天下到处碰钉子。因为苏张所谈的，是合于一时的人欲。孔孟所谈的，是万古不磨的天理。一则如娼妓小人的甜言媚语，当然易惑人心。一则如节妇义士的冰言冷语，自必难入人耳。

钱是人人喜欢结纳的好朋友，可惜它的架子太大，最不易使你接近。你纵然费心力，将它请了进来，它也不愿永久与你同居。你略微不加谨慎，它就能脱逃而去。你若再寻找它，恐怕不易了。你纵然发一恨心，将它锁起来，它也许运动你的子孙，将它放出去。

钱虽然好摆大架子，但是它是天生的贱骨头，生就的势利眼，最喜欢跑到富贵人手下为奴隶，绝不愿走入穷苦人家里当祖宗。当贵人对它点手就来，有时它竟不请自至。穷人愈对它磕破头皮，哀恳号呼，它愈洋洋不睬。

钱是奴性的，只可供人的指使，人不可受它驱策。你若能善用它，它就是你的忠仆。你若不善用它，它就变成你的恶主。人若终日为钱用心，就变成财奴。财奴是世间最苦的奴隶阶级中的人。因为俗语说："奴使奴，使死奴。"那么，财奴既是奴下之奴，焉得不苦呢？

人的一生，不只是当祖父的孙子，父亲的儿子，儿子的爸爸。这三样的程序，虽然全做到了，与普通动物传种的义务，也没有什么高超的分别。人总须在立德、立功、立言三件人生最大的职务上，做到一样，才不污辱这个人字。

人不论富贵贫贱，能尽力为人群办一件有益的事，作一篇有益的文，说一句有益的话，也未尝不算是立德立功立言。人所共知的孔、孟、老、庄、程、朱、释迦、耶稣、苏格拉底、卢梭、韩愈、张骞、苏武、岳飞、秦良玉、马志尼、惠灵顿、华盛顿、富兰克林、南丁格尔等，也不过是立德立功立言的人中最有名的而已。

学校只能造就名义上的人才。真正的人才，全是靠自己肯用心，肯吃苦，肯耐烦，肯为人所不能为，所造就起来的。

四年前，我对民国大学的学生说："有形的文凭不是吃饭的执照。真正吃饭的执照，是无形的学识技能。由大学毕业，不是就算学成了。文凭不过是一张转学证书。入了社会，才是肄业的开始。社会才是真正的大学。"

满口谈道德的男子，多是伪君子。满口讲贞节的女子，多是丑妇人。

肉体不健康，必受疾病的传染。心思不坚定，必受邪说的诱惑。

天下行动最迟慢的，以蜗牛为第一。然而在一星期中，他若不止地向前爬，他可达三里之远。可见读书故事，不怕迟慢，最怕停顿。

"诚实不欺"四个字是人生秘诀。

富人，怕人夸他有钱。妇人，怕人说她不美。

你最大的过错，是你以为你自己永无过错。你最大的失败，是你以为你自己永无失败。

我平生最爱钱，因为钱能提高人格，钱能维持生命。我平生最好色，因为色能悦人眼目，色能提人精神。我平生最爱书，因为书能增人知识，书能化人忧烦。我平生最好交友，

疯话

因为友能谏人改过，友能助人进德。

对学识不如自己的人，有傲态，对学识高于自己的人，有嫉心，全是因为少读书少阅历。多读几篇好书，多经几番事故，自能化除这种小家气。

读书不难，难在选读。交友不难，难在择交。

为好人，生前受人爱慕，死后受人崇敬，何苦不为好人。为恶人，生前受人讥评，死后受人咒骂，何苦必为恶人。

修身与养身不同。修身是修千万年不死的真身，养身是养几十年必死的肉体。修身是拒恶，养身是防病。然而能修身的，必能养身；能养身的，未必能修身。

无学识，并不可羞，无学识而偏欲彰显自己的渊博，才是可羞。无钱财，并不可耻，无有钱财偏要表示自己的阔绰，才是可耻。

聪明不是福，善用之则为福。愚蠢不是祸，不善用之则为祸。

老子说："知人者智，自知者明。"苏格拉底说："人要自知，一切智慧，由此而起。"东西两个贤哲，全是以"自知"指示人。人果能自知，决不致把自己看做圣人，也不致将别人认为浑蛋。

军阀们层层捣乱，学者们时时骗人，全是由"不自知"三个字生出来的。

说实话得罪人，是一时的。说谎话联络人，也是一时的。被实话得罪的人，将来仍必与你恢复已往的交谊。被谎话联络的人，终归必定发觉你的狐尾。

我平生有两件最认为荣幸的事。一是在东城椿树胡同，曾与终生不失个性的辜鸿铭先生住过街坊。一是在前外羊肉胡同，曾与伶界的"女圣"刘喜奎女士比邻而居。辜先生甘受穷苦，不肯同流合污，以致困顿而死。刘女士虽为坤伶，永不肯出风头，永不肯操副业。她嫁崔某之后，不幸守寡，至今仍是节励冰霜，甘为崔某抚孤。

我的脑筋是腐化的，思想是落伍的。我认定，男子一生，若能牢守个性不肯随人摇旗呐喊，就是男子中的模范。女子一生，若能严护身体，不肯任人辟为"公园"，就是女子中的圣贤。

有真道德，必生真胆量。凡怕天怕地怕人怕鬼的人，必是心中有愧，必是品行不端。

不论你有天大的学问，你若没有准定见，见什么新鲜，你就投什么机，你纵然被人视为先知先觉，你到底是一个匹夫。不论你有出众的才能，你若没有准定见，见什么摩登，你就干什么事，你纵然被人呼作交际明星，你归终有一个娼妇。

我常对学生们说："你们不必侈谈毕业后，如何救国救民。先要扪心自问，毕业后是否自己有换饭吃的本领。"我在学校（汇文大学）读书时，屡屡高谈救国救民的梦话，常常抱定舍我其谁的野心。对于应学的功课，向不专心，以致到如今，穷愁潦倒，不能自拔于困苦之中。回想当年"救国救民，舍我其谁"的大话，真使我汗下如雨。所以我一听学生说大话，我的脸皮，就为他发麻。

对老年人拍马屁，足可以提一提他的精神。对青年人拍马屁，实在是要阻碍他的前途。老年人离死不远，拍他几句，使他欢喜一场，虽近于卑鄙，未尝不是道德。青年人后望无穷，拍他几句，易使他生起骄满之习，虽近于鼓励，未尝不是阴险。

疯话

我劝青年在入学校前，要将自己认作浑蛋，毕业后，更要将自己认作浑蛋。如此，才能脱离浑蛋的樊篱，虽处于浑蛋世界中，而能不为浑蛋。

天理是人所共有的一个真理。良心是人所同具的一颗本心。天理，也可以说是自然之理。良心，也可以说是自然之心。

人不可无疑心。读书无疑心，得不到实学。交友无疑心，得不着良友。并且天下的真理，全是存着疑心而求出来的。

彭祖寿长，也死了。颜子寿夭，也死了。石崇豪富，也死了。范丹清贫，也死了。秦桧害人，也死了。岳飞被害，也死了。吴三桂为泄私愤而请清兵，也死了。史可法为报国仇而抗清军，也死了。嫫母貌丑，也死了。西施色美，也死了。我才明白了，原来，人无论怎么，也必有一死，谁也不能长生万年。

生为男子，因报答知己，因维护公理，性命可以牺牲。假若只为吃饭问题，身体万不可属之于人，成为饭东的私有物。并且先要查一查，饭东所赏你的饭，是不是国家的。

以性命报知己，以性命护公理，是英雄豪杰的气节。以人格殉富贵，以人格换饭碗，是奴隶猪狗的行为。

有人问我："为什么古今许多英雄豪杰，在困穷之日，肯投靠于不如他们的人。"我说："英雄豪杰，心抱大志，打算做一件轰轰烈烈的事业，如同一个矮小的人，要登高墙，自必要寻一个'梯子'。假若一时寻不到梯子，那么，遇见一个'马桶'在旁边，未尝不可利用为进身的阶梯。假若嫌它臭，就爬不到高墙之上。当初，刘邦，就是张良、韩信的梯子。

韩林儿，就是朱元璋的马桶。"

天下有两种人最可恨。一是有病不肯吃药，一是无病偏要吃药。前者刚愎自用，后者是庸人自扰。

人的思想，是随年龄而变的。所以青年人与老年人，决不能成交；大姑娘与老太婆，永不能合作。

古语说："得人者兴，失人者崩。"古今中外的伟人，所以能成大事，全是能识人，能用人。张良韩信，也曾投靠项羽，所惜项羽不能识人，不能用人。终归张韩二人被刘邦所利用，成了制项羽死命的利器。张韩如同蒙着灰尘的明珠，卖到两个小贩手里，一个不识货而向外推，一个识货而因此致富。

真正的幸福不是钱所能买到的。真正的名誉与学识不是死所能泯灭的。

信好话，受实骗，是现今多数青年与多数老实农工的传染病。人生不幸，处于乱世，只有埋头读书习业，为将来打算，是青年人的安全途径。专心一意，靠筋力工作，养大爹小，是目下农人工人的稳妥办法。只如果有书可读，有业可习，有田可种，有工可做，就是幸福。未来的幸福靠不住，眼前的幸福莫牺牲。

去私心，才能办公事。能自爱，才能讲自治。

许多摩登的青年男女，以为他们的父母不懂恋爱。我不知他们是怎么来的。

我的一个老同学对我说："现在的青年，真不得了。他们正事不做，专门地恋爱'密斯'。"我说："你不要'洗了手之后，就不认做贼。'我们当初又何尝不爱'密斯'。不过，我们当初是爱在心里，他们现在是爱到外头来了。"

男子的思想，万不可学摩登女子的衣饰。她们为趋时起见，对于衣饰的肥瘦长短，今日改变，明日革新。愈想趋时，愈要落后。结果，枉劳精神，枉耗钱财，空惹一肚子气。

我以为，人的思想，必须如同做衣服，不管别人穿肥穿瘦穿长穿短，你总当做不肥不瘦不长不短的。别人穿有花纹的，你总要穿素面的。如此，你就总赶得上时兴。

由道德所生的胆量，是能维护真理的。这种胆量也就是孟子所说的"浩然之气"。

天下只有两种人。一是可敬的好人，一是可怜的坏人。好人所以可敬，因为他认清了人生应走的途径，专向光明的大道中前进。坏人所以可怜，因为他误解了人生的正路，偏向黑暗的死途里急趋。

什么样的人是最讨厌的？最讨厌的人，就是在你正要自颂功德的时候，他先自夸其德了。

你所欢迎的人，是能向你献谀言的。你所厌恶的人，是能对你进忠告的。

学生在学校里，得随便的机会愈多，将来处社会，所碰的钉子愈大。

非有大胆的人，不敢说实话。非有决心的人，不敢行直道。可惜，说实话，行直道的人，不但不能处社会，甚至不善处家庭。

大智果能若愚，不但自己可以减少许多烦恼，社会也可以少生许多扰乱。大愚偏要若智，不但使社会日趋扰乱，自己也不能幸得安宁。天下所以多事，全是因为一些大愚若智的人捣乱而起的。

按本分做去，自有幸福。候机会之来，少有成功。

向坑中急行，不是正当的进步。向安稳处退后，不是怯懦的落伍。

我最反对"迎合潮流"一句话，迎合潮流，是随着时代的思想奔驰。决非一个有男子骨头的人所肯做的。生为一个男子，就应当有稳定不移的思想，不能因别人的思想，乱了自己的方向。处在这邪说流行，思想颠倒的时代，非有男子骨头，不能做一个堂堂正正的人。

我常劝学生们说："你们对于'潮流'要咬定牙关，牢守主见。在潮流正汹涌的日子，顶好是以一块'岩石'自任，要做一个中流砥柱。假若力量不济，须要做一根'芦苇'。千万不可自暴自弃，甘做一个'浮萍'。岩石决不是潮流所能移动的。芦苇遇着潮流，虽在水中摆摇，然而根子不动。浮萍并无根底，只浮存在水面上，任凭潮流的趋势，随波逐浪，永远没有自己的准定向。"

后汉司马徽说："识时务者，在乎俊杰。"这句话常被一些投机的人与趋时或盲从之辈误解了。要知投机不是识时务，趋时与盲从，也不是识时务。识时务是遇着一个时会，知所当行，抱定一个正大的目标、合理的见解应付当前所发生的事务与时机。

孟子说："孔子，圣之时者也。"也不是说孔子善于投机，善于圆滑，是说孔子，在他当日所处的时代，应付当前的环境能行妥善稳健的办法，能确然独立，不偏不颇，不右倾，不左倾，能超出凡俗之辈，思想言动，能为时代的中主，而不为时代的牺牲。

疯
话

人的一生，总是以为将来要比现在好。因为人人全有这种思想，所以才都愿意活着，以便看看将来究竟有什么好的实现。

人人全希望将来比现在好，可惜到了将来，多是得到反面的结果。所以宗教家，就创出"天堂"、"净土"或"极乐世界"等的名词，使人于无望之中，仍存着一个有望的思想，并且指示人，若能存善心，行善事，终能有好的将来；存恶心，行恶事，必有坏的结果。可见宗教的存在，何尝于人无益呢？

宁可开倒车不可开狂车。宁可落伍不可盲从。开狂车是不问前路如何，一味地猛进。盲从是不察是非邪正，一味地追随。前车已覆，后者若赶紧退行，不可讥为开倒车。众人已跑入泥塘，自己若立时止步，不可认为落伍。

随和二字最坏事。有许多人因为随和，以致身败名裂。我的亡妻常怨我不肯随和，我说："随所当随，和所应和，才是真的随和。假若一个女人，迁到花街柳巷，她可以因为随和而操皮肉生涯吗？"

以诚信处世，无往而非康庄大道。以诈伪处世，无往而非崎岖险途。

办公事须不怕得罪人。办公事若怕得罪人，则所办的事必然不公。

风雨晴阴寒暖燥湿，本是天气的运行，还不能尽满人意，何况操持政权的人办公事呢？办公事若利于君子，必得罪小人，利于小人，必得罪君子。然而眼光远大的人，办公事宁可得罪小人，不得罪君子。因为若怕得罪小人，自己也就变成小人了。

我信运气，我更信有好学识，有好技能，最容易交好运气。

你做事，只要合乎天理良心，必能合乎世理人心。

为善，是少有阻力的，正如白昼行于广大的平原，你尽可放心大胆努力进行。为恶，是多有妨碍的，正如黑夜行于崎岖的深巷，你必须提心吊胆瞻前顾后。

你若以为自己是个好人，你一生一世也脱不掉小人的坏子。假若你以为自己是个坏人，你在不知不觉之间，就能走入圣贤的领域，不但为人是如此，求学与为政也是如此。

先知道自己糊涂，才能有转成聪明的希望。先知道自己卑鄙，才会有化为清高的可能。总而言之，先知道自己不如人，才可以超过人。

以数十年必死之身，求千百年不死之名，骨虽烂而名不死。以数十年必死之身，求不可必得之欲，欲未足而身已亡。

道德是永久不坏的势力。信用是永久可靠的资本。也可以说，道德是无形的势力，信用是无形的资本。古圣先贤的尸骨，虽然早已化成灰尘，可是他们的势力，至今还能感化人心。有一些老商店，并无许多资本，然而竟能日增月盛，原因就是因为对信用二字，牢守不失。

愿得神助者，自助。愿得人助者，助人。

困难是欺软怕硬的。你愈畏惧它，它愈威吓你。你愈不将它放在眼里，它愈对你表示恭顺。古今中外一切伟人，所以能立下惊天动地的事业，留下永久不死的声名，最大的原因，就是起于不怕困难。

防人讥评，先自讥评。避人咒骂，先自咒骂。

古今许多聪明人，被一私字毁坏了。古今许多愚拙人，被一公字成全了。所以我常说："私念损人不利己，公心利己又利人。"

现今多数的青年，不向日后想，所以终日贪玩取乐，对应求的学业，不肯用心。现今多数的要人，不往身后想，所以终日尔诈我虞，对当尽的职务，不肯用心。一个是误了自己的前途，一个是害了个人的名誉。

历史是人类明镜，是人生哲学，是处世学理，是古人的经验谈，是今人的未来预知术，是善恶循环。常读这种书。不但可以增加智慧，更可使你知道你无论有多大财产多大势力，你也脱不掉死。你无论如何足智多谋，无论如何神通广大，你死了之后，也是完事大吉，只有你那或好或坏的名声，是永久常存的。

在位尊权大的时候，不敢指责你的人愈多，将来痛骂你的人愈众。你在当权之日，愈能罪己恕人，日后愈有人歌颂崇拜。

古说："未归三尺土，难保百年身。既归三尺土，难保百年坟。"许多的恶人，正在为所欲为的日子，竟被人害了。许多帝王将相的坟墓，竟被人掘了。吕后生前是可怕极了，死后竟被赤眉污了尸。乾隆前生是威严极了，前年竟被土匪碎了骨。

将爬山看得难，永不能登峰造极。将求学看得难，永不能出类拔萃。

使猫看家，不是提高猫权。使狗捕鼠，也不是提高狗权。使他们各尽所长，才是不逆天性，不背物理。我以为，男女间的一切，也不当违反天性，背逆人情。

我岂不愿学好人呢，怎奈坏人也不能长命百岁，我何苦空费心机。我岂不愿升官发财呢？怎奈学识不足以谋求，我何必痴心妄想。

　　我不迷信神，我最迷信理。神是渺茫难凭的，理是妥实可靠的。理就是神，神就是理。神，是聪明人由理中想出来，用以警教不讲理的人。真讲理的人用不着怕神，不讲理的人有时因怕神而讲理。

　　理如同人在地球上所定的经纬线。地球本是浑然一团，不易测度的。一有经纬线，就容易别寒暖，定远近。人世本是浑然一团，不易考究的。一有理字，就可以定是非，别善恶。

　　经纬线本是人假设的线。地球虽然未生出线来，可是你若研究地面的度数，就不能不用。理本是人假定的名，它虽然无形无象，可是你若考量世界的人事，就不能不遵。

　　地球既是圆的，所以经纬线也是圆的。圆的就必旋转，旋转就是循环。现既如同人世的经纬线，所以也有循环性。

　　盗贼恶徒，若能时时扪心自问，也可以一步一步地成为圣贤。圣贤若不肯时时扪心自问，也就必一级一级地降为盗贼恶徒。

　　良心虽是人人全有的东西，然而人若不肯扪心自问，就不能发现了。正如山中纵然有矿产，假如不肯掘挖，决不能现出来。

　　良心是人人全有的，良心是人人心中的明镜。私欲就是蒙蔽这块明镜的灰尘。人若肯扪心自问，就是肯拂拭这种灰尘。人若能时时扪心自问，良心自然日见光明，私欲自然无

疯话

· 199 ·

法可人。

强盗和恶徒，虽然无法无天，他们有时也知敬爱好人。他们所以不能化为好人，就是因为他们的良心被私欲蒙蔽得太厚了。

《大学》上曾子所引证汤王的盘铭："苟日新，日日新，又日新。"就是天天日日要拂拭这块明镜（良心），使它不被灰尘（私欲）所遮蔽。既肯天天日日勤加拂拭，不肯间断，自然一天比一天光明。一日比一日光明，就是一天比一天新。俗语说整旧如新，可见不整，就不能新。

圣贤与凡人不同的地方，就是因为不肯使私欲掩住他们的良心，时时勤加拂拭。恶人所以昏天黑地，是非颠倒，就是因为他们太疏忽懒惰，自暴自弃，不肯对良心稍加拂拭，私欲就日积日多，反客为主了。

存心要如山海。行动要如江河。发言要如日月。

行正道，发直言，存好心，不必怕人，更不必怕神怕鬼。

我活到现今，只见损人利己的人失败，吃亏让人的人成功。可见奸巧是祸，拙笨是福。

现今使我最痛心的是多数的学生，愁将来无出路而不知对眼前的学术用苦工。要知俗语说"有货不愁卖"，你只要学成一个"社会所必不可少的人才"，社会里一定有你吃饭的地点。

不要恨怨人不肯用你，只怕你没有供人需要的技能。要知有好货，终有识货人。你在学校，虽然能混一张或买一张文凭，须知在社会，实不易混一个或骗一个饭碗。

学校不过如同一座"镀金炉"。社会确如一块"试金石"。

你镀的金愈薄，愈抵不住试验，不久就要露出你原来的"胎子"。

自古没有不亡的国，不败的家，不死的人。人若想长生不死，永久立于不死不亡不败的地位，须在人格上注意。

古时雅典的大贤兼立法者梭伦说："能服从人者，始能管理人。"那意思是说"能为人下，始能为人上"，"能先服从指挥，将来才能充当首领"。现在许多青年，全有"首领欲"，然而在家庭，不肯受父母管教。入学校，不容师长管教。他们将来如何能成良好的首领？正如不守铺规的学徒，决成不了好铺长。不守纪律的兵士，决成不了好将官。

人能责己，立刻就觉得风平浪静，海阔天空。人若责人，顿时就现出愁云惨雾，荆天棘地。

有人问我，怎样做事才算是合乎天理国法人情。我说，只要做事不放纵，就是合乎天理国法人情。若能合乎人情，也就能合乎国法。若能合乎国法，也就能合乎天理。因为这三样是一件事，正如耶教所说的"三位一体"。

专为身家打算的人，决成不了伟人。能做出惊天动地的事业的伟大人物，全是能忘了身家的人。你若能忘了身忘了家，千秋万世的人，决不能忘了你。

现今摩登女子，全讲究曲线美。我以为刚正的男子，当提倡直线美，我所说的直线美，并不指身体而言，是指说话行事立论。男子要直直爽爽，不当曲曲折折。要痛痛快快，不可遮遮掩掩，要坦坦然然，不当忸忸怩怩。

最好的为己是为公。最好的利己是利人。

俗语说聪明反被聪明误，是一句不合理的话。因为真有聪明的人，决不能被聪明所误。凡说自己被聪明所误的，绝不是有真正的聪明。

自己不是好人，偏要假装好人，固然是不容易。自己明明是好人，偏不愿使人知道他是个好人，更是加倍的不容易。

讲天道，不可失人道。处人世，不可忘天道。

读千遍弥陀，不如行一件善事。修十座神庙，不如救一个活人。

占课相面的，令人靠天求福。风水先生，令人靠地求福。这仿佛想天上掉馅饼，想地下出金窖，全是徒劳妄想的。最好的求福之法，是靠良心。只要良心不坏，纵或享不到大福，也必受不着大罪。

求"远大"的，失"近小"的。求"虚空"的，失"真实"的。求"身后"的，失"眼前"的。求"未来"的，失"现在"的。所以明白人，只在"近小、真实、眼前、现在"的事上注意。

人，前半生，费尽心思，将自己练成一个浑蛋。后半生，又费心思，研究自己为什么是一个浑蛋。

"为好人而贫贱，为恶人而富贵"是不合天理的，是偶然的，是例外的。世间的事，凡背逆天理，违反自然，出乎定例的现象，决不能长久。

《易经》上所说"自强不息，恐惧修省，惩忿窒欲，迁善改过"十六个字，不但可以压倒欧美的一切人生哲学，并且是"希圣希贤"、"成佛做祖"的必由之路。

急于发财者，发财之术决不正当。急于立名者，所立之名决不稳固。急于成学者，所成之学决不可靠。我以为，世上的事，除了救人救灾与捉跳蚤之外，不必求速。

处理困难的事，如同整理乱丝团，愈着急愈找不着头绪。只要耐着烦忍住性，必能不被困难所胜，而且能战胜困难。

真有治事之才的人，遇着难决的事，如同有名的数学家遇见难解的算题。非但不生畏缩之念，反要因而发生兴趣。

君子不羡人之富贵而羡生之名节，不羡人之高龄而惜自己空耗的光阴。

"尽人事，听天命"不是一句迷信话，正如"不问收获，只问耕耘"不是一句虚妄语。因为，先尽人力而为，多半有如意的结果。至于成与不成，或好或不好，只有听其自然而已。

人的一生，只是在奔忙、恐惧与希望中过日子。至于安逸、快乐与满意不过是例外的事。总而言之，是乐不抵苦。

希望是维持人生的。它虽无形无象，可是它的潜势力极大。上自圣贤豪杰，下至匹夫匹妇，全都受它的支配。有它做主，你活着就有精神。它若离开你，你生活就无趣味。

希望是世界进化的原动力，是催人前进的"吗啡针"。人之所以求学习艺，奔波劳碌，熙来攘往，争名夺利，生儿养女，拜佛求神，以至于创主义，讲学说，全是被希望所驱使的。

希望，随着人的年龄与体力而增进，也随着人的年龄与体力而减退。青年男女，所以活泼嬉乐，富于进取的心，并非因为他们全是天生的圣哲，是因为他们的希望，正是生长的期间。老年的男女，所以萎靡颓唐，富于退缩的心，也并非因为他们是天生的浑蛋，是因为他们的希望，正是衰残的

疯话

· 203 ·

时候。所以谁也不应当讥评谁。

人生如同登山。平均以生活六十年计算，前三十年是走上坡路，后三十年是走下坡路。所以三十岁以前，觉着时间过得慢，三十岁以后，觉着光阴过得快。

孔子所说"三十而立，四十而不惑"。这"而立"与"不惑"两样称谓，是极有意思。再用登山作比方，三十以前，一步高一步，见识也一步广一步。到三十，如同达到绝顶，喘过气来，身体才能直立。到四十，如同将下了绝顶，登山的情形与所见的景物，也阅历过了。人若将登山的事向他陈述，无论如何玄妙，再也骗不了他了。

人生如同草木。须经过一个"发芽、猛长、成熟与枯萎"的阶段。

人的一生，如同四季。由初生到二十是春，由二十到四十是夏。由四十到六十是秋，由六十到八十是冬。春种，夏耘，秋收，冬藏，平均起来，人只能活三个季而已。

人生最快乐的，就是孩提时代。不过这种快乐，当时觉不出来。愈往前活，愈增后悔。可是只能老了，不能小了。

人生，当学生的时候，想当孩子的时候。当教员的时候，想当学生的时候。当爸爸当妈妈的时候，想当儿子当女儿的时候。当老头当老太婆的时候，又想当小伙子当大姑娘的时候。向回里想，仿佛食橄榄。向以后想，如同嚼蜡头。

欲望是随着知识而增长的。知识愈大，欲望愈多，欲望愈多，烦恼愈甚。所以我曾对某女学校的学生说："你们的享用，固然是村姑乡女所梦想不到的，可是你们所感觉的痛苦，也是她们所梦想不到的。"

愈精巧之物，愈不能耐久。愈精明的人，愈不能发达。

一时之誉易得，千载之名难求。常人愿得一时之誉。圣贤愿立千载之名。不重一时之誉，不惜千载之名的人，只可称之为行尸走肉。

君子得势，所行所为怕得罪小民。小人得势，所行所为怕得罪上官。

不要轻视人，要知一村夫乡女，也能知道许多你所不知的事，也能给你一个你所梦想不到的教训。

你若能立志永不为恶，世上就少了一个坏人。你若能劝人永不为恶，世上又多了一个好人。

人的一生，只用"出入"两个字，就可以包括了。譬如，吃喝是入，拉撒是出。死是入，生是出。娶是入，嫁是出。受是入，施是出。一出一入，循环不停，直到入土为止。因为人的来源，也是由出入而起的，所以一生就办出入的事。不但人是如此，一切动物的一生，也不能脱开出入的轮回。

人的一生，也可以说是"捣乱"。求学习艺，娶妻嫁女，养生送死，奔波劳碌，东往西来，你恭我敬，你争我夺，尔诈我虞，勾心斗角，争权夺利，吃喝嫖赌，送往迎来，悲欢离合，杀人放火，奸淫窃盗，念佛烧香等等一切，一切等等，总而言之，统而论之，也不过是"捣乱"而已。

重形式，失精神。重外表，失内心。重虚伪，失真诚。

为恶，若能安享幸福长生不死，未尝不可为恶。为善，若必时遭苦恼短命夭亡，人又何必为善。世上所以劝人为恶的少，勉人为善的多，就是因为，为恶迟早终有恶报，为善迟早必有善缘。

疯

话

205

俗语所说"修桥铺路双瞎眼，横行霸道有马骑"仅是一句气愤的激烈话，并不是为人的正当方针。要知子路所说的"为善者，天报之以福。为不善者，天报之以祸"是亘古不变的座右铭。因为天就是自然之理，循环之道，正如种瓜得瓜，种豆得豆并不是迷信之谈。

能辨别善恶正邪才是真知识。能通达人情物理才是真学问。若只求新奇，不问是非，纵然留学万国，著书千卷，也不过是一个能言能写的禽兽。

对阴险的人，不必恼恨他。他自己就能在不知不觉之间，走阴暗险恶的途径里，正如一个人蒙着眼向悬崖进行，他的前途是可能预断的。

能"先天下之忧而忧"必能免忧，能"后天下之乐而乐"必能长乐。

处治世，为好人易。处乱世，为好人难。处治世，生活容易，环境安和，纵然不去为恶，也算不了一个好人。正如一个女子，衣食不缺，且日与一群贤妇贞女同居，而能不卖淫，哪还能称她为贤女吗？处乱世，生活艰难环境恶劣，偏要努力学好，才真算一个好人。正如一个女子，衣食两缺，且日与一群娼妓荡妇同处，而能清白自守，那才配称她为贞女呢。

贪名的人，不顾利。贪利的人，不顾名。贪名，虽为古人所戒，我以为，贪名的人，容易改邪归正，弃恶从善。

身，可为人奴。心，不可为人奴。身虽为人之奴而心却不甘为人之奴的人，可敬。身虽不为人之奴而心却甘为人之奴的人，可怜。

在学问道德上，热心追求，如同闻兰桂，愈闻愈香。在富贵享乐上，热心追求，如同闻尿粪，愈闻愈臭。

俗语说："理直气壮，理亏气馁。"理就是良心。气所以壮，是因为有良心做护符。气所以馁，是因为失了良心的援助。

贪字是人生的大敌。万般罪恶多是因贪之一念而起的，种种苦恼也多是由贪之一念而生的。

《淮南子》上说"猛兽不群，惊鸟不双"。英国俗语说"猪羊群处，熊虎独游"。我以为，生成一把男子骨头，也当特立独行，超脱于群众之外。冻死也好，饿死也可，决不可加入什么派或什么关系。

"其性与人殊"。一句批评人的话，人全以为是耻辱。我以为殊不过是差别、不同，并无避忌的必要。不过，为人应与恶人殊，与小人殊。要与善人同，与君子同。

人在贫贱的时候，若不能安分守己，到富贵的日子，必定祸国殃民。追查几个已死与未死的军阀的身世，就可证明他们那骂名千载的成绩，全是自幼养成的。

直木才可以做栋梁，直人始可以当大任。弯曲之木只可成小器，邪曲之人只可任微职。

圣人不是如同蘑菇，经一阵雷雨之后，就能由土里钻出来的。也不是可以经一班信徒或一系一派一党的人，于短促的时间所能捧起来的。

圣人须有超凡脱俗的个性，有迈众超群的天才，有勤勉刻苦的修养，有博古通今的学识，有富贵不能淫，贫贱不能移，威武不能屈的道德与精神。又须得一些志同道合的信徒的辅佐与继成之力。

疯话

· 207 ·

孔子、释迦、耶稣、穆罕默德，在当日，也决无人肯将他们认为圣人。并且他们也曾屡受凌辱，大遭疑嫉。他们虽有极顶绝巅的个性、天才、修养、学识、道德与精神，假若他们的信徒不能诚心诚意团结一致，恪遵遗教而行，孔释耶回的道理，也决不能流传普遍。只因他们的信徒能不违遗教，所行所为超凡脱俗，能不"宣真方，卖假药"，所以能引起别人的推崇佩服向往倾慕。历年愈久信仰的人愈多，深入人心牢不可拔。圣人的荣名，遂成了他们的专利。可见虽是天生的圣人，若非有不好的信徒，也不过是昙花一现，人亡道息而已。

有人问我，什么是个性？我说按心理学，人全有一个特异与人不同的性质。这不同的性质，就叫个性。不但人有个性，甚至除了人以外的动物，也全有"个性"。

个性有善恶邪正直曲之分。人若能牢守善的正的直的个性就是君子，人若坚持恶的邪的曲的个性，就是小人。

《吕氏春秋》说："石可破也，不可夺其坚。丹可磨也，不可夺其赤。"任子说："水可干而不可夺湿。火可灭而不可夺热。金可柔而不可夺重。石可破而不可夺坚。"于陵子说："良金百锻而不失其采。美玉百涅而不渝其洁。"这不可夺，不失，或不涅的特点，就是个性。大丈夫，当学"石之坚，丹之赤，水之湿，火之热，金之重，玉之洁"。

我对学生讲英文文法里的"物质名词"。说物，分之于极微极细，而仍不失原名的就是，譬如木可以做成桌椅。你若由其中任何部分取下一块，就不能称所取下来的为桌椅，而得称之为木。纸可以制书报。你由其中任何部分撕下一方，就不能称所撕下来的为书报，仍须呼之为纸。木与纸二字，就是物质名词。我以为男子应如物质，任经如何改造，也不失原名原性。

个性是为人的资格。人若没有个性，不但不配称之为人，简直是有愧于物。

人身如同钟表，四肢五官五脏六腑，正如钟表内外的机件。命，正如钟表的主要机关（发条）。人吃喝，如同钟表须上弦；人得病，如同钟表须擦油泥。人死，如同钟表断了发条。不过钟表的发条，还可以接，可以换，人的发条一坏，只有完事大吉。市上可以寻得到二百年前的钟表，然而找不着二百年前的男女。

不必"怕饿死"。你守定正道而行，看看饿死饿不死。不必"羡富贵"。你妄行险路而求，看看有祸没有祸。

前年，我由小市上买了一个牙制的骷髅，到今日还摆在书桌上。我对它敬如师长，尊若神圣。我每逢因贫贱着急，我就看一看它。想一二十年后，我的本相也不过同它一样，我何必贪求。我每逢因愤怒恨人，我就看一看它。想到一二十年后，我的本相也不过同它一样，我何必烦恼。

某报登载某青年的来函，说他生在不良的家庭，不能容身。处在污浊的社会，难谋职业。投入机械式的军队，度牛马式的生活，受种种惨酷的待遇，前途黑暗异常等的话，并求指示明路。某报编辑，劝他存正大的志向，努力自修，做一个好军人。某青年虽染了现在青年的毒，然而还怕误入歧途，实在是可造之才。某编辑那种答复，实在是因势利导，对症下药。假若遇见野心的编辑，也必要随某青年，大骂环

疯话

境，未免就要将那位青年引入愁云惨雾里去了。

某青年要知，不良的家庭，正是鼓励有志者的兴奋剂。自古以来的伟人，多是由不良的家庭，激迫起来的。不易谋求职业，是怨自己没有真正的本领。真有本领的人，少有真饿死的。军队原是机械式的，原是牛马式的，待遇原是惨酷的。不但中国的军队是如此，甚至目下青年们，所认为天堂的外国的军队生活，也不能例外。俗语说"不经苦中苦，难为人上人"。威震环球的拿破仑，乍入军队时，也不是总司令。中国的名将，也多由小兵演进而成的。

一个青年，若居家，就怨恨家庭。处社会，就怨恨社会，或到一处，就怨恨一处，我管保他一生也没有成功的希望。不但不能有所作为，简直心中一时也不能安宁。纵然将他送到他所羡慕的外国，他也要喊革命。纵然将他送到天堂，他也要向下跳。

我对我的学生某青年说："人处于不良的环境中，如同身落泥塘里。决不可乱嚷乱骂，或呼求救援。必要奋力爬出来，才是好小子。若能在爬出之后，再设法将泥塘填平了，才是大英雄。"

世上种种的困难，决不是少爷式的人所能战胜的。世上种种的劳苦，也不是少爷式的人所能忍受的。少爷式的人纵然赶上"天雨金"，他也不愿费力拾起来，他还恨上天不替他送到银行里去。纵然天上掉洋服，他还嫌式样不摩登颜色不如意。纵然天上掉面包，他还嫌无果酱缺黄油。这虽近乎笑谈，然而现在一些挑拨性质的书报，多能将大有后望的青年，练成这种少爷式的废物。

英国格言说"平静的海面，养不成精炼的舟子"。我以为安乐的境遇，造不成伟大的英雄。

哈兰德说："上帝为鸟造食，然决不送至巢内。"他那话正是为那种怨天尤人，不知进取的人说的。

当一个恶人，修坟地，建宗祠，不是光宗耀祖。做一个好人，不给乃祖乃宗招骂增羞，才是真正的耀祖光宗。

为好人，只要一个良心。做恶人，须费千条妙计。

青年人，多为将来的事做梦。老年人，多为已过的事后悔。中年人，不但为将来的事做梦，又为已过的事后悔。人之一生，也不过是做梦与后悔而已。若将眼前的事尽力而为，就可以不为将来做梦，也可以避免为已过的后悔。

合理和恒久的生活目标是志向。非理与变动的生活目标是妄想。也可以说，志向是定见，妄想是做梦。

志向是专一的，妄想是复杂的。伟大的人，一生只能有一个志向，所以能成大功立大业。平凡的人，一生存无数的妄想，所以必多失败少成功。

志向如正路，只要一心一意地走去，虽途径长远终必能达到目的。妄想如歧途，纵然东奔西驰而求，虽途径短近，终必不能有所成就。我半生所以寸名未立，一事无成，就是因为错将妄想，当了志向。

我曾求朋友将"寸名未立，一事无成"写为对联，悬在我的寝室。有同学老友见了说："这对联仿佛挽联，你何必悬挂。"我说："我生与家庭无益，与社会无补，与国无功，与世无利。活着与死了，毫无分别。你说是挽联，实在合情合理。我寿终之日，你等若能将这八个字作挽联，才真是我的

疯话

知己。假若你用'典型犹在''哲人其萎'或老成凋谢等的词句送帐子，那才是骂我呢。"

狮虎天性凶暴，残生害命，然而种类，不能发达。牛羊天性温良，屡受摧残，但是子孙，日加繁殖。可见"强者荣华，弱者消灭"之说是不合自然现象的话。

自然之理，是抑强扶弱，奖善惩恶。人若背逆自然之理，自逞聪明，自显强横，就是对自然革命。迟早就要被自然之理淘汰了。我所说的自然淘汰，就是循环果报。

自然之理是损有余补不足的，是戒满忌盈的。高大的山与深长的河，尚且日渐缩小。人的寿命，既不如山河，就当不求有余，力避盈满。

我为己奋斗二十余年，到现在没有半间的房产，并无一百元的有积。岂不愿向富者斗争，平均产业，平均劳逸。怎奈人事是复杂的，或贫或富或劳或逸，各有原因。绝非是一共之后，就可以化为一律的。要知学说终是学说，它的势力绝打不倒事实。

人类有富贵贫贱的阶级，我以为正是鼓励人自强上进的梯子。你若羡慕人的富贵，你就勉力向上攀登。若只坐在梯子底下怨天尤人，梦想有人把你抱上去，那是徒劳妄想，你纵然将梯子打倒了，仍必有人将它扶起来，再往上爬。

世事就仿佛一个梯子。人生就如同爬梯子。在这种梯子前后左右，你争我挤各不相容。若得到梯子的正面，就费力小而成功易，若得着反面或侧面，就费力大而成功难。你若爬不上去，只可怨你的心志不坚，脚根不稳，不能怪人推你挤你。

良心就是上帝。背逆良心，就是得罪上帝。

俗语说"为人不做亏心事，半夜敲门心不惊"。心所以不惊，是因为有"良心"从中做主。

据我多年观察，无论如何贫穷卑贱的人，全有发达的希望。唯独好占便宜的人，永远不能有发达的可能。因为好占便宜的人，是生就一身穷骨头，他无论算计得如何精巧，到底还是外面拾进来一升，家中反失了八斗。

精于算计别人，必疏于为自己计算。人所最易受欺骗的时候，就是正在他用心欺骗人的日子。

我的学生某甲，为将来没有出路大着其急。我对他说："你将眼前的功课，预备好了，将来自有出路。若只在吃喝玩乐上注意，仅在衣饰上讲求，将来不但没有出路，简直只有死路。"

不必讥骂古人。不必拍捧今人。要立定志向做一个好人。

人的两只眼，全是平行的，所以应当平等看人。人的两耳，是左右并列的，所以不可偏听一面之词。人的鼻端，共有两个孔，所以不应当随着别人一个鼻孔出气。人只有一条舌，所以不能说两面话。人虽只有一个心，然而有左右两心房，所以做事不但要为自己想，也当为别人想。

真恶人，如同明枪明刀，容易使人躲避。假善人，仿佛暗枪暗箭，令人无法提防。所以，被真恶人骗了或害了的人少，被假善人骗了或害了的人多。

真小人是蒙虎皮的狼。伪君子是蒙羊皮的虎。

动物中，唯狼最不知爱惜同情，然而非到饥饿无法忍受的时候，决不自相搏食。可惜生为万物之灵的人类，愈是衣食不缺的人，愈要损人利己。

疯
话

今日不较昨日好，就是苟活一日。今年不比去年好，就是虚度一年。所谓好者，不是增加财富与权势，是增加学识与道德。

生活是工作，不是游戏。是为别人，不是为自己。是牺牲，不是享乐。认清了，就能随遇而安，误解了，就必怨天尤人。

世上人，共分三等。第一等人，是与世有益的。第二等人，是与世无害的。第三等人，是与世有害的。人的等级，不可由职业上分。我以为，人力车夫与倒马桶的，若存心公正，就是第一等人。大学者与委员长，若存心偏私，也是第三等货。

去年我由地安门用铜元四十枚雇人力车到灯市口，匆忙付了钱票一张。进门之后，车夫敲门，说我所给的是一张六十枚的，要退我二十枚。我见他的举动奇异，问他为什么不占便宜。他说："富贵，天给的，瞒心昧己，发不了财。"可见下级社会的人，若存一点迷信的心理，也不肯做背逆天良的事。从来阴狠奸恶之徒，全是些毫无信仰的。

不必向人详说你的苦恼，要知人人全有自己的苦恼，谁有闲心听你的唠叨。不必向人高谈你的功德，要知人人全有要自颂的功德，谁有耐性闻你的牛气。

地球的表面上有崇山深谷的不同，有凸凹高下的分别。地球上的生物，当然也不能平等一律。同是人，就有坐轿抬轿的，有坐车拉车的。有使用人的，就有被人驱使的。同是狗，就有稳居狗窦，肥头大耳的，就有终日奔驰，骨瘦如柴的。同是老鼠，就有生在仓库里的，就有生在厕所中的。

不但动物中有显明的不平等的现象，甚至无识无知的土石草木，也享不到平等一律的待遇。同是一块土，就有人将它塑成神像，受人跪拜；就有人将它烧成夜壶，受人便溺。同是一条木，就有人将它铸成佛龛，受人供奉，就有人将它制为马桶，盛粪装屎。同是一朵花，就许被美人插在鬓边，就许被毛驴，饱了馋吻。只可说是有幸有不幸而已。

天下的事，往上比，则心烦意乱，怨天尤人。向下比，就心安意定，无所怨尤。

为人，有应向上比的，有当向下比的。对于道德学识，须向上比，才能不为小人，不为浑蛋。对于财产职位须向下比，才能不为贪夫，不为官奴。前者，只要努力刻苦，人人可以办得到。后者，纵然奋力追求，有时竟空费心机。一是凭人力的，一是靠机会的。人力，随时可施。机会，终生难遇。

人是一个奇特的动物——有时是圣人，有时是贤人，有时是君子，有时是凡人。可是常常做了小人。

宝剑不能使怯懦之夫，化为勇敢之士。名笔不能使涂鸦孺子，变成书法大家。

你若将你自己认做非凡出众的人物，你一生也不过是群众里的一个凡人。

磨盘不论运转的迟速，全不离磨心。人的思想言行，无论如何转变，也当不离良心。磨离磨心，不能工作。人离良心，不配为人。

吃苦是人类进化的动机，是种种事业的根本。道德因吃苦而成立，天良因吃苦而保存。学生不能吃苦，必成流氓，农工不能吃苦，必成土匪。军人不能吃苦，必成盗寇。妇女不能吃苦，必成下流。官吏不能吃苦，必成民贼。

疯

话

不要羡恨富人，他们的钱，若不是用正道得来的，他的子孙就能给他"散"。不必羡恨贵人，他们的权，若不是用正道得来的，他的妻女就能给他"现"。这并非迷信之谈，正是循环之理。

　　行善的人，家有坏子孙，也能变好了。为恶的人，家有好子孙，也能变坏了。这是感应之理，也是必然之道。

　　我最重视古人。我极轻蔑今人。古人的功罪已定，不必再骂他们。今人的是非难断，不必瞎捧他们。

　　古人所说的"信天命"与"畏天命"，不是信畏虚空的上天，是信畏万古不变的"自然之量"。果能本着自然之理行事，不必跪拜玉皇大帝，也不必祷告天主耶稣。

　　真聪明的人，不致失败。真糊涂的人，也不致失败。失败的人，全是些浑蛋而自认为聪明的人。我中华的危乱，全是由这第三种人招起来的。

　　能克己，才能克人。能自胜，才能胜人。自己是自己最大的仇敌。你若不能先将它克服了，征胜了。你永久要受它的驱使，永远没有安闲宁静的时候。自己也就是一个我字。大圣人贤，全是些能先在自己身上做工夫，首先能打倒我字的。千古的小人，便是些我字的奴隶，全是些我字的牺牲。

　　人怨恨人，多是真的。人敬爱人，多是假的。所以人怨恨人的时候多，敬爱人的时候少。

　　至大而可变易之理，为天理。至明而不能掩闭之心，为良心。

　　镜明，才可以照物。心明，才可以察理。欲得镜的效用，不可不常常拂去上面的灰尘。愿求心的效用，不可不时时消除其中的欲念。

镜虽明，若旋转不停，照物必不能清晰。心虽明，若妄用不休，察理必不能精确。所以，镜须定心须静。

人生是什么？人生就是妄想。一知人事，就是妄想的发端。一断气息，才是妄想的完结。所谓妄想者，包括一切不必存的希望与不必费的思索。人能少存妄想，就能多安乐而少忧愁。

军阀因妄想，而抢夺地盘，而苦害人民。大员因妄想，而贪赃枉法，而剥削百姓。土豪劣绅因妄想，而欺孤侮寡，而鱼肉乡里。学者因妄想，而创造主义，而牺牲青年。妄想既是不合理的，所以他们纵能将妄想做成事实，达到一时欲望，然而也不过是昙花一现转眼就完。不但苦了自己，并且害了别人。

人的两眼生在上边，所以惯向上看。人的两眼生在前面，所以不惯向后瞧。人的学问或位置高了，若肯向下看，决不致栽跟斗。若肯回头看，决不致遭失败。

人，坏得连自己也不知道，那还不是真坏。坏得连自己也知道，而偏不肯向好里转，那才是真坏呢。

人，要与人同——与善人同。人，要与人殊—与恶人殊。

善用欺骗之术而得成功的人，也必因屡用欺骗之术而遭失败。这就是古语所说的"善骑者坠，善游者溺"。某军阀所以屡起屡仆，不能成事的原因，就是他屡以为他所施的骗术，别人全看不出来。

真聪明的人，不敢骗人。真糊涂的人，不会骗人。骗人的人，全是些"自以为聪明"的人。古今中外那些生前受人

疯
话

骂诅，死后受人讥骂的人，全是这种自以为聪明的人。

《左传》上说"失信不立"。人所以得存立于人群，就是一个信字。信字是用人、言二字合成的。言若不是发于天良，纵然悦耳动听，也不过等于禽言兽语。其中既然没有人的成分，当然不能存立于人的社会。

《说苑》上说"巧伪不如拙诚"，实在是一句处世最好的良言。因为伪字是人、为二字结合的。纵然用尽心机，想尽巧妙的人为方法，终抵不过以逸待劳的拙诚。正如一块玉石、经能工巧匠雕成一件美术品，终不如一块天然的璞玉耐久延年。

自爱二字，不是爱数十年必死的肉身，是爱千万年不死的令名。

钱财是人生的羁绊。人若被钱财捆住了，一生不能脱出它的势力范围，一生也要受它的驱使。若将它看轻了，只求足用，不求其多，无功不可成。古今中外的圣贤豪杰中，只有许多好色的，绝无半个贪财的。

财与色是人生两个最难过的关口，是人生最难破的阵线。能不被这关口与阵线阻挡的人，才可称得起超凡入圣的人。

我的老友张君说："人生四惑（酒、色、财、气）的次序，是一个比一个严重普遍，并不是一个比一个轻微狭隘。"他这话极有道理。因为酒，有不饮的。色与财则比酒有引诱性，然而也有不贪不好的。唯有"气"是人人当犯的。并且"气"能伤人的身体，促人的寿命，较酒、色格外容易。

贪应贪之财，不为贪财。好应好之色，不为好色。应贪之财就是薪俸与利息。对这两项，<u>丝毫不必谦让</u>。应好之色就是自己的妻妾，除这两人，无论如何不可妄动。

古人称蓄钱的瓦器为"扑满"，是极有意思的。因为这种东西有入无出，积而不散，到了盈满的程度，也不能取出分文。所以必须将它扑打碎了，才可能将它的存储分散出来。人若只知存储而不知分散，也必要发生破碎的危险。不但钱是忌盈戒满，一切声名权势，也当以盈满二字为戒。

我半生没有做过阔事。当初最好的时候，每月收入不出二百五十元。最坏的日子，每月分文没有，并且是一天打鱼九天晒网。以入社会二十年合计，每月收入不过三十余元。可是我的生活程度，虽月入百元的也不敢同我相比。有人见我不知储蓄，对我说："你上无父兄，下无子嗣，如此生活，将来如何归宿。"我说："你虑得太远了。中国将来还不知归何结局，我不过一个小民，何必作久远的计划，我留下盈余孝敬谁？"

朋友又问："将来假若你有了儿子，也当为他留下生活费。"我说："世界所以扰乱，就是因为对子孙的心念太重了。有一些人，不但为子孙，不顾一切，拼命搂钱。甚至连重孙子媳妇，将来用的马桶，全要预备好了，岂不是糊涂吗？我的先父，没有给我留下生活费，所以我才得苦活至今。假若留下生活费，恐怕我早就乐死了。"

朋友又问："你可以不为子孙谋，然而也当为自己谋，你若不存下几个钱，死了谁埋葬你？"我说："我若死了，没钱棺殓，自有公安局与卫生局拿出款，来替我办丧事。岂不是还落一个'国葬'吗？"朋友大笑着说："你一个小民，有何功德，配消耗国家的钱呢？"我说："自民国以来，得享国葬

疯话

的'要人'，全是真正有功于国，有德于民的人吗？"

专会讨老婆孩子喜欢的人，固然是好丈夫好父亲。然而决成不了大业，享不了大名。我读中外大圣大贤英雄豪杰的传记，才知道他们多是些享不到家庭快乐的人。因为人心不能二用。若专对一个私而小的范围内耗费精神，对于公而大的社会与邦国中，就不易有伟大的成绩。

人夸奖你，你不必快活。你若一起快活的感想，就如同别人砌了一堵墙，将你圈起来，你再不能有进步的可能。人讥笑你，你不必忧烦。你若一起忧烦的念头，就仿佛别人掘了一眼井，将你推下去，你更不易有出头的希望。

恭维的话，是愚夫愚妇的麻醉药。诽谤之言，是英雄志士的再造丸。

遇着恭维之言，先要自想配受不配受，听了诽谤之词，先要自问应得不应得。自己是自己的天平，自己是自己的明镜，自己的轻重与美丑，自己当明知确断。

人若能时时扪心自问，反躬自思，就能不因外人的谀言而喜，也能不因外人的谤语而惧。

人所以好多言，全是起于自以学识道德高于别人。殊不知这种行为最容易显示自己的浅陋。

在你高谈阔论的当儿，大众若对你静默无声，不加反驳，你最好是立刻止住谈锋，强闭尊口。要知这未必就是对你心服口服的表示。

在你高谈阔论的时候，若有人对你提出抗议，你不必以为他是你的仇敌。你正当引他为你的同志。因为他若是一个深沉的人，他决不肯打断你的话头，他反要听你到底要说些什么。

与人谈话，你若愿讨他的喜欢，最好是用他的事务作资料。你若愿招他的憎恶，只有以你的事务作题目。因为人找你谈话，不是要卖弄他的学识，便是要向你求指教，决不是要为你作传记。你何必将你的详详细细向人说。谁有闲心耐性听你自颂功德。

无知的妇女向丈夫说话，爱加小注，好绕大弯。这种不肯简捷，直爽的说话方法，实在令人厌恶。然而，丈夫是为避免吵闹起见，不敢不听。所以只好用十二分的耐性，听她从头至尾，远征博引地说个详细。至于男子对男子说话，总当直直爽爽，干干脆脆，三言两语立刻说完，千万不可"拉丝，剥茧"。

男人说话，最忌附加小注。冗长拉扯的言语，最易使听者厌倦心烦。耗费的光阴，更觉可惜。

有些人说话，不知求要，只知求详。甚至一件小事，也必掰开揉碎，从根到底说个不休。譬如你问他："你到上海去了吗？几时回来的？"他决不简捷地说出来。反要将他到上海的原因，临行以前的预备，何时雇汽车到车站，几点几分开车，买的是几等票，车中乘客多寡，男有多少，女有若干，男客的老少，女客的美丑，沿路有几个车站，车中的座位宽窄，以及车中的温度如何，全要预先说给你听。甚至要说火车是谁发明的，是用什么东西造的，是什么时候中国才有火车，全要原原本本，一五一十说个彻底。说了半天，也不过是一去的情形。至于到了上海，以及回来的情形，还未说到十分之一。你若任他说完，恐怕一天也没有了结。这种的说话方法，详细固然详细，但是详细得无用。

人的寿命是短促的，光阴是宝贵的。寿命既是由光阴积合而成，那么，浪费光阴就是轻视寿命。古今中外的伟人，有不爱惜金钱的，然而绝没有浪费光阴的。

疯

话

· 221 ·

与其出去同人闲谈，不如在家里闭户自修。谈论国事既于禁令，谈论天气更觉无聊。国事是要人所包办的，谈论起来了不过是白费唾沫。天气是随时转变的，谈论许久，也不过空耗精神。与其谈说许久，讨论半天，还是以没有办法做一个归结，何如收心养气，听天由命，先对自己的本分上用工夫。

后汉仲长统说："天下士，有三可贱。慕名而不知实，一可贱。不敢正是非于富贵，二可贱。和盛背衰，三可贱。"这三可贱中，若犯了一样，纵然高居显职，也是一个贱人。

怕死怕穷的人，永远立不成高超的人格，永远创不出伟大的勋业。看一看古今中外那些流芳万代的伟人，有一个怕死怕穷的没有？

有一时之死，有万古之死；有一时之生，有万古之生。英雄豪杰，因不怕一时之死，所以得到万古之生。匹夫匹妇，因恋一时之生，所以得到万古之死。

魏禧说："古人教人做好人，只十四字，简妙直切，曰'君子落得为君子，小人枉费做小人。'"在太平之日，这是至理明言。处危亡之时，这更是金科玉律。现今我中国人，若将这十四个字，视为稀松平常，我国的前途，更不堪问了。

死后的荣誉，是由生前的困厄所培起来的。死后的骂名，是由生前的快意所养起来的。

《下学堂札记》上说："千虚不能敌一实，千邪不能敌一正。"你只要实只要正，纵然全国的小人对你下攻击令，我管保，你也必能得到最后的胜利。

人有老少，物有新旧。老少互助，新旧并存，才是人生最好的办法。人既不能长少，物既不能长新，就不当专视少的新的，而独对老的旧的，加以排斥轻视。

我中国向来主张敬老、怀幼，这正是最好的美德。人之一生，谁也不能免这两个时期，在老年需要人的扶助，正如在幼年需要人的照管。老迈时，无人加以诚恳的扶助，必不能得到安闲。幼小时，无人加以慈爱的照管，必容易趋于堕落。若讲人道主义，须先对于老幼这两项人，施行亲切的爱护。

牛犊是老牛生的，马驹是老马产的。若无老牛，牛犊从何处而来？若无老马，马驹从何处而至？人既不能因牛犊马驹活泼可爱，而打倒老牛老马。那么，稍有思想的人，也不能因为青年人强健多力，而责骂老年人无能。

古谚说："若要好，问三老。"俗语说："家有老，是个宝。"所以应向老人求教，应对老人尊重。是因为老年人，阅世日久，富有经验。服从他们的指导，才能走入人生的正轨。

古老的，何尝未经过新奇的阶段。新奇的，将来也必有达到古老的时期。老太婆也曾是个大姑娘。老头儿也曾是个小伙子。假若专知尊重大姑娘与小伙子，那么，当将老太婆与老头子置之何地？我中国因为敬老遵古，所以才能老少相安，新旧并存。假若反其道而行，改为轻老蔑古，不但人类活着没有希望，就是器物留存也失了价值。

欲养自己的势力，必须吸引信徒。势力的大小，全以信徒的多寡为决断。世上是老年人少，青年人多。老年人多有阅历，不易诱惑。青年人少有经验，易受麻醉。老年人判断力强，自信力坚，决不肯空空为人牺牲。青年人判断力弱，

疯话

223

浓度欲深，最容易白白替人卖命。野心的学者看出这种特点，所以专对青年人大灌米汤，大送秋波，大献狐媚，大拍马屁。青年人经此一捧，遂进入了他们的圈套，甘为傀儡，而不觉悟；甘做徒孙，而不自知。

勤若能助长人的安乐，奢侈必毁坏人的品格。我的先父说："乡里有一个肉铺，如同有一个贼窝。"这话合着许多的深意。

英国沃尔顿说："人若失去天良，一身再无可存之物矣。"我以为，个人纵然威加海内，富有天下，若是不由天良而得，也是得不偿失。因为自己什么都有了，只是自己把自己这个人味丢了。

英文格言说"好的天良，就是好的靠枕"。又说"有天良，就有尊严"。又说"天良不愧，闻雷不畏"。又说"一个天良等于千个证人"。又说"天良时时开庭，罪犯就是自己"。人若不问天良，固然可以占一时的便宜，可是不能避免天良那长久的谴责。外来的指骂，以充耳不闻。内生的拷问，实在无法逃脱。

假若真有上帝神佛，我以为，天良就是上帝神佛所派常驻人心中的代表。它不但是你的顾问，也是你的卫兵。你若听它的忠告，它就能使你心安意闲，无所畏惧。你若违逆它的指导，它就能使你心烦意乱，肉跳心惊。

本着天良说话，言简而意明。背逆天良发言，话多而无序。

顺合天良的话，如同蒙尘的明珠，终不能掩住光辉。背逆天良之言，仿佛金漆的马桶，到底要泄出臭气。

一个人说话作文行事，只要合乎自己的天良，也必能激动别人的天良，因为天良是人类所共有的。并且天良具有一种奇妙的吸引力，你能发露你的天良，别人的天良也能随之感应。凡不起感应的人，他的天良必是因被私欲所蔽而失了作用。

依着自己天良所说的话，所作的文，不但在当时有感应，甚至千秋万世之后，仍必有同等的效力。诸葛亮死去已经一千七百多年，他的尸骨早已化为灰烬，可是他那《出师表》，仍能使现在的人读起来落泪。因为他那篇文章，是由他的天良发出来的。在民国这二十余年中，许多要人的演讲与通电，非不刻章琢句，典雅堂皇。然而老百姓听完读罢，毫无所动于衷。这全是因为他们那些好话，全不是本着天良而发。并且他们那损人利己的行为，早已在老百姓的心里留下了底案。

据《韩诗外传》里记载，当初楚国熊渠子，夜晚行路，见着一块石头，错认为虎，遂弯弓发箭射了去。及至临近一看，才知是一块大石，可是箭头已经射入石内，几乎没了箭杆。可见人的行为，若发于至诚，石头全可以分裂。据《列子》里说，在海边曾有一人，喜与海鸥相亲。每日有成百的海鸥同他游玩。有一天，他听了他父亲的吩咐，要捉住一只。及至他又到海边，海鸥全都远走高飞，不敢同他接近了。这并非海鸥有未到先知之能，乃是他先存下了机诈的心，纵有和善的面容，也不能遮掩他的欺诈。赵氏《孟子章句》上说："至诚则动金石，不诚则鸟兽不可亲狎。"可见人若以巧诈之术团结人心，正是"心劳日拙"。

疯话

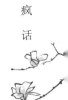

人欲是天良的大敌，这两样决不能相存并立。天良战胜了人欲，就能成圣成贤，就能成仁取义。人欲战胜了天良，就能为盗为奸，就能祸国殃民。

天良是人人所全有的，是与生俱来的，只要人类不死尽亡绝，天良必永不消灭。人欲是习染而成的，是一时侵入的，只要一加猛醒，人欲就立刻瓦解冰消。人若想到万年不死的美名，就当爱护固有的天良。人若想满足几十年必死的肉身，就可以追求习染的人欲。

天良是原有的，人欲是后起的。天良是主，人欲是宾。只如果一个人，决不能不起人欲，不过君子的人欲，随起随消，不容它喧宾夺主，生根长叶。小人的人欲，一经发现，就反客为主，继长增高。

盗贼娼妓，也知道尊重忠臣孝子烈女节妇。在中外历史和笔记小说里，这种成例说了不知多少。这就是古今中外，人人都有天良的证据。人之为非卖淫，乃是因为一时受了人欲的蒙蔽，或受了人力的威逼。他们的天良，遇着时机终有发现的时候。因为天良如同日月，人欲如同云雾，云雾无论如何浓厚，决不能长久遮掩日月的光明。

人欲，是有习惯性的。人只要一次被人欲战胜了，就渐渐地成了人欲的奴隶，譬如男子第一次为盗，女子第一次卖淫，必定感觉面皮发热。面皮所以发热，就是因心血上冲。心血所以上冲，就是因天良在心里起了抗拒的作用。及至为盗日久，卖淫日多，就视为固然，并不起什么愧耻的感觉。这就是因为人欲在胸中加以梗阻，使天良不能发生冲动了。然而，盗贼决不愿终生为盗，娼妇决不愿永久为娼，这就是天良不能消灭的缘故。

秦桧谋杀岳武穆，朱棣屠戮方孝孺，以秦桧与朱棣的行为而言，固然是狠毒已极，可是若问他们的天良，他们何尝不尊重他们所害的人的人格。秦朱二人，以后屡屡设法掩盖自己的恶行，也就是因为天良又在他们心里复活，向他们痛加攻击。

假若人类是上帝造的，我们不能不钦佩他的手术精巧，因为他能给人类，装入天良这个奇妙的东西，不但能做人的良师益友，更可做人的侦探法制。天良能劝人为善拒恶，天良也能发露人的罪过。人若听从他的忠告，就能勇气充足，无所畏惧。人若违反它的忠告，就必忐忑不安，疑鬼疑神。古今中外的罪犯，所以不能逃出法网，并不是因为官方侦探之术高明，而是因为他们的天良能替他们泄底。

俄国皇后凯瑟琳娜二世谋害她的丈夫和太子伊万之后，屡屡见他们俩人鬼魂向她苦笑。世间究竟有无鬼魂，还未经科学家的证明。我也未曾见过，不敢妄断。可是我敢断定凯瑟琳娜二世是受了天良的谴责，就以为冤魂向她索命。猫吃了老鼠，鹰害了野兔，决不起鼠鬼兔魂向它们要求抵偿的感想，因为禽兽是没有天良的东西。人若为恶害人，而不起天良的反应，也就是与禽兽同类。

俗语说贼人胆虚，胆所以虚，是因为贼人先受了天良的打击。俗语说理直气壮，因为天良就是以直正为是的。人只要理直，天良就在心中助威。

讲天良，是由自己做起的，所以容易施行，并且决不费力，决不吃亏。只要自己以天良待人，人也必以天良相待。

疯话

227

古语说至诚感人，至诚也就是天良。天良无不诚，不讲天良无不伪。至诚可以通天地之秘，至诚可以开金石之坚。用天良感化人，终能得到人的同情。甚至，本着天良责骂人，也不能招起人的怨恨。

讲天良是顺应自然，不讲天良是庸人自扰。讲天良才能"老吾老，以及人之老。幼吾幼，以及人之幼"。才能"爱己之国，以及人之国"，才能"不独为自己谋，也肯替别人想"，才能"护真理，拒邪说"，才能"说实话，少实事"。天良，是天赋予人类的无价之宝。人所以得称万物之灵的原因也是在这一点上。欲谋人类的安和，除了发展天良之外，再无旁的方法。

人，一味地责人，无处不是荆天棘地。人，一味地责己，无处不是舜日尧天。人生的进步与成功，全是由责己而生。人生的退化与失败，全是因责人而起。

人生种种烦恼，多是因善于恕己而不肯恕人。恕己，无时不觉受了愁云惨雾的笼罩。恕人，无时不受了光风霁月的吹拂。现今，要人的斗争，青年的烦闷，全是由恕己、责人而起。要人是因为受了小人的恭维，青年是因为受了邪说的愚惑。大有作为的要人与大有后望的青年，全然被"恕己责人"四个字毁了。

人，若想求快乐，只有责己；人，若想寻烦恼，只有责人。换一句话说，人，若向自己吹毛求疵，人品必日高，学识必日进。人，若向别人吹毛求疵，人品必日低，学识必日退。你若愿判断一个人前途的命运，不必求占问卜，不必推命看相，只留心他是惯于责己，或是惯于责人。

我在前几年，因为惯于责人，所以时时错将自己认为好人，时时妄将别人当做坏蛋。不但因此生了满肚子肝气病，并且得罪了许多至亲厚友。近几年，我忽然起了悔悟，知道我这种恶习，实在是等于操刀自杀。于是乎，反其道而行。行了不久，不但肝气日渐减轻，亲友对我，也日渐亲密。我才明白，我若先以横眉怒目待人，人也决不肯以和颜悦色对我。我若先以和颜悦色对人，人也不忍横眉怒目相待。愿生快乐，原是先由自己生。愿起烦恼，也是先由自己起。责己，天下无烦恼。责人，天下无快乐。

我现今日以作稿为生，而作稿又日以"责人"为事。我每次作完一稿，就觉脸红耳赤。我以为这种职业，足可以引我进了一个"长于责人，而短于自修"的绝路。并且，我时时起了一个万目所视，万手所指的恐惧。只怕偶而行为失检，辱污了新闻记者神圣的命名。新闻记者，既以指导社会的人物自居，且以民众的喉舌自任。若言与行远。我岂不是等于捕盗的人做贼，岂不是如同劝节的人卖淫。我想到这里，只觉汗流浃背，心惊胆落。

烧香礼拜，静默鞠躬，是虚礼。守道施德，确行遗教是实功。虚礼多一件，实功少一件。虚礼少行无碍。实功须求其多。假若内无诚心，外行虚礼，不但是欺神骗鬼，简直是将自己认做毫无思想的行尸走肉。

子孙若不知要强，徒知日日拜祀祖先，并不能光宗耀祖。子孙若不能克绳祖武，纵能时时修理坟茔，也不能富贵荣华。子孙的命运，全是子孙自己造的，与死去的祖先毫不相干。

疯话

只知日日拜祀祖先，反倒误了良好的光阴。只知时时修理坟茔，且必耗去有用的钱财。祖先，并非不当祭。坟茔，并非不可修。只是当祭时必祭，当修时则修。仅仅祭祖修坟，并不算对祖先尽了当子孙的义务。只要立志行些好事，不给祖先丢丑、招骂，就算对得起祖宗。假若子孙是秦桧那样的坏蛋，纵然天天祭祖，日日修坟，也不过是只能使祖先在九泉之下，捶胸跺脚。

人，应当有节，如同树必须有皮。皮，保护树的生存。节，维持人的尊严。人失了节，正如树掉了皮。我以为，所谓失节者，不只是通敌卖国，不只是被人奸淫。凡行一种举动，若勉强追随别人，而并不是出于自己的本心，也可以失节论。譬如，别人诵经礼拜静默鞠躬，你也就装模作样附和雷同，而并不审查是非，并不自问是否合乎你的天良，你也就是失节。人，对于小事，若有假装疯魔，对于大事，当然肯倒行逆施。

大丈夫的行动，只以自己的天良为法则，决不以众人的行动为标准。性命可以牺牲，天良决不肯断送。勉强随和众人，就是出卖自己的天良。人若先肯出卖天良，身家妻女，无不可卖。至于出卖国土，出卖民族，不过是附带的条件。

不与众人相同，不是自甘退缩。勉强随和众人，不是努力前趋。我常说："大丈夫须敢在众人之中落伍，须敢在圣贤之后争前。怕追不上众人，是无耻。怕追不上圣贤，是无志。"

众人的举动，是一时的变态。圣贤的举动，是千古的成规。众人的举动，只是反常。圣贤的举动，只是顺理。学众人，必须装模作样，扭扭捏捏。学圣贤，只是安常守分，坦坦然然。并且，学众人，是学人。学圣贤，是修己。学人，是不敢违逆别人的行动。修己，是不敢违逆自己的天良。

所以圣贤者，并非得天独厚，也非三头六臂，也非能一餐斗米，也非能饮露吸风。圣贤所以与众不同之处，也不过是戒慎恐惧，事事务求顺合自己的天良。尧舜能不失天良而成圣贤。人只要对天良加意保守，尧舜并非不可学。

卡莱尔说："人生最大的职务，不是应做远而不明白的，是当做近而清楚的。"可惜人的习性，多是对远而不明白的事，大耗精神，对近而清楚的事，偏不注意。这种舍近求远的毛病，耽误了许多应尽的本分，耽误了许多当前的要务。譬如有些人不敬活着的父母，而偏拜渺茫的神佛；不施行眼前的要政，而偏筹划未来的建设，这全是远近错乱，轻重颠倒的恶例。

心中若没有神佛，不必到庙里找神佛。心中若没有上帝，不必到礼拜堂去拜上帝。上帝与神佛是无所不在的。你只要将心打扫清洁了，你的心就是上帝或神佛的宝殿。我给某居士，写了四字"心即是佛"。我以为，他若时时刻刻将这句话，记在心里，不但与他自己有益，且能使别人沾光。

天下事，误于因循畏缩的人，固然不少。但是败于鲁莽浮躁的人，实在太多。只有谨慎沉稳的人，才能走进成功的路途。

圣经贤传，化人最难。淫词浪语，惑人甚易。然而稍有天良的人，决不能因为淫词浪语受人的欢迎，而废弃圣经贤传。讲道德说仁义，必被人认为顽固迂腐。讲解放说自由，必被人捧为时代前锋。然而稍有天良的人，决不能因为解放自由可以笼络人心，而蔑视仁义道德。

疯

话

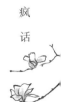

真知自爱的人，对于一时的荣辱，可以不计，对于千载的是非，在所必争。若自甘随众摇旗呐喊，就是情愿与草木同朽。

我的朋友某君说："天下虽乱，我们胸中，不可再乱。天下虽然无定，我们胸中，必须有定。"

因私怕得罪人，是好人。因私不怕得罪人，是恶人。因公怕得罪人，是懦夫。因公不怕得罪人，是豪杰。

为公要胆大。为私要胆小。为公若胆小，必至无所能为。为私若胆大，必致无所不为。

大丈夫不怕身死，只怕名辱。不怕掉头，只怕失节。不怕子断孙绝，只怕玷宗污祖。

"环境"只能影响匹夫小人，不能更变英雄豪杰。有志之士，要使环境适应自己，不可使自己适应环境。

人生最苦是有书无暇读，有钱不会用，有子不敢教。

愈是人浮于事的时候，愈闲不住真有本领的人才。愈是货压街头的日子，愈剩不下品质精良的货物。

果有真才，不愁没有识主。果有好货，不愁没有销路。旧学虽不时兴，旧学真有根底的，各处还是抢着任用；古玩虽不摩登，古玩真有特色的，各处还是抢着收存。人谋位置，货求买主，其实，位置何尝不寻找人才，买主何尝不寻找货物。

北平的医生，据说有三千余名。可是其中有几个医生，终日车马临门，应接不暇，对求诊的人，推也推不出去。有二千多医生，终日门可罗雀，独坐无聊，对有病的人，请也请不进来。可见，愈是那一行的人多，真有高超本领的人，愈能大走旺运。

平凡的人，只为人多事少发愁。有志之士，独为才能不足焦虑。

庸医不多，不能显名医，凡才不多，不能显奇才。

不必骂环境不良，先要问你自己良不良。不必骂人不肯用，先要问你自己是否真有被人聘用的本领。不必骂"社会组织不良"，先要问你自己是不是社会中的一个良好分子。

青年人好奇，是因为阅历少。老年人不好奇，是因为经验多。

四十岁，是"开倒车"的时期。你若不信，你到了这个年龄，你就知道你的思想是要"向后转"。

为恶如同欠款。你借钱之后纵然能忘了，可是借给你钱的人总能记得住。你为恶之后纵然能放在脑后，然而受你害的人必能存在心里。

抓住了时代，不如保住天良。若失去了天良，纵然抓住了时代，也是时代中的败类。

无知之辈，信假不信真，信虚不信实。信一时的浮说，不信永久的定理。

人，立身不可有色彩，求学不可有臭味。入派入系，左倾右倾，是失了自立性。大丈夫当超然自处，中立不倚。大丈夫要做松柏，不做藤萝。

人是能直立的动物，禽兽虫鱼决无这种天赋的特能。猿虽然像人，但是立起来也不能直，纵然能直一时，也决不能支持许久，所以猿终不能脱出兽的范围。人若将自己当人看，就当挺然直立，决不可左倾右倾。

疯话

德国俗谚说："捕野兔，用猎犬。捕愚人，用谀言。捕妇女，用金钱。"据我所知，猎犬未必准能捕住狡兔，金钱决不能引动贞妇，唯独谀言，不但能迷惑愚人，甚至极聪明的人，一听人奉承一两句，也必骨软筋麻，在不知不觉之间就入了人的圈套。

走运时，不可趾高气扬，以免惹人怨恨；穷困时，不必愁眉苦脸，以免招人嫌恶。

行得通，是大道。分得清，是正理。

人生是苦，不是安乐。不但人是如此，一切活物无不如此。现今许多的青年男女，因为受了邪说的欺骗，以为生成一个人，就当享幸福，以为受了几年教育，就当有位置，这全是极端的错误。苏俄的情形，据宣传固然仿佛是人世的天堂，其实，不劳力不劳心的人，还是没有生活的门路。

人的一生，真仿佛是一个梦境，自己对于梦中的情形与种种稀奇古怪的穿插，一毫也竟不能自主，只有顺着梦境做下去，做到哪里是哪里，着急是无用，欢喜也是白费，一醒全完。人生，一切的遭遇与种种悲欢离合的故事，又何尝准能由着人的心意发生？只好顺着天良活下去，活到哪里是哪里，着急，急不了三万六千日，欢喜，也喜不了一千二百个月，一死全了。

你果有高人一筹的本领，你就不必为久居人下着急。你做的工若比别人好，你占的位置必比别人长。你卖的货若比别人高，你的主顾必比别人多。不必怕别人打倒你，只怕你自己站不牢。

人生最大的光荣，是超然自主；人生最大的羞耻，是随声附和。在圣贤豪杰中，决寻不着半个随声附和之辈。在凡夫俗子里，决找不出半个超然自主的人。

你生活一世，若不愿与草木同朽，你必须养成一个不受人牵动的坚心，练就一身不随人转移的硬骨。

不敢与众人异，就必与众人同。与众人同，就是一个凡人。敢与众人异，就必不与众人同。不与众人同，就是一个超人。

在群众抢先的时候，你须要退后。在群众竞争的时候，你须要谦静。在群众呐喊的时候，你须要沉默。因为群众是一个极无价值的名词，是没有脑筋的集团，是被大骗子所玩弄的傀儡。你若以群众的思想行动为标准，你就要化为群众中的一个，而失了独立性。你若将你自己看重了，你须敢跳出于群众的圈子之外。这样，你不但可以不受群众的连累，你还可以使群众受你的引动。

是就是善，非就是恶，是就是正，非就是邪。人能分辨善恶正邪，就是有是非之心。人不能分辨善恶正邪，就是无是非之心。无是非之心，也就是没有天良，也就是失去了做人的资格，简直是对不住人字的名称。

你的言行，只要本乎天良，就合乎真理。只要合乎真理，就能打动人的天良。凡不能被你所感应的，他的天良必是一时受了蒙蔽。然而你不要着急，因为他只要是一个人，他的天良终有发现的时候。

不要怕不合别人的心意，先要怕有愧于自己的天良。不要怕别人跟你作对，先要怕你的天良向你谴责。你若这样支持下去，别人的心意，也必能慢慢地对你表示同情，跟你作

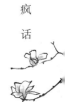

对的人，也必慢慢地成了你的同志。

儿女，惯认父母为专制。媳妇，惯认婆婆为严苛。仆役，惯认主人为凶暴。店伙，惯认店东为刻薄。青年人，惯认老年人为顽固。劳力者，惯认劳心者为闲逸。农工，惯认士商为安乐。

在上者，疑在下者的少，在下者，怨在上者的多。得意者，疑失意者的少。失意者，恨得意者的多。用"挑拨"的方法，使在上者或得意者，对在下者或失意者发生恶感，八九不能成功。用"挑拨"的方法，使在下者或失意者，对在上者或得意者发生怨恨，自然进施百中。

天下，为儿女的多，为父母的少。为媳妇的多，为婆婆的少。为仆役的多，为主人的少。为店伙的多，为店东的少。总而言之，居人下的多，居人上的少。青年人多，老年人少；无产阶级多，有产阶级少。劳力者多，劳心者少。农工多，士商少。统而言之，不如意的人多，如意的人少。然而，这也不过是一时的现象。因为，儿女、媳妇、仆役、店伙，未尝没有为父母，为婆婆，为主人，为店东的希望。青年人、无产阶级、劳力者、农工，也未尝没有为老年人，为有产阶级，为劳心者，为士商的时候。人生是变动的，世事是循环的。居下，又何必怨，失意，又何必恨。然而，居人下的人和不如意的人，多不明此理。所以，大骗子们就利用这弱点，创出一些诱人惑世的邪说，将这种人下的人与不如意的人，玩弄于股掌之间。

在上者少，在下者多，如意者少，失意者多。这是天下不能避免的定则。居下，则怨。失意，则恨。这是古今难变的人之恒情。古往的圣贤，知道在上、在下，得意、失意不是一成不变的定理，所以创出"安分"与"认命"的学说，力加化解，以保家庭的安宁，以维社会的秩序。现在的大骗子也知道这种情形，可是，为谋自己的权势，故意发明"竞争"与"奋斗"的主义，力加挑拨以毁家庭的和谐，以破社会的组织。结果，化解的方法，不易成功。而挑拨的手段，反大得其效。这就是大道正理，虽入人耳，邪说浪语，易迷人心。世道如此，焉能不乱？

按人的恒情，贱则想贵，穷则思富；劳则想逸，困则思通。满意的少，失望的多。能随遇而安的少，欲改造环境的多。低头苦干的少，妄求一逞的多。这固然是人类所以能进步的原因，也未尝不是人类所以遭失败的根由。然而，我以为守分尽职，才是成功的捷径，急躁侥幸，多是失败的绝路。任自己一时的躁妄，而遭了失败，还不足为耻。受别人一时的引诱，而陷入死途，实在是可羞。前者，还有汉子气。后者，只是奴隶性。

大丈夫为改造环境，做贼也可，为盗也可，千万不可为大贼手下的小贼，千万不可为大盗手下的小盗。传骗人的主意也可，布惑世的学说也可，务必要为主动人，千万不可为被动者。

孟子说："待文王而后兴者，凡民也。"是说人贵自立，不贵因人。假若必得受了文王的教化，才能发奋做一个好人，也不过是一个凡庸的人。学好尚且以"自动"为贵，何况是学坏。那么，随大盗而起者，岂不是一个"凡盗"？

叔苴子说："狃兽者，乃欲掩兽者也。骗鸟者，必是罗鸟者也。"这个比喻，颇有哲理。现今青年人，全应当牢牢地记住，以免上当。要知，猎兽捕鸟者，全是对鸟兽假装亲近之辈。欲利甲人，欲欺骗人的人，也全是对人假装亲厚之辈。野心的学者或野心的作家，所以对你们大送秋波，大施媚眼，所以专讨着你们的心意而言，全是老虎戴数珠的现象。若被那慈眉善目，经声佛号而迷，必定变了虎口之肉。

人的一生，所以能显亲扬名，达到成功的地步，多是由于自己的奋勉。人的一生，所以辱名丧节，归于失败的结局，多是因为别人的诱惑。交友，投师，固然是人生所不能免的，但是，若交不到益友，不如不交，投不到良师，不如不投。不但交友投师是如此，读书阅报，也是如此。假若不查作者学术的邪正，而仅以作者的名声才艺为阅读的标准，在不知不觉之间，就能受了不良的影响，误了自己的前途。

读书阅报，比交友投师，还容易受感应被传染。交友投师，对师友的言行，还可以当面质问。读书阅读，只能听作者的一面之词，而无法分诘。因为交友投师，如同观戏，唱戏者的"唱"与"做"，必须一致，才能受人的欢迎。阅报读书，如同听留声机，唱得好坏，可以判断，至于唱戏者做派如何，则无从考察。阅报读书，只能听到作者的言，并不能见到作者的行。所以唱戏的无法骗人，而著书与作报者骗人则非常容易。

受人师友的诱惑而为非作歹，惹祸招灾，还可将罪过向师友身上推卸，别人也怨恨他的师友。受了书报的诱惑而行恶作乱，招灾惹祸，只有自己担承，著书与作报的人，还可在一边看热闹。从来不读书识字的愚人犯罪，多是因为受了狐朋狗友的牵累，现今读书识字的青年犯罪，多是因为受了邪书谣报的影响。

人生本是一件苦恼的事，详细一想，简直是一点滋味也没有。不但为自己想一想是苦多乐少，替别人想一想也是乐少苦多。我以为，只有一个求乐之法，就是竭力使别人减少痛苦。人类虽有种族之分，国籍之别，但是全人类都是息息相关，正如一个身体一部分若感觉痛苦，全身各部分也不能感觉舒服。

俗语说"为善最乐"。为善也就是使别人减少痛苦的方法。你若不以这话为然，你就可以亲自试验试验。你周济一个苦人之后，心中觉得如何。你打骂一个苦人之后，心中感觉怎样。这不过是一个浅显的比方，别的较大的好事坏事，也是如此。可是，别人快乐了，你也能快乐。别人烦恼了，你也生烦恼。这就是人类息息相关的凭证。

人类的真幸福，决不是可以用"相杀相斗"的方法所能谋到的。这种拙劣恶狠的行为，只可行之于两翼之间。头向天脚踏地的万物之灵（人），万不可与鸷禽猛兽趋于一致。禽兽以残杀的恶行，谋自己的利益，是因为它们没有能自反、自责的天良。人既比禽兽多有一个天良，若欲谋人间的真幸福，也非由自反、自责入不可。

前天，我正作稿，忽然听到一阵唧唧的惨声，由窗外的榆树上发出来。我立刻跑出查看，才知是一个小家雀，被一只鹞子抓走了。我因此生三段感想：第一，假若生物是上帝造的，上帝未免太不公平。第二，我悔不早一步出动。第三，我的住所，既是租赁的，我不该种许多的树木。我不种

疯
话

树，当然招不了小鸟来。既无小鸟，当然这种惨事决不致在我的眼前发生。我若早出一步，或能不给鹞子留下为恶的工夫。上帝在造物的起头，若详加考虑，决不致有以杀生为生的鸷禽猛兽。可是，我又一想，上帝之有无，还不得而知，何必将不是向他身上推。我不种树，小鸟若落在地上也免不了被鹰鹞杀害的危险。我纵然出动早一步，我既不能飞，也救不了那小鸟的性命。追原祸始，还是怨那一只鹞子，残忍不仁。我又细一想，鸷禽猛兽，既生成勾嘴利齿不能以植物为食，当然必须吃肉，肉既不能像草那样由土里生出，鸷禽猛兽不得不以杀生维持自己的存活。并且，禽兽无分辨善恶之心，虽觉残暴不仁，也不能说它们是有意为恶。人本是能分别善恶的万物之灵，有时比鸷禽猛兽所行的恶，还要恶狠万倍。若只知责骂禽兽，岂不是见小忘大，舍近求远。

鹞子若肯替家雀想，它必不忍贪一时之饱而害了家雀的一生之命。并且，家雀也有配偶，或有雏儿。伤了一命，毁了一窝，岂不是世间最残忍的事。但是，鹞子不是不肯替家雀想，它是不会替家雀或任何小鸟想。它所以不会，是因为它没有辨别是非的天良，假若它能有天良，我想它也能发现不忍之心。

鸷禽猛兽，杀生害命，维持自己的存活，虽然残暴不仁，可是弱小的禽兽，并不见绝根断种。第一，是因为有天然的限制，使鸷禽猛兽的种类不能特别繁衍。假若虎豹像麋鹿那样多，麋鹿早已绝了踪迹。假若鹰鹞像燕雀那样多，燕雀早已断了根苗。第二，是因为鸷禽猛兽，只以当时果腹充饥为度，并不知为将来预备，并不想为子孙图谋。由这两点看来，造物之主，于不仁之中，还有一个极大的仁理。鸷禽猛兽，于残恶之内，还有一个不贪的美德。

人骂残暴恶狠的人为禽兽，实在是攀得太高。人骂乱伦无耻的人为禽兽，也是比得太重。禽兽虽残暴恶狠，他们并不能自知。禽兽虽乱伦无耻，它们也不能自晓。本着"无心为恶，虽恶不罚"的道理，禽兽本是无过无罪的。人既有辨别是非之能，偏要背逆天良，故意残暴狠毒乱伦无耻，岂不是有心为恶。以"有心为恶"的人类与"无心为恶"的禽兽相提并论，我实在是替禽兽不平，实在是替禽兽鸣冤。

人若不愿退处于禽兽之下，最好是善保这个唯人类所独有的天良。只要天良不失，永远不致专为自己想而不替别人想。永远不致专求自己如意而不管别人死活。自从邪说畅兴以来，人已不知为人想，国已不知为国想，足证是天良已经与人分了家，眼见人类就彼此相食了。可叹一班知识阶级，还以为这就是进化的现象。照这样向前进化，也不过是只能"进"为禽而无两翼，"化"为兽而少两足，简直是似禽而不够资格，像兽而不够程度。

你自己胸中的天良，若能战胜你胸中的人欲，你就能发现真正的快乐。真快乐也就是金钱所买不到的真幸福。你胸中的人欲若战胜了别人胸中的人欲，别人的人欲也必要向你图谋反攻，你纵能得着一些幸福，你胸中的天良，也必不容你安安稳稳地享受。人既向你反攻，你的天良又向你挑战。你就要发生金钱所解不了的真痛苦。

"有竞争，才有进化"这一句话，也有两个竞争的方向。一是在学术道德上，不肯落于人后。一是在权势利禄上，不

疯
话

肯容人占先。本着第一个方向走，上则可"进"为圣，中则可"化"为贤，不及也可以成为一个于己有利、于人无害的好人。本着第二个方向走，上则可"进"为民贼，中则可"化"为盗匪，不及也必能变成一个徒具人形、徒以人言的禽兽。

四　论文化

男子要竭力地男化，女子要竭力地女化，才是真正文化。男子趋于女化，女子趋于男化，才是真正的野化。

人与人不相同，国与国不一样，人与国全是各有所长，各有所短，各有所能，各有所不能（这是因为有种种的原因，一时无法详说）。无论如何，不能化为一律。一国的民性，南北还不能相同，东西也不能类似。山地的居民，决不能长于捕鱼。沿海的居民，决不能长于猎兽。各保原性，各守所长，才能与己有益，与人无害。中国不当弃其所长而强学外国，犹之乎外国也不当弃其所长而强学中国。

图强，要学赵武灵王的胡服骑射，切莫学魏孝文帝的移风易俗。国民性一失，就入了亡国灭种的路途。我见一些青年男女，穿必洋服，说必洋话，吃必洋饭，动必洋习，爱必洋物，我不禁为中国民族的前途，抱无限的哀痛。

人，失了个性，不能挺立于人群。国，失了国民性，不能争存于世界。

疯

话

有人问我说："中国人事事仿学外国人，若变成洋人，不好么？"我说："将中国变成洋国，将中国人变成洋人，固然是文明进化，但是世上若再找中国与中国人，就找不着了。"

有人问我："你既读过英文，教过英文，为什么不爱说英语，不喜穿西服？"我说："我读英文是为得知识，教英文是为骗饭吃。中国虽弱，中国话还能表达思想，衣服也能遮盖身体。假若中国亡了，非说英语非穿西服不可，我自然不敢不努力效颦。"

人穷了，他说的话全是不合理的，办的事全是不合法的，他生的儿女，全不是人养的。国弱了，他的语言，是不合逻辑的，他的文字，是不利于传播文化的，他的文化，是野蛮落后的，他的国民，是排外的，是应当膺惩的，是不会亲善的，是无视条约的。总而言之，人穷了，无处可以伸冤。国弱了，无处可以讲理。

古圣人所以能得多数的好人崇拜，是因古圣人的学说；能使人减少兽性，使人入了正轨。新圣人所以能得少数的浑蛋崇拜，是因新圣人的学说，能使人发展兽欲，使人走入歧途。

良好的教育，是降龙伏虎，化解恶性，使之与人有益。不良的教育，是为虎增翼，是教猱升木，不但不能化解恶性，反使之增加害人的能力。

迷信是人类自然而然养成的一种心理。迷信与人有利，也与人有害。一味地迷信，固然不可，一点不迷信，实在可怕。一味地迷信，容易害误自己，一点不迷信，容易损害别人。

道德多是由迷信养成的。若要打倒迷信，必须先提倡道德。欲提倡道德，须先禁止诱人为恶的书报。真迷信的人，决不敢为恶。法律是阻人为恶的，迷信也是一种不成文法。它的功用，有时超过法律。古时的野心人，屡屡利用神鬼骗人，却屡屡成功。因为鬼神是无形无象，渺渺茫茫的，不能被人察出真凭实据。现在的野心人，每每利用伟人或刚死几年的伟人骗人，却每每失败，因为活伟人或死伟人的言行动作，好坏全是人所共知的。

我们不应当反对任何宗教。我们应当反对那些假借宗教之名而欺骗民众的人。我们不必反对任何学说（或主义），我们必须反对那些为谋私利而创造学说（或主义）的人，以及贩卖学说（或主义）的人。

信仰宗教或信仰已死的伟人，要在内心，不在外表。只要内心坚定，不在表面随和。我在教会读书九年，因为不能牢守宗教的仪式，曾经记过二次。我对外国牧师说："我心里还没有尊崇上帝的心，我若瞒心昧己，做出种种仪式来，专为人看，与娼妓的行为，有什么分别。"宗教所以不能发达，何尝不是仅仅在仪式上追求。

信仰宗教或信仰主义，全是一种清高纯洁的行为，万不可演成饭碗化。湖北某处，称奉教为吃教，他们所信仰的宗教，就可想而知了。现在，人称研究主义为吃主义，他们所研究的主义，也就可想而知了。

某牧师说："中国若想图强，若想真正统一，非全国的人

疯话

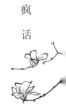

信耶稣基督不可。"我说："真照耶稣基督的道理实行，中国当然要统一，要强盛。否则，口传耶稣之道，而行撒旦之行，非但不能统一，且要分裂。非但不能盛强，且要灭亡。你们若自命为耶稣的信徒，请你做出一个异于魔鬼的榜样，让人见识见识。"某牧师说："你怎么样呢？"我说："我还未离开撒旦的势力范围，我是一个魔鬼。"

现今，不使儿女入学校读书是误儿女，使儿女入学校读书是毁儿女。若是要不误不毁，必须将他们送入肯教书，能念书的学校。

救国不忘读书是诚心诚意，实地实行当前的职务，一面抽暇寻隙，以读书培养真正的学识，以免被不良的外务所诱，而减少救国的志愿。

读书不忘救国是将救国的志愿，牢牢地存在心里，埋头苦读，养成真正有益于国的学识，以备遇机实行真正的救国工作。

现在有些人，张口就说贵族化或平民化。其实现今的教育，真是贵族化，以前的教育，真是平民化。现今非中产阶级的人，无力使儿女受充足的教育。中产以下的人，若使一儿一女，受得中等教育之后，全家的养生之资，就一扫而空了。

不要看一个青年学生，穿着一身漂亮的西服，而生羡慕之心。要知他父母，为他那身衣服，未尝没有去了二亩田地。不要看他跳舞打球快乐逍遥，要知他的父母，为他筹快乐之资，未尝不正在抱头痛哭呢。

现在学校的课本改变得太快了。哥哥姐姐所用过的，弟弟妹妹不能再用；上季用的，这季便不能用。同级学校，这校用的，他校不能用。同一学校，甲教员用的，乙教员不肯用。换来换去，改进改出，只有卖书的商人，对这种改良的办法。歌功颂德而已。

我的朋友某甲，来信说："小儿今已十岁，入学三年，所识之字，不及二百。除善开会外，别无所能……"我回信说："……外人讥我为无组织之国家，汝儿既能开会，必善组织，将来欲救中国，雪此奇辱，非此种人才不可。学问之有无，有何关系……"

研究科学是要明白它的理论，并非研究外国语可比。既有译本，且又经部审定，决不致有极大的误谬之处。然而有些教员，为使学生高看起见，必要选用洋文原本，而不顾学生的外国文的程度。结果，学生读一章书，须翻字典三小时。虚耗宝贵的光阴而得似明白似不明白的知识。可是学生还是以得读洋文原本为荣，教员不过如同讲文学读本，不用做多少实验。钟点一到，薪水就入了教员的口袋。

欲为学生节省宝贵的光阴，免除教员使用洋文原本的毛病，应由教育部，采定最好的洋文课本，设立专局，聘请有名且懂中国文的本科学者，分门译出，交书局印行，按最廉的价钱责成学校采用。如此，非但使学生节省购买洋文原本之费更可免中国的金钱流入外洋。

学校的等级愈低，教职员的威风愈大，学生的服从性愈深，所学的愈实在。学校的等级愈高，教职员的势力愈小，学生的威风愈大，所学的愈懈松。这就如同——儿女小，父

疯话

母管儿女；儿女大，儿女管父母。

小学教员，对学生如同严厉尊亲。中学教员，对学生如同和善的朋友。大学教员，对学生如同驯顺的雇工。

在野蛮的古时，教员坐着讲书，学生站着听。在文明的现在，教员站着说书，学生坐着看。到进化的将来，教员跪着背书，学生躺着"睡"。因为愈文明进化，教员的程度愈低，学生的知识愈高。

迷信神佛，是偶像的奴隶。迷信学说，是伟人的奴隶。大丈夫当本着良心为人，守定正道做事，不拜神佛，不迷学说。

读书时，不可有己见。读书后，不可失己见。

我读书向来不存门户之见，尝将儒佛老庄回耶，合在一起研究。朋友对我说："你这样滥读，永远成不了专家。"我回答说："我因怕养成一派的信徒，所以不愿学成专家。到了专家的程度，就是一派的奴隶了。"

饮食是为养肉体。读书是为养心灵。饮食若专牢守一种，必要生病。读书若牢守一派，必要发癫。晋人的清谈，宋儒的顽梗，全是偏于一派的病症。

贩卖骗人的洋货，则被人呼为奸商。贩卖骗人的洋主义，则被人尊为学者。奸商仅图利而得恶名，学者名利兼收而获荣誉。我为奸商鸣冤，我替学者庆幸。

人们说中国商人最能投机，其实，中国当今的学者更能投机，任什么主义（或学说）新鲜，他们就能贩卖什么。

贩卖洋主义（或洋学说）的人，未必全是诚心诚意喜爱那种主义的人。如贩卖马桶或便壶的人，未必是喜爱马桶便壶，不过是借以谋利而已。

有人说："学者研究某种主义（或学说）是为做学理的研究，并非是为谋利。"我说："这也不尽然，他们正如小贩，研究什么样的马桶，可受妇女的欢迎，什么式的便壶，可供男子的需要。小贩是为求利，学者也是为求利而且为求名。"

迷信神佛，是给木雕泥塑的偶像当奴隶。迷信学说（或主义），是给血肉之躯的偶像（伟人）当奴隶。

古时的宗教拜神。现在的宗教拜人。古人拜神求福寿，今人拜人求位置。神虽未必能使它的信徒得福得寿，可是人实在能使他的信徒升官发财。

士农工商四民之中，唯读书的人最阴险最可怕。农工商，若不得志或失了业，尚无大害。读书的人，若不得志或失了业，贻祸无穷。我以为学校所造人才，若一时无法安插，莫如竭力缩减学校的数目。因为人才如商品，若无销场，其害较任何出产过剩远大。

学问愈博大，思想愈精密的人，愈不易统一。就以大学教员与报界中的人而论，他们愈开会，意见愈多。人数愈众，隔膜愈大。议论愈久，嫉妒愈深。简直如一群美妇人，永远不能相亲相爱。

什么是"学者"？学者，是不愿务农，不肯做工，不能为商，不敢当兵，肩不能担担，手不能提篮，善说大话欺人，最能谣言惑众，自命远能治天下，其实，近不能治一身的废物。

前年，我对某学院的学生说："你们若学农，须实入农田，

疯话

向老农讨教。若学工，须实入工厂，向工人学习。若学商，须实入商店，向店伙追求。不可专向书本里钻寻，不可专听教授们的高论。要知纸上谈兵既不合于实用，那么，书本里种田，书本里制器，与书本里开铺子，也不能达到成功。高深的理论，往往不能合于实用，不过是教员谋生的工具而已。"

中国多数的学者，对春秋战国的情形，明明白白，对民国以来的经过，反模模糊糊。外国多数的学者，对希腊罗马的往事，清清楚楚，对欧美现今的实在情形，反隔隔膜膜。这种知古不知今，知远不知近的现象，真令人莫名其妙。

以前的教育，多是将人练成唾面自干的顺民。现今的教育，多是将人练成大言不惭的土匪。

能开口大骂古人（中国的），就有人说你是文明巨子，文化先锋。能作文标榜几个今人（外国人），就有人说你是学贯中西，文坛健将。

中国文字，具有世界各种文字的特长。无论平行直行，左行右行，均无不可。中国字，一字一音，所以组成文章，不但几段整齐，并且和声押韵。看几行名家的字，读一篇名家的文，真能增人美感，提人精神。无论什么国的文字，都没有这种特色。英国麦克乃路先生说中国文章为世界最精美的，实在是一句公平话。

我以为文章不论古今。读完了，使人或长精神，或增毅力，或奋志气，或去贪鄙，或减邪心，或发悲悯，或生羞愧，或动哀矜，或起美感，全是好的。读完了，或生愤怨，或起杀机，或生懈怠，或动淫心，全是坏的。

我所见的英文原本文选或读本中，少有现代人的作品。

纵或有一两篇，也是因为那些著作家，是世界所公认的。编选的时候，若稍不谨慎，轻则虚耗人的光阴，重则败坏人的心术。决没有像我国现今的国文教科书，竟将一些狗屁不通的今人作品，也滥选在里边的。

你的文章不论如何不通，不论如何下流，只要入了文选或读本里，就有人对你另眼看待。譬如一个破便壶或一个破马桶，若摆在供桌上或陈列所里，参观的人，虽知道是盛尿装粪的东西，也必以为是大有来历的非凡出众之品。因为这个缘故，所以现代的"作家"们，对有关系书局与无聊的编辑拼命地运动，将他们的大作，胡乱编入文选或学校课本。读者阅后，虽觉膜臭刺鼻，然而还是莫名其妙，不敢下肯定的批评。因此，所谓现代的作家们，一登龙门，声价十倍，饭碗问题，就容易解决了。

报纸是民众的喉舌，是政府的良友。当为民众宣纾抑郁，指导明路，对政府要竭尽忠言，规正过失。不可为少数人宣传，不可替少数人泄愤。不可为吸引阅者而登肉感小说或新闻。不可贪图津贴而变作留声机或应声虫。不可被威势所慑而颠倒黑白。不可为求新奇而大造谣言。永远要超然特立，使之成为完全的"营业化"。

现在某某要人，见中国日趋危乱，又提倡恢复中国固有的道德。这真是抓着病源，对症下药的方法。不过，欲恢复固有的道德，必须严禁诱人为恶的外国邪说，除灭那些贩卖邪说的"学者"。更要紧的是赶快打倒非孝主义。因为孝是百行之先，是种种道德的根源。不孝之子，决不能为良好的公民，无良好的公民，国决不能存立。以我个人而论，我现在

疯话

· 251 ·

纵然愿为中国的良善的好人，总不能坚定不移，就是因为我当初未在孝字上，立下根基。

英国格言说"父母之心，永与儿女同在，"意思就是父母的心，时时刻刻故不下儿女。我们观察猫狗以及一切禽兽，对儿女亲爱的情形，也当想起父母的辛苦，答报父母的恩惠。对父母不忘恩负义，就是孝。

"精神文明"是根本的，是稳静的。"物质文明"是皮毛的，是争较的。精神文明发达，可以减少世界的乱源。物质文明发达，只可能增加世界的纷扰。求精神文明，既安且逸。追物质文明，劳而不济。

轻视本国固有的文化的国必亡。吸收别国的文化，填补本国的文化的国必强。东邻岛国，能吸收中国与欧洲各国的文化，补益本国文化的不足，所以能成为亚洲最强的国。非洲与亚洲的小国，只知吸收别国的文化，所以不能振兴。

"教育救国"四个字，我极赞成。然而要知道，中国的教育是要造就合于中国目下需要的人才，不是造就一些合于外国的人才，是要造就一些能为中国谋利的人才，不是造就一些善为外国推销洋货的先锋。现在中国学生，入了学校，学级高一层，为外国人销货的能力增一倍。全国若全受了教育，中国货就无人肯用了。

按公平的办法，对仇敌必须报复。然而仇敌若有好处，也应当效法。英国格言说："聪明人能由仇人身上得益，糊涂人能由朋友身上受害。"日本人对中国，不念同文同种，唇亡齿寒的关系，利用中国浑蛋们闹内乱的时机，占我四省的仇恨，是不可忘的。可是日本人长处，是应当学的。第一，日本人的坏，是对外而施。甚至军人，也不肯向本国人发横。第二，日本人非本国货不用，甚至留学生，也不以用外国货为荣。他虽多穿西服不穿和服（日本服），然而也非本国货不穿，一根纸烟，也非本国货不吸。仅以"有威不向本国施，用物不向外国求"，就是我中国人所应取为模范的。

一国的语言文字与国民性若不亡，不算真亡。印度亡了将近八十年，然而它的语言文字仍然存在，将来印度必有复国的希望。犹太亡了二千五百余年，然而犹太人虽散居各国，至今还能不失国民性，所以犹太将来也有复国的机会。现在，犹太人在各国中的潜势力极大，隐然操持全球的经济，有统世界的企图。这就是因为国民性未失，遂露出复兴的兆头。

蒙古与满清在当初，全是大有势力的民族。满洲人，因入主中国二百六十八年，期限大久，饱吸中国的文化，先失了"民族性"，后亡了语言文字，所以大清国亡了。蒙古操持中国政权八十九年，时期短促，未得多吸收中国文化，就跑出长城，所以民族性未失，语言文字仍然存在。大元国亡了，蒙古人还能繁荣滋长。

我国的苗族，由四千年前，就屡受汉族的压迫，退居于西南几省的山林之中，到今日还能保持苗语苗文，就是因为不肯吸收中国的文化，所以民族性未失。否则，苗族的名称，早就成了历史中的陈迹了。

不打倒古圣人，显不出新圣人。不排斥古文学，抬不高新文学。现今的许多学者并非对古圣先贤，有何深仇大恨，也非对古人的文学，深恶痛绝。不过，他们因为求名图利起见，不得不昧着天良，立异标奇。这个锦囊妙计施用之后，果然，

疯话

新文圣，新作家，新文坛巨子，就如大雨后的雷蘑，一个一个地全钻出来了。他们或彼此标榜，或互相攻击，闹得乌烟瘴气，鬼哭狼嚎。于是盲从之辈，心目中只知有他们，不知前有古人，后有来者。因此他们的新愚民政策就达到成功了。

现在是是非混淆，黑白颠倒的时期。所以作的文，愈令人不知所云，愈是合于时代的好文。作的诗愈，令人莫名其妙，愈是合于时代的好诗。画的画愈，令人认不出是什么东西，愈是合于时代的好画。穿的衣服愈，不中不外，不男不女，愈是合于时代的新人物。你若稍加批评指正，就有人说你是没有欣赏文学的天才，缺乏审美的眼光，是时代的落伍者。

所谓良好的教育，不是增加学生的优点，是使他们知道自己的缺点。不是造就一些妄自尊大的圣人，是造就一些真有实用的凡人。

真正的北平人，有一样大毛病。人若没有学问，没有技能，他们并不讥笑；假若人不会说北平话，他们反以为是莫大的缺点，必要加以怯口或有口音等无意识的讥评。

北平的老住户，是最讲究说话的。可惜他们有时候说的话极无道理，太不客气。比如，说起自己的父母，总是说"我们老太爷"（或老爷子）"我们老太太"。说起自己的兄弟、姐妹、嫂嫂、弟媳，总是说"我们大爷、二爷、姑奶奶、大奶奶、二奶奶"，说起自己的女人，也称"我们大奶奶"。最无道理的是，说到自己的儿子、儿媳，竟敢自称"我们少爷，我们少奶奶"。并不细想，这种种称呼，全是尊敬之词，理应发之于别人之口，不可自上尊号。

我中国上流社会的人，说客气话，也时常不加思索，不合文法。比如，说起自己家庭的人，总是说"我们"家父（或家严）"我们"家母（或家慈），"我们"家兄，"我们"家嫂，"我们"家姐（或家姊），"我们"舍弟，"我们"舍妹。殊不知，"我们"二字是表多数的代名词。对人说话，若用"我们"，就要将对谈的人，包含在一起了。

在远古的时候，并没有钱这种东西。人需要什么，全是用物换物。古时的聪明人，为求方便起见，才造出钱来，可见钱不是坏东西。然而因为一些爱钱如命与用钱为恶的人，将钱污辱妄用了。所以好讲面子的人对钱字，多不肯发之于口，行之于文。欧美人，在大庭广众之间，更以钱字为忌。这岂是钱的罪呢？

未读透中国的古书，不配批评中国的古书。未深知外国人的优点，不配仿学外国人。

前几年，北平某报征求"中国青年应读什么书"，接到了许多的答案。其中某有名的学者的答案，是"应多读外国书"。我原以为那种"忘本"的谬见，必定有人驳斥。岂知因为他是一个"学者"，竟得了许多人的赞助。我中国竟有这种"舍祖忘宗，是人非己"，仅求知人，不求知己的现象，中国焉得不日趋于灭亡。

十年前，日本文学家某人，在某处对中国人演说，提到中国文字，他说："二十五年后，你们贵国人，若用国文教员，须到日本去聘请。"当时的听众，全都认为是笑话。岂知日本人，研究汉文的狂热，较我中国研究洋文，还格外的猛烈。在我国蔑弃国学的狂潮中，反给日本人造成搜罗中国古书的机会。我们所认为腐化落伍的典籍，他们全视作无价的珍品。

疯话

再按现今我中国几个新圣人，竭力改良中国文字的情形推测，日本人那句预言，恐怕不久就要应验了。

古人读书，一年之中，除去三节与"歇伏"外，并无所谓休息。可是那些读书的人，也未全学了颜回，短命而死。他们的学识，也并不劣于今人。今人读书，除去星期、寒假、暑假、春假、例假与种种纪念日，种种运动日，一年几乎读不到三个月的书。可是这些读书的人，也未全学了彭祖，得享高年。他们的学识，也并未超过古人。

读书愈少，愈将自己认为圣人。读书愈多，愈把自己认成浑蛋。

近二十余年以来，我中国之所以日趋危亡，并非全是受帝国主义的压迫所致，最大的原因，就是多数的知识阶级，明于察人，昧于察己，自己卖淫，偏要骂人为娼，自己为盗，偏要骂人作贼，自己生花柳恶疮，偏要讥人打"六〇六"。

历史是已往的新闻。新闻是现今的历史。不过，历史与新闻，全是因坏人而起的。世上若全是好人，也就没有历史，也就没有新闻。纵有历史，纵有新闻，也必如同忠臣孝子烈女节妇的传记，枯燥无味。人读一二句，就要睡着了。因为有奸盗邪淫，才能使读者发生兴趣。

监狱收养一个无期徒刑的罪犯，以五十年计算，至少需消耗三千元，假若教育一个孩子，至多需费一千元。以收养一个与社会有害的罪犯的费用，至少可造就三个与社会有益的分子。可见政府对教育投资，较为司法筹，费重要得多，并且是利益无穷。不过，我所认为教育者，最良好的教育，是与中国有实用的教育。若以现在多数学校所得的成绩而论，最好是多筹司法费。

古语说："经师易得，人师难求。"因为读书不是为通"经"，是要学做人。现今，是科学之师易得，人格之师难求。据我所知，现今校长娶学生，教员娇学生的事实甚多。以这种校长教员而论，他们虽能贩卖吓人的"科学"，也不过多造就一些害人的匪类。欲为中国养成人才，不当由甄别学生入手，要先由校长教员动工。

依着我的小人之心推测：不可用花枝招展，扭扭捏捏的女教员，教授血气未定的男生。更不可用油头粉面、洋装革履的青年，教授及笄待嫁的女生。不论这种教员是由什么国留学而回，也要防微杜渐，拒恶于始。

以先女学校，全有烹调与缝纫两门功课。近几年来，有人说那种功课是污辱女权，学成也不过是预备做家庭的奴隶，所以多被取消了。可是对于音乐唱歌跳舞，反大加提倡。我不知，衣服破了，唱一唱就能补上吗肚子饿了，跳一跳就能充饥吗？做饭缝衣，若算污辱女性，那么给人唱着听，被人搂着跳，就是尊重女性吗？

学校里许多的学科，不是为学生将来入社会谋生的利器，不过是学校中的教员，在学校里混饭吃的饭碗。学生学成之后，也不过是再入学校，将那种饭碗，传授与别的学生。所以讲台上讲说的人才日多，社会里需要的人才日少。

据一些文明的学者说"中国是时代落伍的国家"。中国既是如此，那么，他们为什么又将超越时代，连文明的外国还用不着的高深学理，教授给中国学生呢？学生纵然学成了，

疯
话

· 257 ·

也不过如荀子所说的屠龙之技高而无用。杀龙的把戏，既永无实现的可能，那么，他们那高深的学理，又有何处可用。

黑猫白猫，能捕鼠的是好猫。中国学问，外国学问，能换饭的是好学问。

按进化论，人是由猴类进化而成的。猴类既是兽类，人多少必要含有一点兽性。古圣先贤，知道这种情形，所以就创出道德、伦常、宗教作束缚兽性的无形利器，正如将野兽装入樊笼里，以免它们出来为害，使社会少生纷扰。现在有一些自命为新文化分子的人，不了解古人的苦心，以为道德、伦常、宗教是妨碍文明进步的东西，竭力主张打倒推翻。这种恶风若不速加制止，将来的人类，就要日趋"兽化"而变成真正的野兽了。这岂是文明进步，简直是归本还原。

老学究喜欢恭维古人而轻视今人，说古人善而今人恶。岂知古人并不良于今人，今人也并不劣于古人。古人所以觉得比今人好，是因为古人有种种的限制，不能任意胡行，如同笼里的虎豹，并非不能吃人，是因为有笼的阻碍，使他们无法施展它们的原性。

军阀祸国殃民，是一时的，至多二十年可以恢复原状。"学者"乱国毁民，是长久的，至少一百年不能恢复元气。军阀死了，祸患就完了。学者死了，遗毒去不净。所以"有枪阶级"，实在不如"有笔阶级"可怕。

我不提倡宗教。我不反对宗教。可是我以为，有宗教，终胜于无宗教。科学发达，固然可以减缩宗教的势力。然而科学发达到了极点，宗教的势力，就渐次地翻转回来。这话，读一读几个有名的科学家临终所说的话，就可以明白了。

宗教的好处是能使人心有所归宿，精神有所寄托，能于苦恼中，得着无形的安慰，能于愤恨中，消减许多的杀机。它的坏处，据说是"愚民政策"，阻人进步。其实，全不是宗教本身的错处。

在留学生里，已死的，我最佩服辜鸿铭。现存的，我最佩服潘敬。辜先生，精通几国的文字，他居然不将洋人看做圣人。并且敢当面作文，指责洋人的过错，提倡中国的文化。他虽戴着大辫，穿着光绪元年的陈旧中服，外人对他，全都表示敬意。潘先生虽留欧多年，娶了外国太太，还能不染盲从式的洋化，还能不忘国语国文。并且能用国文著书，将中外的好坏，分得清清楚楚。

我中国所以衰弱，并非因为不识字的文盲太多，是因为半瓶醋式的文匪太众。

国家将亡，学校所造成的，多是大言不惭的志士。国家将兴，学校所养成的，多是守分尽职的凡人。

我对某校学生说："你们须用心读书，要知中国的前途，全寄托在你们的身上。焉知你们之中，将来不出一位国府主席呢？"他们立刻眉开眼笑。我又对他们说："你们若不专诚用功，中国的将来，就许亡在你们的手里，并且焉知你们之中，不出几个人力车夫呢？"他们登时丧气垂头。可见许多学生的嚣张傲慢之恶习，全是教职员平日惯拍学生的马屁养起来的。

以前那"打戏"试的教育，固不易养成伟大人格。现在这"哄少爷"式的教育，极容易造就夸大的土匪。

日本原是自己没有文化的国，它所以能成为世界六大强

疯话

国之一，是因为，它能吸收中国的精神文明，做它的筋骨，利用欧美的物质文明，做它的皮肉。

中国以维新而弱，日本以维新而强，是因为日本学得别国的长处，中国学来别国的短处。正如两个贫贱的人，同学富贵人，一个学得富贵人所以达到富贵的原因，一个学了富贵人所显露出来的富贵外表。

古学说是"调解"的，是使男女老幼贫富尊卑，相亲互助的。新学说是"挑拨"的，是使男女老幼贫富尊卑，相仇互嫉的。古学说若达于实现，必能使普世的人，合衷共济，大家全沾福利，和乐太平。新学说若果见诸施行，只能使少数的坏人得益，使多数的好人遭殃，并且你争我夺，大家同入于灭亡之途。

现在中国的教育愈发达，洋货推销愈广远。由小学校起，学级高一年，所用的洋货增一倍。照这种情形推演下去，不用等待教育普及，中国就要宣告经济破产了。要知现在许多的教员就是提倡洋货的功臣。

有人问我："某有名的新圣人说'四子书贻害中国'，你对他这句话，有什么感想？"我说："他是要使一些青年，将古圣先贤所遗下的书，认为破铜烂铁。将他的作品，当做美玉精金。人人心里，若不崇拜古圣人，他那新圣人的荣衔，就可实授了。他所行的，正是一种新发明的'愚民政策'。好在他还没有秦始皇的威权，不配将一切古书付之一炬。并且他所以反对四书，是因为他当时未曾将四书读明白了。假若他肯将四书细读几遍，再请一位先生，为他讲解三年，他就不敢讥评中国的古书了。"

某新学家说："《聊斋志异》那部书，文笔芜杂，取材鄙陋，谈狐说怪，不合现代潮流，没有一读的价值。"我说："蒲松龄是现代人么？阁下这种批评，如同说岳飞当日不该班师，应当先打一个电报或派一只飞机，去问一问宋高宗，那些金牌，是不是高宗亲自发的。并且阁下若嫌蒲松龄的文笔不好，那么，就请阁下著一部比《聊斋志异》更好的，使我开一开茅塞，使新文坛也发出一点光彩。"

凡是一种学术，若没有存立的真理，决没有存的可能。中国医术，我虽不敢断定是起于黄帝，然而我确信中国的医术，是集合四千余年以来，无数的古人的经验而成的。若说中国的医术不高明，可是中国人的死亡率也并不超过于外国人之上。若说中国的医术不科学，可是许多洋医所不能治的病，竟被中医治好了。医术是为治病的，以治好为主，何必用科学二字吓人。

食物，不认精粗，不论中西，吃了之后，能解饿，能养人，就是好食物。学术，不论古今，不论中西，学了之后，能有实用，能换饭吃，能不害人，能不骗人，就是好学术。

世界上最有实用的，就是经验。最无实用的，就是理论。我朋友家里，有一个仆人，无论什么电灯电话无线电等，全能安装拆卸改造，他并没有读过一天书。他所能的，全是由经验得来的。我朋友的儿子，是理科出身，对电学学了三年，对那仆人竟甘拜下风。假若他们两人，同时出去换饭吃，一个必能入工厂服务，一个只能站讲台教书。

自从帝国主义伸入中国以来，中国的物质方面，所受的损失固是很大。可是自从外国的"新学说"输入中国以来，中国的精神方面，所受的损失更大。前者，是起于国势衰微。后者，是起于人心盲从。前者，罪在外国的政府；后者，罪在中国的"学者"。外国政府侵略中国，是为使它们的国富强巩固。中国学者贩运学说，是为求他们自己名利兼收。所以我以为，救中国之道，第一须先打倒那些为洋人当走狗的学者。

老子庄子，全生于扰攘的时代。那时老实人，不得安生。野心人，多存侥幸。老庄才不得不用他们那异众超俗的学说安慰老实的人，提醒野心的人。我国现在较老庄时代，还觉百倍的七乱八糟。世界各国，因竞争的原因与学说的蛊惑，全到将要破产的地步。我以为，欲救中国，救世界，非提倡老庄不可。

地球上没有新鲜的事，全是旧事重提。历史中也没有新鲜的事，全是旧戏重演。换一句话说，人事是仿学，历史是抄袭。我愈默察世事，愈翻阅史书，愈知人事不过如此。

古时，书少而精，所以能养成许多学者。现今，书多而泛，所以养成许多浑虫。古时的书重克己，所以学者多正士。现在的书重责人，所以学者多恶徒。

外国人可以说"中国文化落后"，中国人万不可说。外国人可以轻视中国的文化，中国人万不可以轻视，外国人可以说"中国人是弱小民族"，中国人万不可自居为弱小民族。

有人问我说："某要人主张打倒宗教，用美术代替宗教。你以为怎么样？"我说："我只知宗教是正人心灵的，美术是悦人耳目的。无耳目的人，也可受宗教的感化，然而决不能有美术的欣赏。许多的美术，固然是由宗教发生出来的。但是两样并不是一件事。假若说美术可以代宗教，那么，就可以说，吃屎可以代吃饭。"

我喜欢研究科学，可是我最反对"科学万能"一句话，因为万能是无所不能的意义。科学家，到现在还不能造一个动物或一棵植物，简直连一个有生命的东西，也造不出来。我敢断定，到将来，科学家也不配享受这万能的荣衔。

一双浑蛋夫妇，不费任何思想，就能造成一个"活人"。聚一万名的科学家，费一百年的劳苦，也造不出一只"死狗"。

大浑蛋所以也能造活人，科学家所以竟不能造死狗，一是出于天，一是出于人。天，说一句新话，就是自然（或天然）。人力无论如何，决胜不过天力。

科学只能由有中造有，不能从无中造有。由无中造有是创造，从有中造有是改造。科学家口中所说的创造，不过是改造而已。

现今有一句流行话"改造自然"，我并不反对，因为我教历史地理两种功课，也常用这句话吓学生，替人类吹牛。然而人类改造自然，也不过是只能改造一部分，改造一时期，决不能根本的改造，更不能永久的改造。

中国女人虽能将两足改造成为圆锥形，她们所生的孩子仍不是尖脚。非洲的妇女，虽能将头顶改造成为斜坡式，她们所生的儿女，仍不是扁头。人工虽能掘地成河，多年失修，仍必淤为平地。人工虽能训练使猫鼠同眠，猫若饿了，仍必将与它宣布同居的伴侣，作为食料。

占卜与相面，虽有引人入于迷信的坏处，可是很有提人精神或安慰人心的好处。因为卖卜或看相的人，多是说一个人的将来，要比现在好。如此，就能使听信的人，于失望之间增加许多前进的勇气。于苦闷烦恼之时，增添许多忍耐的决心。可见古人发明一种学术，也是大有用意的。假若卜相没有存在价值，欧美各国，早就禁止了。

自从我国提倡打倒迷信以来，最可惜的是将认命二字推翻了。岂知这两字的效力，比一切法律与命令还大。能使富贵贫贱，尊卑上下，各阶级之间，免去许多嫉恨与杀机；能使夫妇安乐和平，不致以离婚为儿戏；能使坏人不存侥幸之心，而生非分之想；在无形中，使社会的秩序与国家的安宁，增加许多的保障。

有人说："认命是迷信，是阻碍进步的。"请问不认命不迷信，所生的利益，在何处呢？我以为往刑场里去的强盗与争风妒奸的凶徒，全是不知认命的。有人说，"这是因为社会组织不良才发生的恶果"。然而我认定，社会组织不论多良，也不如认命二字能化解人的恶心。

迷信中，最误人最害人的就是"风水"。有许多矿产，许多道路，因风水的缘故，不容人开采，不容人修筑。许多的阳宅阴宅，因迷信风水的缘故，被人修改得七乱八糟。某堪舆家（风水先生）对我说："你所以不发达，是因为你府上的墓地不好。你应将先人的坟墓，掉换掉换方向。"我说："我不能升官发财，是怨我一人不好，并非因我先人葬的方向不对。"

种族思想若能坚固，不但可防异族的武力侵略与经济侵略，更可严防异族的文化侵略。要知文化侵略有害于种与有害于国的程度，较任何侵略，更为可怕。世界上有几种民族因受异族文化的熏陶，全已根本灭亡了，所以我认定我国现在几个竭力鼓吹尽量吸收外国文化的学者，不但是卖国奴，而且是亡种奴。

我在某教会女高中教英文时，曾对英文主任美国某女士说："我国学生习英文，是要造就些融汇中英知识的学者，不是造就一些美国化或英国化的中国人，是要造就一些与中国有用的中国人。"

你先将古书古史，读通透了，然后再评议古人。你先将时人时事察清楚了，然后再附和今人。你先将中国人的风俗人情，认明白了，然后再追随在外国人的屁股后边跑。

青年男女，是国家的"后望"。中国前途的兴亡，全担负在他们的身上。父母师长，不但要对他们应读的功课注意，更要加倍地对他们不应读的书报注意。要知青年男女，对于书报，如同小儿对于食物，多不知选择。父母若容小儿胡吃乱吃，即是戕害他们的身体。父母师长若任青年男女胡读乱读，即是戕害他们的心灵。

穿西服，原不觉怎么讨厌。最讨厌的是一些人，穿上西服，立刻就自以为高人一等。

有些中国人穿上洋服，若有人说他像洋人，他立刻精神十倍，几乎连他的爸爸也不肯认了。假若有人说他穿上洋服，还像中国人，他顿时丧气垂头，仿佛是辱及祖宗。但是外国人穿中服，则反是。我不知这是什么心理。我只好谥之曰"忘国奴"。

我中国，原以丝、茶、瓷为出产大宗。可是现今经营这三项的人，几乎全歇业破产了。第一，是因丝的销路，被法国、日本所夺；茶的销路，被印度、日本所夺；瓷的销路，被法国、瑞典、日本所夺。第二，我中国所谓知识分子或文化先锋，多不肯穿中国绸缎，多不肯用中国瓷器；摩登男女，甚至以喝中国茶为腐化，以为非饮咖啡不算维新。这种恶风不改，中国就不用等到外国人来瓜分，中国自己就会亡了。这皮毛忘本的维新就是中国的催命符。

日本人穿西服，必用日本货。我中国人穿西服，必要西洋货。日本男子穿西服，只取黑白褐灰四色。我中国男子穿西服，必求五光十色，领带尤其漂亮。

有人问我，对"国历"有什么意见。我说："我只知有阳历阴历或新历旧历。阳历是以太阳（日）为主体，所以称阳历。阴历是以太阴（月）为主体，所以称阴历。自我中华民国成立，议定以阳历为我国通行的历，遂有人称阳历为国历。阳历是全球多数的邦国所通用的历，不是我中国原有或独有的，自然不能与"国民"、"国语"、"国文"并称。因之在中国而言，非中国人（或入了中国籍的外国人），不能称为"国民"。非中国独有的语言，不能称为"国语"。非中国人独有的文字，不能称为"国文"。非中国独有的历，不能称为"国历"。

又问，阳历起于什么时候？我说："若追本溯源，非几分钟所能例举。我只知在我国汉元帝初元四年（距今一千九百七十八年），西历纪元前四五年，罗马统帅凯撒（Julius Caesar 现译作恺撒）创太阳历，直至明神宗万历十年（距今三百五十二年），西历一千五百八十二年，罗马教皇葛瑞格利第十三世又修正一次，沿用至今。现今欧洲一些学者，又高谈葛瑞格利（现译作格雷果果）所改的历，也不精当，且要定一年为十三个月等等的提议。可见阳历，也并不是一成不变，完善无疵的。将来改成的时候，我国自然不甘落后，必将遵奉后改的阳历为'国历'，将现在的阳历，又贬废历了。"

又问，我国采用阳历为通行的历，有什么好处。我说："阳历比阴历精确一点，并且是全球通行的。我国因国际间的关系，不能不与各国一致，而将原有的国历（阴历）作废了。至于富国强兵的希望，决非因为改了历，就可以如愿以偿的。当初洪秀全占了南京（咸丰三年，距今八十一年）也曾改用阳历（那时人称之为鬼子历），强令人民遵从，且认为是一件极大而不肯通融的要政。可是洪氏定鼎南京十一年的工夫就灭了的原因，是因为他手下的人，彼此争权攘利，给清军造成机会，决非因阳历未得通行。我以为改历如同改生日，人的富贵贫贱，只在个人勤惰善恶，并不关生日所占的时日前后。假若一个人，能立志要强，必能光宗耀祖，名显利达，他的生日，纵然在八月十五日（兔节），又有什么影响呢？"

又问，你究竟赞成阳历年或阴历年呢？我说："我是无可无不可。不论阳历阴历，我全认为不关紧要。不过，我是以当教员当小官僚为本业，以作稿骗人为副业的。多有一个年，多放几天假，只要不扣薪水，我以为过年过节愈多愈好，多多益善。我所认为最重要的是，东北四省，不知何'年'何月，才能复归我国所有。"

又问，近二三年来，阴历年又有复兴的兆头，甚至一些事事学洋人的摩登男女，也受了潜移默化而大买大吃。连日鞭炮的声音，又阳奉阴违地，大放特放。究竟是否应当严加禁止，我说："我国的农工商，终日终月终年地勤劳，忙了三百六十五日，也理当趁着新年休息几天，得一点娱乐。至

疯话

于不能将这休息娱乐的日子，移到阳历年，是因为有种种习惯上的原因。一时不易革除的。要知'习俗移人，甚于法律'，'政以便民为主'，当权的人，要向大处着眼。若说阴历年，增加人民的耗费，那么欧美到了'耶稣圣诞'，彼此送礼，又何当不是耗费呢。"

又问，你是过阳历年呢，还是过春节呢？我说："我是避名求实，依从多数。过春节就是过阴历年。若说过阴历年，在公事上就说不下去。说春节就是名正言顺，冠冕堂皇。在阴历年前，卖食品，卖神像与新年用物的，填街塞巷。若为推行阳历起见，本可将那些东西，付之一炬，对卖的买的，严加取缔，以为玩忽国法者戒。然而一些好心的当局，为调剂金融，繁荣市面起见，就可以不闻不问。正如现在各市，大卖裸体书。假若卖的买的，明目张胆说'买卖春宫'，立时就要受警察干涉。假如说是提倡健美，或研究人体美，警察因爱护艺术的关系，也就不加干涉了。反正中国事，是'告示烂，官事散'，难以认真，不易彻底。只要你先定出一个堂堂正正的名目，谁对你也是模模糊糊，不加深求。"

贺年的礼俗，各国全有，究竟始于什么时候，还没有确实的证据。依我推想，绝非始于浑噩之世。因为上古的人，还没有分年计月的知识。只知遇食喜乐趋前，见灾悲哭逃避，并不知有相贺的礼节。他们在草堆土穴里住宿，最怕的除了容易防备的猛兽之外，还有隐藏在草里的毒虫。所以他们见面，彼此相问"无它乎"（没有毒蛇吗）或问"无恙乎"（没有毒虫吗）。那全是发于人类的同情心并非出于假客气。

世界一天比一天进化，虽然天灾一天比一天减少，可是人祸一日比一日加多。天良日缩，人欲日长。诈伪日兴，为恶日甚。令人防不胜防，避不胜避，时时刻刻，月月年年，只在苦恼忧惧中度光阴。人类所以才希望，一年比一年减少，点痛苦。每逢度到新年，总盼着比旧年好。因此，新年的时候，人才彼此贺年。贺年的意义，就是预祝今年不要再像去年那样倒霉。不过人心一天比一天险恶虚泛，现今中外的贺年，简直成了例行的公事。真诚心少，应酬心多。若与上古的人，互问"无它乎"的情形相较，可就有实虚诚伪之别了。

世界一日比一日进化，人口一天比一天增多，物质一日比一日文明，奢华一天比一天猛进，物价一日比一日高涨，生活一年比一年艰难。再加以机器日精，用的人力愈少，失业者自然逐日逐月逐天地激增。人生愈难维持，人格愈无法顾全，只有日趋于为恶之一途。法律虽然日渐精密，也不能防止已崩溃的天良。所以，我只见一年比一年可怕，毫无可贺的理由。可贺，是贺旧年居然混过去了。可怕，是新年还不知是什么滋味。

我国虽然处在这举世恐慌的时代，以我国土地之广大，物产之丰多，人民之勤良，一切要人与一切"学者"，若能趁时猛醒，稍减贪污，不为身后留骂名；稍存廉耻，不为外国作宣传，我国虽不能逃免世界的大劫，也可不致与各文明国同陷于不可挽救的绝境。否则我国将如老太婆照镜子，一年不如一年。若再打算恢复往日的容颜，只有徒劳梦想了。

我以为，天下的事，除了夫妻间的某种行为以外，没有不可公开的。清初，大理学家李某，作日记居然将"昨夜与老妻敦伦一次"也记入里边。有人说："李某不顾廉耻。"我说：

疯

话

"你若顾廉耻，就当永远不娶妻。"李某既能将闺房的秘事，笔之于书，足见他一切的言行，没有不可告人的了。可知他的思想，比司马光的思想，还格外的彻底。可惜我们学不到。

以言语劝人，以文字化人，终抵不住以行为动人。古今中外的圣贤，全都在一个"行"字上注意。可见言语文字，是靠不住的。有人因我常在报上投稿，指斥奸盗邪淫，以为我必是一个好人。其实，是大错特错，我并非不是坏人，我不过是愿坏而坏不起来。要知，有许多坏人，因为没有为恶的能力与机会，而不敢为恶，竟侥幸被人错认为好人。

我认识几个专门损人利己、贪污诡诈、见钱就使的人，每日拜佛烧香，祷告上帝。他们的行为，还欺骗不了凡人，竟敢愚弄神佛。我以为并无神佛这种灵物。否则，早就不容他们装模作样假充善人了。

人类的不平是与生俱来的。人类的私心是生来就有的。世上只要有人类，就不能没有这两种缺点。这缺点既是天生的（或自然而有的），如同毒虫蚊蚤，无论如何凭人力也不能彻底消除。所以无论提倡什么主义什么学说也是徒劳妄想。

见食物就吞吃，必致毒死为止。遇学说（或主义）就仿学，必致国亡而止。

非浑蛋，决不肯以人命试药品。非大浑蛋，决不忍以国命试学说。

我中国人是爱和平的。火药是由中国人发明，仅仅用火药制供人玩戏的鞭炮。火药的制法，被外国学去，就造成杀人的利器。

天道忌杀，所以鸷禽猛兽，决不能繁殖。好战的民族，决不能常存。

中国古人的作品，我所以喜欢研究，是因为他们无论说些什么，归终不离"和平劝解"与"引人向善"的范围。甚至一些淫书艳史，我看过的最多，里边也含着"劝善"的用意。你乍一看，纵然眉飞色舞心动神摇，细一想，就令你如冷水浇背心惊胆落。

现今许多的书报，"诲淫"，只能引人纵欲，"挑拨"只能动人愤争，并没有"开导化解"的笔力。正如不良的学说，只能破坏不能建设，只能顾及一面，不能顾到全体。

研究学说（或主义）如同购买食物，须要用心考查是否与身体有害，不当专取新奇。

达尔文所说"优胜劣败，强者荣华，弱消灭"的话，经一些人奉为金科玉律，视同古今定则。岂知"天演"终究盖不过"天理"。天理是抑强扶弱，强亡弱存。你若反对这话，请你先将中外古今的历史详读一次，细想几遍。

天道奖善。所以中国人，若不变良善的国民性，终必能普遍全球，管领世界。正如一切驯良的生物，不但不能使鸷禽猛兽灭绝，反可滋生不已，历久长存。

宋末，蒙古以武力侵入东欧，那不是欧洲人心中所怕的"黄祸"。真正的黄祸，就是用和平手段而能得最后胜利的中国人。中国人占全球人类四分之一。若能不自相残杀，不彻底洋化，终必为全世界之主人。我并非替中国人自颂自夸。欧美有知识的学者，早就料到了。

有人问我，现在小学，全将"修身"一门功课取消了，改为"公民"，你以为怎么样？我说："这就是舍本逐末，倒

疯

话

· 271 ·

行逆施。不能修身，决不能成良好的公民。在幼小时代，应当先将古人的嘉言懿行，灌入脑筋，然后再谈什么'开会，组织，自治'等等的大问题。先要使儿童学成循规蹈矩的好孩儿，不可先将他们练成大言不惭的假圣人。"

现今中国所需要的知识，是"能在中国使用"的。可惜现今留学生，到外洋留学，如同猴子与狗熊，被人捉了去，教给一些"翻跟斗，戴鬼脸，扛木枷，玩铁叉"等等的把戏，一旦回到山林，所学来的技能，不合猴子与狗熊实际上的生活。

现今，校长和职教员是靠学生为生的。因为人浮于事，谋生艰难，潮流所趋，校长和职教员不能不将学生视同饭碗，认做饭东。既成了这种情形，学生也就以饭东自居，自尊自傲而不服管教了。这不怨学生们不服训导，是怨校长和职教员不敢认真。学生在学校，愈无拘无束安乐逍遥，毕业后愈无门无路，痛哭流涕。我是由学校出身的，这种实例我见得太多了。

我在学校受的是严酷的教育。我曾发誓说："我有朝一日，当了教员，我必反其道而行。"岂知因此一念之差，我教书十八年，连陆军在内，竟误了害了青年男女，不下四千人。他们现在见面对我虽无恶感，可是更使我的良心不安。不但对不住学生，更对不住他们的家长，可见宽容学生，不是正当的教育方法。

自由与放肆的分别，如同狗与狼的分别，外形固然仿佛，性质则大不相似。一个是有拘束，守范围的。一个是不受拘束，不守范围的。

有人问我"自由的解释"。我说合乎理法（或礼仪）而不妨害（或扰乱）别人的行动是自由。譬如你自己一人，独居在一个围墙之内，你纵然不穿裤子，也必无人干涉，那就是你的自由。只要另有一人与你同居，你若再不穿裤子，那就不是自由，而且是放肆。再譬如你走进厕，所寻到尿桶，你尽量地便溺，那是你的自由。你在大街小巷，无论白昼黑夜，不论有人无人，你若略行便溺，不但不是自由，并且是违法。

自由有文明与野蛮之分，文明的自由是本乎"人道"的。野蛮的自由是近乎"兽欲"的。中国古书所说的"慎独"与"主敬"全是真正由根本讲起的文明自由。慎独，是虽独居孤处也不敢放肆；主敬，是一时一刻也不能放肆。

轨道就是自由之路。八大星，遵循自己的轨道，绕着太阳走，各不相犯，那是八大星的真正自由。因为它们个个遵守着真正的自由，所以走了几万万年，还未失了秩序，也未碰到一起。否则，早就没有宇宙或世界了。

个人的真正自由，如同火车电车的铁轨，是不容人任意侵占的。火车电车的司机，撞死人物所以不按杀人罪抵偿，是因为他们遵守一定的铁轨。人物入了它的铁轨，就是阻妨它们的真正自由，遇到伤害是咎由自取。假若司机将火车电车开出铁轨，伤害铁轨以外的人，就当以杀人论，因为他们出了真正自由之路。

在公共团体之内，不能容个人的自由发展。所以政府、局所、军队、党派、商店与家庭，万不可有个人的自由，学校是养成守法的人格、造就合用的人才之处，更当限制自由，以免染成放肆的恶习。

有人问我，为什么现在出了教育破产一句评语？我说：

疯

话

273

破产是失了存立的资格，无法维持。教育坏到这步田地，由根本上说不怪学生，而怪办教育的人。现在国立的学校多是官僚化，私立的学校多是商业化，统而言之，多是"分赃化"，焉能不大糟特糟。

学生若想养成换饭吃的本领（恕我不说，养成救国救民的能力），必须专心一意，注意应学的课程。最忌的是务外旷课。然而有些国立学校的首领，为养成个人的势力起见，私立学校的当局，为节省经费打算，唯恐学生不务外不旷课。

外国人在中国设学校，多是含着文化侵略的用意。在别国，对这种学校多加以严苛的限制。而在我中国，外人所办的学校，反格外的发达的原因，就是外国人所办的学校，能使学生少有务外与旷课的可能。家长所以肯使儿女入外人的学校，并非出于媚外，不过是使儿女多念一点书而已。

我的电影嗜好已经成了癖。有时，饭可以不吃，电影则不能不看，可是对于国产的片子——尤其是合于时代的——我宁可害一场大病，也不肯开一开眼福。因为那些明星百分之九十九是东施效颦，沐猴而冠，邯郸学步，婢学夫人，简直是一味地追在外国人屁股后边，捡拾洋人的唾余，一点"国民性"全都没有。我以为不如看"琳丁丁"（美国演电影的名犬）或看耍猴的，因为多少还有一点天然的狗性与猴习。

许多的所谓中国电影明星，是应受外国政府奖励的。因为他们是传布外国恶俗的功臣，是推销洋货的媒介，是间接麻醉中国青年男女的先锋。我认为检查电影片子的重要，过于审定教科书。电影使人受影响的能力，远驾乎一切书报之上。仅以现今的青年男女而言，不肯读书的太多，不爱看电影的太少。

科学家所说的"人类征服自然"就是人对天革命。老子所说的"天地不仁，以万物为刍狗"，就是天对人革命。人对天革命，不过是一时的，是片段的。天对人革命，是永久的，是普遍的。人类不论如何机巧能干，终不能脱离天地（自然）的玩弄。

我的亲属的小女孩，欢喜烫头发。她有一天问我说："怎么我的发烫得弯弯的，过几日又直了呢。"我说："那因为你的父母，是直发种。假若他们是卷发种，你虽将发烫直了，不久也必曲过来。这是人种的关系无法改良。你若未读过人种学，也可以先看一看人文地理。"

据一些受洋毒的中国人观察，中国处处全是劣点，没有一样好的。据一些有知识的外国人观察，中国处处有优点，是外国人所学不到的。

我中国的文化，已有三四千年的历史。所有古人传下来的学问艺术的优点，现在我国的洋化之辈，竟看不出来。不但不知勉力研求，发扬光大，反要随在一些新圣人之后，对古人的学术大加盲目的讥评。及至洋人指出某种学术的优点，他们又大惊失色，起而盲从，研究讨论。这种没有自信力的流行病，足可亡国灭种而有余。

我恨不能连中几个航空券的头奖，使我有几百万元，去运动一些外国的无聊学者，令他们竭力推崇赞扬中国的经史子集。果能达到我的志愿，我中国的洋式圣人，也就不至于"数典忘祖"，时时追在外国人的屁股后边，捡拾人的干屎橛，而一味地贩运不合中国民情国势的洋学术了。

疯

话

现今，日日给中国丢脸的，不是三家村里的老学究，也不是穷乡僻壤的缠足女子，正是一些洋装革履、不懂外国习俗、忘了中国礼仪的男子与一些不明白家政、不服务社会、专能串饭店进舞场的摩登女子。他们在外国人中间，摆来摆去，以为是莫大的光荣。其实，外国人对他们这些不中不外、沐猴而冠的人，何尝看在眼里。不过拿他们耍戏着解闷而已。最大的国耻，尤其是他们愈当着外国人，愈不肯对中国人说中国话。

我认识几位留学多年，学贯中西，现在大学充当教授的留学生。他们不但没有洋习，并且外表好像三十年前的买卖人。我常对他们说："你们这样的留学生，才是中国所需要的。"

现在中国所缺乏的，不是高等的教育，而是高等的人格。现在中国所需要的，不是能高谈阔论的博士硕士，而是肯实践力行的凡夫匹夫。

三年前，我在北大误人子弟时，第一次上堂，曾对学生说：……教育的主要目的，是修养人格，学问还其次。在小学，须养成初等人格；在中学，须养成中等人格；在大学，须养成高等人格。学级升一步，人格须要进一级。我们入学校，一面修养人格，一面勤求学问。那么，出了大学的日子，不但学问要高出人上，品格也必超人一等。要知，有高超的品格，学问纵然稍差，也能立足于社会。学问纵能超出凡众，若无超人的品格作为基础，也不能幸存于人群。

有人问我："为什么国立大学的学生，反较任何私立学校的学生穿洋装的少，并且俭朴得多？"我说："国立学校，学费少而考取严，一些少爷小姐，不易钻进去。无论什么学校，只要成了少爷小姐的俱乐部，那个学校的学生，唯有日趋于皮毛的洋化。至于学问与品格，更必趋日下了。"

男学生，将来未必全当老爷。女学生，将来未必全做太太。可惜他们所受的多是"贵族化"，或"老爷式，太太式"的教育。我以为，教育当注重"平民化"或"劳苦化"，才能养成有益于家有益于国的人才。

我对某学生说："你的享用与西服，足可惊乎外国的贵族。你的学识与品格，简直不如外国的乡农。你要知，外表的衣饰，只能动无知的男女，不足以动有思想的人物。洋服革履，若是凭自己的本领换得来的，也未尝不可趾高气扬。假若是用革命的方法，吵闹打架，以父兄的血汗而得的成绩，未免是害己祸人，实在于良心上说不下去。当学生时如此阔绰，将来毕业之后，谋生之日，若'难乎为继'，我看你怎见乡中父老。"

我当日到北京读书，校中并无夫役。一切洗衣服、补裤子、擦地板、净玻璃、扫院子等的事，全由学生亲自动手。每日仅吃粗米黑面，非到星期日，菜里见不着一个油花。见校长畏若上帝，对教员敬如天神。那虽是"奴隶式"的野蛮教育，然而我与一切同学，能养成劳动的精神，到如今不改。所得的知识也并不弱于今日受文明教育的学生。

现在多数的公寓，实在是"魔窟'，是使青年男女，入于放纵，趋于堕落的"传习所"。种种的现象，我真不忍详说。住宅若近公寓，几乎难得一时的安静。外乡的学生，到城市读书，住在不良的公寓，简直如同将白布送入染缸。

我以为，学校全应设备足用的宿舍。否则，当由教育机

疯话

关限制该校招收外乡的学生的额数。纵然有充足的宿舍，学校当局也不可专知收学费、讲义费以及其他种种的费，更要注意学生的德育。要知，人家的儿女的前途是交给你们了。警察检查公寓，须当严于检查小店。要知，小店固然容易窝藏小贼。学生所住的公寓，若不善良，极容易养成大盗。

现今的青年学生，分为两派。一是痨病式的呻吟派，一是疯癫式的激烈派。这两种不良的现象的成因，不怪脑筋薄弱血气未定的学生，而怪多数的当局，用人只重"文凭"，不查真伪。只问人情，不别贤愚。我以为，不打倒"文凭制"的虚套，学生不能用心求学。不铲除"人情制"的恶风，学生不肯甘心求学。

文凭不过是一张含有"魔性"的废物。实学才是一件具有"神力"的武器。

中外的大学问家、大政治家、大发明家、大演说家，与一切伟大的人物中，百分之九十九，全不是大学毕业。

有真正技能的工人，对国还是有益的。有名无实的大学毕业生，对国家是有百害无一利的。

在白种人未到非洲之先，非洲人并无需要。自白种人到了以后，非洲人的需要一天比一天增加。可见物质文明是使人感觉缺乏的。

自从世界发明文字以来，人生就减少了许多快乐。自从有了书籍以来，人生就增了无数苦恼。据说，仓颉造字而鬼夜哭，戈登堡发明印机而妖争辩。这虽是近于怪诞的老话，然而实在是古人的先见之明。

武人骗人，只能骗乡愚。文人骗人，且能骗学者。武人为害是一时的，至大不过亡国。文人为害则是长久的，甚至足可灭种。

对内，要学日本人。对外，也要学日本人。对内若能团结一气兵精械足，对外就可以横行逆施不顾一切。要知本国人，全是同气连肢休戚相关，只要开诚布公终无不可解之仇。国际间，尽是势同冰炭欺软怕硬，虽是唇齿之邦，也必要严防密备。

以前，愚昧的人以为拜佛求神，死后就可升天堂。现今愚昧的人以为仿学外国，人生就可得幸福。其实，全是妄想胡猜。果有天堂，升天堂的，未必是拜佛求神的人。果成外国，享幸福的，未必是老实安分的人。

读书的人，才知道读书人的苦况。为农的人，才知道农民的苦况。做工的人，才知道工人的苦况。为商的人，才知道商人的苦况。所以本行的人，描写本行的苦况，才能合乎实情。本行的人，谋求本行的幸福，才能得到实在。外行的人，若要替他们描写苦况或代他们谋求幸福，就是有野心，就是要包办。

英文短篇故事中，有一段记载一个小儿，一天读书愈读愈不会。他的母亲问他是什么原因。他说一个酱油瓶将我害了。他的母亲听完更觉莫名其妙。他说：我因你将那个东西，误放在我的书桌上。我读书时，不断地有它在我心里扰乱我，我如何能读得好？可见读书是最忌分心的。一个酱油瓶，还有那么大的牵引力，何况比酱油瓶更有魔力的呢？

现今多数的青年，所以不能安心求学，不全是他们不知要强。是因为薄弱的心灵，抵不住强大的诱惑。在学校以外，

疯话

有种种动人情欲的娱乐。在学校以内，又常有花枝招展的女生。他们既是血肉之躯，焉能不受影响。

据现今许多书报的记载，以前的人类，不是人类。以前的生活，不是生活。以前的男女，不是男女。以前的夫妻，不是夫妻。以前的社会，不是社会。以前的国家，不是国家。以前的幸福，不是幸福。以前的学问，不是学问。以前的艺术，不是艺术。总而言之，统而言之，简直干脆，古人全是极品的浑蛋。今人——尤其是受过新文化洗礼的人——全是超等的圣人。

作文写字，意到笔随，写将下去，不必拘守成法，不必顾及体式，只要令人看得懂，使人认得出，就可说是文，就可说是字。何必效颦古人，更何必学步今人。

作文之法，多读古人的好文章。写字之法，多看古人的好碑帖。不必成心仿学，不要劳神刻摹。随时浏览，遇机考究。经得多见得广，自能下笔不俗。

《文章轨范》那部书，将名文分为"放胆文，小心文"已经是多此一举。《作文百法》将文又分为"一字立骨，反正相生。题前着笔，对面写景"等，更是画蛇添足。依法读作，只能使人陷入歧途，披枷带锁，矫揉造作，掩闭灵机，不合自然。

我劝我的学生某甲，多读古人的文章，少看今人的作品。他说：古文思想陈旧，不合现代潮流。我说：文章只论香臭好坏，不论今文古文。文章含有道德劝戒的成分，就是香的，就是好的。文章含有淫邪挑拨的成分，就是臭的，就是坏的。譬如珠玉在古时为宝物，现今仍不失为珍品。古时的瓦砾是弃材，现在仍然是废料。更要知，古时的狗屎虽臭，若以臭的程度而论，还抵不住新狗屎呢。

古人的臭文章坏文章，多经不起后人的淘汰而灭绝了。所余下的，香的多，臭的少，好的多，坏的少，所以可读。今人的臭文章坏文章还在灾梨祸枣的期间，大行其道的日子，无人敢惹的当儿，层出不穷的时候，所以不可读。

对于字，我最爱草书。对于画，我最爱写意。至于小楷，工笔，我以为仿佛是涂脂抹粉的乡女村妇，远看无神近观无韵，愈端详愈不耐端详。

去年报上的广告，有"一九三三的大衣"与"一九三三的汽车"，以及一九三三的这个那个，已经闹得头昏眼花。现在居然又登什么一九三三的文学，一九三三的小说。更令人不知所谓。莫非说，文学也是如同女人的衣饰或富人的用器，专在"新"字上追求吗？要知，在一九三三的东西，到一九三四就不时兴了。竭力求新，反要落后。这岂不是庸人自扰。

物质文明，本可增人类的便利。可惜人心日恶，偏将与人有益的发明，变为杀人的利器。譬如飞机，原可增加人类输运的范围，减少旅行的时日。然而狠心的人，竟将飞机用为轰城灭敌的东西，使无辜人民，添了一种"正在家中坐，祸从天上来"的危险。

欧美人说："人是能笑的动物"，"人是能用的动物"，"人是能群的动物"与"人是政治的动物"。其实，以上几样特点，在别的动物中，也有能表现出来的，不必详说。我以为，人不过是能进步改良的动物而已。譬如，一万年前的什么鸟筑什么样的巢，吃什么物，什么兽掘什么样的洞，吃什么食，

疯话

281

到一万年后，它们也必不能有改变的思想。人类独能变古易常，对衣食住行四件事，永是研究改革的。

人类因为能知进步改良，人类的苦恼也就因此而增。别的动物，因为不知进步改良，它们的苦恼，也就因此而减。我终以为"茹毛饮血，穴居野处"那时代的人，较这二十世纪的人，多有快乐。

自从新文学兴起，"文圣"、"文坛健将"与"作家"钻出来不知多少。自从白话诗走运，"诗圣"，"诗哲"与"诗人"钻出不知多少。自从天足受欢迎，"美人"钻出来更不知多少。古人成名难，今人得名易。我替古人叫屈，我替今人庆幸。

不但为人应当有个性。作文写字，也应当有个性。没有个性的文，纵然作得好，也不能成名。没有个性的字，纵然写得精，也不能传世。

文章与书法，绝不可随着人的鼻孔出气。不可专一地婢学夫人。固然，在初学乍练的时候，须以一二名家为模范，然而到了相近的程度，必须冲出范围去。

韩愈、柳宗元、欧阳修、三苏（苏洵、苏轼、苏辙）、王安石、曾巩，所以能经人公认为唐宋八大文家，就是因为各有个性。老苏、大苏、小苏虽是父子兄弟，而文章的气派，各具特点。他们八位，虽各有所宗学，各有所摹仿，而能跳出墙垣，使所得者与己同化，不露偷窃的痕迹。

作文写字，须自成一家。欲自成一家，不可专学一人或一派。否则纵然学得一丝不差，也不过成了一人一派的奴隶。受了麻醉，终生不能表显个性。

教育的目的，是为发展良好正派的个性，消灭恶劣邪曲的个性。

以书法而论，专以满清说，王铎学柳，刘镛与何绍基学颜。然而人不能称王的字为柳，不能呼刘字何字为颜。必说"这是王，是刘，是何"。朱家宝学黄，虽学得登堂入室，而仍不过是黄庭坚的忠仆，不能取消奴籍，被人称之为"朱"。钱南国学颜，露的形迹虽多，然而所能以传，是因为人格，并不是因为书法。

将文章作好了或把字写好了，虽不署名，而能令人一见，就认出是谁的文，是谁的字，那才算到了名家的程度。不但文章与字是这样，一切艺术，若想成名也当如此。

现在，我最以为可忧的，是我国与古时相较，事事物物无不退步。仅以人而论，所谓好人也好不及古人。所谓坏人，也坏不过古人。现今在我国坏的要人中，若寻一个像曹孟德的，竟寻不到。纵有一二要学他的，又没有他的学识。有人将已死的某总统比曹孟德。我当时大加反驳，说："他哪一点配！"

文章本是自由的，是一时兴到随手记出来的，不必分析什么派别。可恨我国现在所自命为文坛健将之辈，竟吃洋人的屁灰，将文又分为什么"浪漫主义，象征主义，表现主义"，尤奇怪的是"未来主义"。愈分愈乱，令人或读或作，全要加上桎梏。

用文治，可以立国。用武功，也可以立国。亘古以来，决没有用骗术可以立国的。用整旧之法，可以强国，用维新之法，也可以强国。决没有整个贩运外国文化可以强国的。

文章或一切艺术，纵然好到绝顶，也须用人格做护卫，作

疯

话

· 283 ·

先锋，才能经人保爱传流久远。曹操、秦桧、严嵩等人，全是文章能手，书法大家。他们并非不爱作文，不好写字，然而竟不能流传的原因，全是被当时或后世的人毁灭的了。王安石虽被一些学者所恨恶，他的文章竟能传流至今，原因是他那顽固不肯随和的个性，至死不改，他的文章，又非三苏所及。

现今的青年，并非异于古时的青年，也非是甘心自愿争先恐后地跑入歧途。他们所以沉溺日深，是因为没有真正引寻他们走入光明之路的人。并且一些受外人豢养或野心的"学者"，用种种钓饵，诱惑他们猛力地向歧途里盲行。我常说："现在若想为一个好青年，比当初修成一个神仙还难。"

青年正是不小不老的人，应当守定中道而行，不顽固，不趋新，顺中正之路，谋求将来应世的学识。可惜他们多被两种极端派的人——老顽固与新野化——害了。老顽固既不能对青年加以正当的指导，青年们遂不由得被新野化吸收了去。青年人如同鱼鸟，新野化如同钓翁与猎者。老顽固就是驱鱼上钩，驱鸟入网的人。

有人问我："为什么在前几年的一些新圣人，现在竟被一些青年，讥为落伍了。"我说："因为那些新圣人，又多活了几年，思想慢慢地入了轨道。并且回国的日子多，作的文也可以使人懂了。思想若入了轨道，作文若令人可懂，这不是落伍吗？"

我中国现在的男女老少，所以不能相安共济，是因为守旧的太旧，维新的太新。双方分道扬镳，各趋极端，中间断了联系。并且缺少不旧不新的折中派沟通新旧两派的隔膜，调停两派的偏见。

日本维新，在中国之前，可是日本的摩登男女，摩登的程度远在中国之后。日本到现在还不准演接吻的电影。我中国的摩登男女，在公众的地点，就敢亲嘴抱腰。日本国民现今还主张保留古代的遗风，我中国摩登男女，竟提倡打倒旧日的伦理。日本的阁员，尚肯乘坐电车，我中国官至司长，就以为不乘汽车是不合身份。何怪日本岛民日强，何怪中华民族日弱。

人说"新加坡是各种民族的展览会"。我看我中国，仅就北平一处而言，是一个"新朝旧代的陈列所"。北平有不知民主共和的乡民，有高谈社会主义的学者；有三寸金莲的姑娘，有烫发光腿的小姐；有讲三从知四德的女子，有破伦常灭宗教的"密斯"；有十八世纪的土房，有立体式的洋楼；有康熙元年式的轿车，有一九三四式的汽车；甚至一个家庭的人口，以思想新旧而论，相差足有三百多年。

用马车与汽车作比方，足可证明中国守旧与维新的现象。守旧的人维新，才达到马车的程度。维新的人进化，已超过汽车的速率。一个太慢，一个太快，中间接不上气。

小学教科书的良否，关系人一生的成败。在小学若打不好根基，入了中学大学，也不能有良好的希望。

现在中国所需要的人才，是知己知彼的。若不先将真正知己的知识，灌入脑中，决不能追求真正知彼的学问。我国许多的留学生，回到中国之后，竟不能使中国得着他们的利益，就是因为他们多能知彼，不能知己，对外国的事明白，对本国的事模糊。

日本的留学生，回国之后仍不改国民性，仍是日本人。我国的留学生，回国之后多失了国民性，多变成外国人。日

疯话

· 285 ·

本的留学生回国，多服务社会。中国的留学生回国，多钻入官场。看一看现在我国的文职大员小员，有几个不是挂着英美大学博士硕士的头衔。

现今"学校商业化"已经成了一个普遍的名词。我的朋友某校长，认为是奇耻大辱，打算作文驳辩。我说："你不必辩。办学校若果能真正商业化，教育就不致愈办愈糟了。"因为商业是以公平交易为正轨的。学生花一份钱，必要设法使他得一份真货。他们虽年轻，不识货，也必要使他们换了真的走，万不可用劣货蒙骗他们而行奸商化。

教书是好汉子不做、赖汉子做不了的一种行业。人当了教员如同钻了牛犄角。愈往前钻，愈没有光明的前途。人说教书是清高，我以为教书是昏暗。

有人问我："为什么书呆子的性质多方正，不合时宜？"我说："书全是'方'的。你看见过'圆'的书吗？"

中国当初用的制钱，全是圆的，中间有一个方孔。颇与我国古人，处世要"外圆内方"的学说相合。可见古人做事，虽小的东西，也颇能给人一个教训。

中国人学外国人，或外国人学中国人，决学不到其中美点，必先要染成了坏习。所以久居中国的洋人，回到本国多不受人欢迎。中国人留洋几年，回到中国得了权势，作弊的技能更特别的精巧。要知近三四年内，贪污大案中的罪犯，全是由外洋学来的。

"教育救国"实在是一句皮毛的话。真正的救国之法，是"良心救国"。欲施行良心救国，须先毁灭现今一帮"责人"的学说，施行"克己"的教育。

某女士留学数国，通晓四国文字，对于政治法律，极有研究。外国女子对她也甘拜下风。论她所受的教育不为不深，知识不是不大。然而她得了权位不久，贪赃枉法的程度，竟超乎一切旧日的官僚。可见无论男女，若心术不正，纵然有天大的学问，只能与人群有害。

现在，我国的青年，原是白璧无瑕的良好国民，全是些大有后望的人物。可惜受了野心的学者蒙骗，将他们引入歧途迷路之中，导进愁云惨雾之内。欲救这些陷溺的可怜的孩子，教育部应赶紧编选"鼓舞"的课本，使他们多读富有民族性的文学。在教科书中。竭力铲除为外国宣传的材料。对于时人的作品，务要彻底肃清。用各种耗于留学的经费，奖励辅助勤苦的学生。

中国现在所以衰危，是因为未曾学到外国的美点，反将中国原有的美点失去了。正如庄子所说的"寿陵余子，学行于邯郸。未得园能，又失其故行矣，直匍匐而归耳"。

有一个笑话说：一个乡下人，娶了城市的姑娘。某日他进城给他岳父贺寿。得了他女人的命令，一举一动，仿学同席人。同席的某甲，见他那事事学人的举动，大笑一声，立刻从鼻中喷出一根面条。乡下人连忙仿学，不但未曾喷出面条，竟喷了满桌鼻涕。他回乡之后，说城市中的人，全容易学，只是学不到他们那喷面条的技术。我中国人学洋人，也不过将将学到乱喷鼻涕的程度。

我国民族——尤其是汉族——自古以来，只是勇于对内，怯于对外的。只有同化异族之能，并无对外之力。所以能同化异族，是因善于孳生。不能对外，是因不善于团结。略读

疯
话

中国历史，就可以发现汉族这种劣点。

朱元璋所以能驱出蒙元，武昌起义所以能打倒满清，并不是汉族之力强盛，是因为蒙满二族消失了他们原有的民族性。

中国的领土，之所以慢慢地推扩，多不是用武力夺取而得的，是异族入了中国而赔嫁过来的。中国正如一个多病而寿长的男子，屡被一些壮妇们所霸占，她们一个一个地用尽心力，为他经营家政。慢慢地也受了他的传染，变成多病的弱妇。他因得着她们的补养，每一恢复元气，就不念夫妻之情，略一举手投足，将她们一个一个的或打死或逐出，将他们由娘家带来的东西，全据为己有了。

前年某洋报，议评中国人如同，无知无识的微生物。我以为这并不是恶意的。不过该报并不知中国人不但如同微生物，而且如同病菌，孳生之能力极大。任用什么科学方法，也不能使之灭绝。他们那科学之力穷极之日，就是中国人布满全球，吐气扬眉之时。

乍读几天书，最容易将自己认为圣人。多读几年书，才知道自己是个愚人。

读书愈少，对环境愈不满意。读书愈多，对自己愈不满意。现今，大骂环境的人，一天比一天多，就是因为真读书的人，一天比一天少。

古为今之基，旧为新之本。老是新之趋向，陈是新之归宿。古有成规，新无准则。古，朴实而少改革。新，奇巧而多变化。守古朴，身安意闲。尚新奇，心劳力拙。

有人问我什么是"摩登"二字最好的解释。我说最好的解释，就是俗语所说的"老赶"二字。因为摩登与新奇相等。你若专意追求新奇，你永远也追赶不上。你今天所认为新奇的，明天就许不摩登了。你若以为非求新奇不可，我管保你终生也没有宁静安闲的时候。

在我小的日子，我的先母还可以穿她出嫁的衣裳。从先母出嫁时，到我能记事，已经有二十余年的光景。足见那时妇女，衣饰的改革，是很缓慢的。所以，经济可以不感觉怎样的缺乏，现今，因为文明进化之故，妇女的衣裳，恐不能应用到二十个星期之久。如此，焉能不使摩登妇女感觉经济的压迫。

现今，以妇女的衣服而言，足可使中产阶级的人，趋于破产的途径。据当商所谈，十元所置的旗袍，每件至多值钱两角。并非当商故意与摩登衣服作对，只是因为尺寸窄小，无法拆改。材料虽是好的，只是这种"不留后步"的做法唯有一糟烂而已。

不但现今摩登妇女的衣服是一糟烂是没后程，甚至外国洋圣人与我国新圣人所著的文明书和所写的进化文，也是短命鬼化。所以，他们去年的作品，今年就没人过问。今年的大作，明年就没人肯读。这样的左变右变，改去改来，究竟于国利民福有什么益处，凭我的陋眼，实在看不出来。仅将民国初年的小学国文教科书与现今的作一个比较，已足可以使我欲哭无泪。

《韩诗外传》记载，有一次，孔子出游，遇见一个妇人在野地里大声哭。孔子使门徒去问她所以悲痛的原因，据说是因为割蓍草，将一根用蓍草做的簪子丢失了。门徒问道："为这一根草簪，又何必痛哭呢？那妇人回答说："我并非为失了

疯
话

一根簪子而哭。是因为那根簪子，经我戴了多年，不忍割舍啊。"孔子听了，对那妇人，很表同情，大加夸奖。这本是一件极小的事。然而所以能感动圣人，所以能载入古书流传后世，只是因为那妇人能不忘故。

不忘故就是俗语所说的念旧。念旧，是我中国民族的一种天性。念旧，最易养成敦厚的美德。若不念旧，就必喜新。喜新，是西方民族一种心理。喜新，必致养成浮薄的恶习。

人对小事，若肯念旧，对大事更不必说。这种美德，若发展起来，就是全人类的福星。人对小事，若专喜新，对于大事，更不必言。这即是全人类的祸害。

富于念旧心理的民族，容易安于故常不喜变动。因不喜变动之故，所以被人呼为保守性的民族，或被人讥为不易进化的劣等民族。然而这样的民族，是和平的，是安善的，是肯为别人想的，是与人群有益无害的。富于喜新心理的民族，容易见异思迁最喜更改。因专奸更改之故，所以被人称为进取性的民族，是竞争的，是凶险的，是有己无人的，是与人群有害无益的。

我中国以先，对古时的文化，肯加保爱。对祖遗的成法，不肯变更。对年老的男女，肯加敬重。对原配的夫妻，不忍分离。对老迈的仆婢，不忍逐遣。对旧亲故友，不忍弃绝。对邻邦旧属，不忍侵略。我以为，这全是因为依从念旧的美德而起的。近几年我中国，对于古时的文化则主张打倒。对祖遗的成法，则任意推翻。对年老的男女，则妄加蔑视。对原配的夫妇，则任意仳离。对老迈的仆婢，则随便斥逐。对旧亲故友，则视同路人。对邻邦旧属，则不是不忍侵略，只是因为还未能养成此种能力而已。我以为，这全是因为染了不念旧的恶习所生的。人说这是中国的进步，我说这正是中国的退化。

一个人若忽然改了脾气，必是到了要死的先兆。一个国若忽然变了特性，必是到了将亡的时期。

念旧，是守常。喜新，是好奇。守常则久安，好奇则多扰。以前我国的人民，所以多能得到安居乐业的幸福，就是因为受了在上者守常的好处。现今所以得到不能安生的痛苦，就是多受了在上者好奇的牵累有人对我说："现今欧美列强，日在演变之中，所以入了进化的途径而达到盛强的地步。我中国欲求生存，只有急起猛追，岂可甘落人后。"我说："进化这个名词，并不一定是愈化愈好。进化也不是一件可以骤然达到的改变。进化，有时是劣点的发达，是美点的缩减。现今，你所说欧美的进化，依我看，正是人类的劣点的发达，这种的进化只能将人间造成地狱，绝没有幸福的实现。我中国，为谋人生真正的幸福起见，正当牢守我国原有的美点。万不可误认欧美的现象是进化的典范。"

进化，是一种极缓慢的程序，并不是可以急切追学的东西。我中国的新圣人所谈论的进化，只是一种突变，并不合进化的原理。进化，是顺应自然的，并不是一时人力可为的。专以人类而言，进化是不知不觉的，是不感痛苦的。

我国因为误解进化，竟致厌故、喜新、轻老、重幼。这种偏见，若普遍起来，新的幼的，固然可以独霸称尊，但是也不过是只有一时的幸运，不久，时过境迁，又必被别的新的、幼的取而代之。这样推演下去，谁也得不到安乐的归宿。

疯
话

我中国以先，只讲劝孝而不讲劝慈，全是极有研究的良法。因为，人对老年的人，容易厌恶，所以不得不主张敬老。人多是厌故喜新，所以不得不提倡遵古。人对子女，全知宝爱，所以不得不竭力劝孝。人既不能永远不老，物既不能永远长新，子女既有为父母的日子，可见古人所以敬老、遵古、劝孝全是出于前后照顾的苦心。现今的人，以为古人敬老是轻视青年的人，遵古是不知进化的理，劝孝是不顾子女的人格，全是只知一面的浑蛋思想。

长流的水，必是有源。繁茂的树，必是有根。水流，得泉源的接济才不干涸。树木，受根本的滋养才能发荣。老年人之对少年人，正如水的泉源树的根本。泉源若不经人毁坏，水流纵然被人浪用，终必有新水涌出。根本若不被人掘挖，树木纵然经人砍伐，终必有新枝长出。

无论什么成群的动物，全是由老年领率，才能防避危险，维持生存。人类欲求平安稳妥，也不能违反这个定例。当初，罗马盛强之日，国中的大权，全是操在老年人的手里。古时，虽尊为太子，也必专以年老的学者为师傅。甚至现今各国掌大权的，也是一些老年的人。苏俄虽是最趋新的邦国，也不能打破定例，将大权全交付一班新青年掌管。因为世间的定例是"老制少，则治。少制老，则乱"。正如"文辖武，则治。武辖文，则乱"。这种定例，无论如何进化，也是不能变易的。

有人问我，对儿童节，有什么感想。我说："我国自三代以来，就有'敬老，怀幼'之说。历朝所以只有敬老的盛典，而无怀幼的成例，是因为古今中外的人，知道对老人施敬重的少，能够对儿童行爱护的多。前者，提倡不能引人注意。

后者，不待鼓吹人也能够尽心。"

儿童节，不过是在一九二五年（民国十四年）才由"国际儿童幸福促进会"提议而起。民国二十年才经我国努力奉行。足见洋人也不是从古以来就文明。不过，我以为，我国最好是于每年某日再举行一回隆重的"老人节"，才不致使老年人叹气流泪。近几年，我国虽有"敬老会"，然而并不像儿童节那样热烈普遍。

儿童节的成因，是由于以前为父母的，对儿童的教养，多不合宜，对儿童的权利，多不维护，对儿童与国家的关系，多半轻忽。所以，儿童节的标语有一条说"儿童是未来的主人。"不过，这一条须由家长，或师长说加解释。否则，若被儿童误解，必致养成他们的骄气。儿童若有了骄满的毛病，将来决没有伟大的前途。

"儿童是未来的主人"一句标语，是由华兹华斯所说"稚子者，人类之父"与狄士累利所说"一国之青年，是后代之主人"两句话，拼凑而成的。所谓"未来的主人"者，是说儿童担负将来国家兴亡的责任，是提醒儿童们，必须预先追求学问，蓄养道德。现今若能为一个好儿童，将来才能为一个好公民，并不是因为有了"主人"二字的头衔，就变成了"儿童神圣"，一切言行就可以不受干涉。所谓"儿童权利"者，是说为父母或为师长的，对儿童不可任意虐待欺凌，并不是儿童有了"权利"就可以不服管教。

我国自古以来，虽有敬老与养老的成例，并非对幼年人，独不关心。以前各州县多有育婴堂与义学的设备，可证我国对于儿童的性命与教育并不忽视。现今的孤儿院与国民学校

疯话

也就是育婴堂与义学的大同小异的别名。孟子说："老吾老以及人之老，幼吾幼以及人之幼。"将老幼谈在一起，并且认为是人所应当长久遵行的道理。这岂不比偶尔举行一回的"敬老会"与一年一次的"儿童节"格外的深切。不过，儿童节是由洋人发起的，所以才能被中国认为是"进化"的表现。

进化，常是一部分的发展，一部分的收缩；或一部分的盛强，一部分的衰弱。所发展的部分，未必就是好的；所收缩的部分，未必就是坏的。专以人类的身体而言，将来进化的结果，因为惯用脑筋，头部必格外的发达；因为少甩腿脚，下体必日渐收缩，仅仅变成一个硕大的头颅，化成两只细弱的腿脚。身体既失了均衡，必将站不稳立不牢，既不能走，更不能跑，这岂是人类之福？

再以人类行业中的政治而言，据说是日益进化。岂知若照现代的政治，加以预测，将来的政治必致专利于奸险诡诈的恶人。老实安分的好人，反要受了淘汰而无法生存。并且，政治是以人伦道德为基础。若以打破人伦道德为施政方针而断，将来的政治，必然日近于兽道。兽道一兴，即无所谓政治，只有蛮力的支配，与蛮性的发挥。这样，恶人因适应环境，也必进化而更恶。最恶的人，就居于优胜。次恶之人，就处于劣败。结果，最恶的人，也必互相竞争，彼此吞食，以致同归于尽，人类灭绝。这岂不是人类之祸。

人类所以有文明进步，是因为有欲望。人所以有欲望，是因为身体的各部健全。假若因进化之故，身体某一部分失了作用，全体必然发生影响。人即全成了病夫，欲望也必因之减少。欲望既日渐减少，焉有文明的进化可能。所以，我认定进化之极，就是退化之始。

据洋圣人说，人类是由"细胞"进化而成的。那么，人类进化不停，身体必日渐收缩衰弱，终将返本还源，化成细胞为止。慢慢再由细胞进化而变成人类。看起来，进化也不过就是循环的别名，我以为，天下只有循环并无所谓进化。可惜人类的寿命太短，一般高喊进化的人，不能看见未来的结果。

新名词，多是由外国文字翻译而来的。文字一经翻译往往不能与原字的意义切合。若欲引用一个新名词，须先知道它的来源。由哪一国传来的，最好是查一查那一国的字典，若专以译文的字成为根据，必致发生误解。譬如进化这个名词是由 Evolution 一个字译得的。若仅按"进"字"化"字解释，以为"愈进愈好，愈化愈良"，那就错了。

《何氏公羊解诂》里说："去恶就善曰进，舍善就恶曰退。"现今一班新人物，所崇奉的"进"之说，据我看，全是唯恐人类不向恶里猛学，唯恐人类不向兽中仿摹。假若人类以为"强存弱亡，适者生存"是人生的大道，人类只有日学日恶，以至背逆天良，离弃人道，而化为禽兽。我以为，这种的学说，与其名之曰"进化"，不如痛痛快快地改为退化才是名副其实。鹖子说："人化而为善，兽化而为恶。人而不善者，谓之兽。"人类若不肯向善里走，而偏向恶里学，不是退化是什么？

英国达尔文说"人与猿，同出于一个祖先，人就是兽"，我国某新圣人说"人与猴子是表兄弟"，这种自卑自贬的说辞，虽然出于实验，虽是合乎科学，可是足以引人趋向下流。我国古书与犹太古史所载"人类是神所创造"，这种自尊自重的

疯话

说辞虽然发于猜测，虽是近于迷信，可是足以引人立志向上。

下流就是学恶，向上就是为善。我以为，凡是能引人为善的学说，纵然近于迷信，也当设法保存。凡是能勉人为恶的学说，纵然合乎科学，也当努力消灭。

鸟兽虫鱼的身体是横的，人类的身体是竖的。鸟兽虫鱼的头，没有定向。人类的头总是向天，猿猴的头，虽然有时向天，可是不能支持长久。以人的身体而言，绝与鸟兽虫鱼不同。岂可与它们列为一类。我中国将恶人比为禽兽，只是由存心上分别。人类，头向天脚踏地身居乎中，就当以"天地生物之心"为心，努力为善，以自别于禽兽，以免辜负这个异于禽兽的身体。

徐守揆说："人生而为人，则宜为人。"那么，就不必考究"人是由什么东西变的"。纵然是神造的，现在既不是神而是人，就当尽人道。纵然是兽化的，现在既不是兽而是人，就不应当学兽行。

孟子说："恻隐之心，人皆有之。羞恶之心，人皆有之。恭敬之心，人皆有之。是非之心，人皆有之。恻隐之心仁也。羞恶之心义也。恭敬之心礼也。是非之心智也。"他既说人皆有之，而未说兽皆有之，可见，人若没有"仁义礼智"就不是人类。

竞争固然是鸟兽虫鱼维持生存之法，但是人类维持生存之法，决不是竞争，而是仁让。仁让是屈己；竞争是屈人。人人屈己，才能彼此相安。人人屈人，必致互相仇恨。彼此相安，才是人生真正的幸福。互相仇恨，埋伏下无穷的杀机。

学者著书立说，总当面面照顾，前后设想。万不可只逞一时的偏见，而惑乱人心，遗毒后世。人，为恶易，为善难。纵欲易，屈己难。导人为恶，引人纵欲的奇论，固然容易受人欢迎，但是也当为天下后世预计，纵不为别人打算，也当为子孙顾虑。所以，著书立说，总要使它无弊，万勿使它成了祸根。

仁让，不只是利己，并且是益人。竞争不仅是害人，而且是祸己。就以戏园或工厂以及一切聚会的场所打一个比方，每次发生危险，必致损伤许多的人命。所以有这种结果，只是起于不能逃出。所以不能逃出，只是因为众人向门口竞争，各不相让，以致将门路挤住，谁也不能转动。再以在车站买票而言，若按顺序前进，并不耽误时间。假若从容忍让，挨次而出，决不致同归于尽。假若堆挤一起，彼此争先，反致耗时费力。我以为，世上一切的事，全是如此。人己兼利的幸福，决不是用竞争之法所可得到的。

现今竞争与奋斗，在我国已然成了最流行的名词。几乎三岁的孩子，也能将这个名词，挂在嘴上。这两个名词，所以容易受人的欢迎，只是因为误将竞争认为打破拘束的方法，妄将奋斗认做谋取权利的门径。拘束是人人所应遵守的轨道，权利是有功德者所应处的地位。假若人人有越轨之思，无功无德的人也怀非分之想，社会岂能不乱，国家怎得不亡？

据一些新人物说"有竞争才能有进化。"然而，我以为须先认清了对象，这个对象，不是别人，正是自己。所谓竞争者，是以自己的良心，同自己的私欲竞争。你若能将私欲打倒，你就是文明了。所谓奋斗者，是以自己的学问道德，同别人的学问道德奋斗。你的学问道德，若能高于别人之上，你就是进化了。

疯
话

我国古时的言论，多是劝人"克制人欲，学法圣贤"。人纵然不能进到圣贤的地步，也能变成一个"有所不为"的好人。我国近代的学说，多是诱人"放纵人欲，学法禽兽"。人虽不致化成禽兽的身形，也必变成一个"无所不为"的坏蛋。

竞争是为利己，斗争是为损人。利己损人的行为，仅可行于鸟兽鱼虫之间，因为它们少有复仇的思想。禽兽中，虽有能复仇的，只是能施行于当时，少有能存记永久的，人则不然，人的复仇之念，可以牢记终生，可以传之子孙。正所谓"杀人之父者，人亦杀其父。杀人之兄者，人亦杀其兄"。循环果报的定理，纵然利用科学，也是不能避免的。

满清入关以后，恃强欺弱。在扬州杀人十日，对嘉定实行三屠。真可谓"优胜劣败，适者生存"了。到民军起义，期间，已过了二百余年。可是长江一带汉人，居然得了复仇的时机，大戮满人。祖宗种祸，后人遭殃。这样的前例，历史里记不胜记。可知"优胜劣败，适者生存"那两句话，只是浅陋之徒的一时之见，万不可因为是洋人说的，就认为是金科玉律。

洋圣人所讲的竞争，只是偏于武力一方面。你若迷信这种竞争，你世世代代必须保存你的"优胜"，别人也必须世世代代不变他的"劣弱"。否则，不必徒逞一时之强，而贻日后之悔。

鸷禽猛兽，生来是食肉的。他们为生存起见，不能不杀生害命，不能不恃强凌弱。并且它们的子系，也能不改它们的凶威。人虽是万物之灵，但是绝无能力，使自己的后嗣"克绳祖武"。何必只顾一时的私欲，而不念别人的死活。

日本佐藤一齐的《言志录》上说："凡事有真是非，有假是非，假是非，谓通俗之所可否。年少未学，而先习了假是非，迨后欲得真是非，亦不易入。所谓先入为主，不可如何耳。"依我看，竞争或斗争的学说，全然是假是非。若欲保存我国自古以来立国的美德，万不可以外国的邪说偏见，毁了我国青年人的心田。

我国若能不变祖先所遗留的"仁让和平"的美德，决不致灭亡到底。要知现今几个强国，因为受了竞争的麻醉，已然疯狂了。他们若非改取"仁让和平"的途径，决不能支持久远。

战争原是不得已的举动，只可施之于敌对的兵卒，万不可牵累无辜的百姓。欧美在前些年，对待敌国，还分"战斗员"与"非战斗员"（Non combatant）。对非战斗员，向不加以伤害。自近几年，科学发达，机械进步，专以毁灭后方的老百姓，为取胜的门径。这种残忍的行为，尤甚于洪水猛兽千百万倍。人类的文明，若专以能杀人为断，那么，人类还不如倒退几千年，去度那穴居野处茹毛饮血的生活，反能免去许多的恐惧。

《尉缭子》说："凡兵不攻无过之城，不杀无罪之人。夫杀人之父兄，利人之货财……此皆盗也。"严实说："百姓未尝敌我，岂可与执兵刃者同戮。"吕祖谦说："后世用兵者，以黄石公一书，无与比者。不知黄石公未出之前，三代之兵，一举而无敌于天下，兵书何在，黄石公有一秘法在人间，人自不识。三代之得天下，亦不过此道，唯'仁'一字耳。"汪氏《兵学三书叙》里说："兵者，逆得顺守，全军保民为上，无取禽狝草雉也。"我中国名将名臣，无不以不杀无辜为是，全是以仁存心。不嗜杀人正是文明进化的标准。欧洲列强自

疯话

命为文明进化，竟肯发展毁灭敌国人民的狠心，岂不是退化野蛮的现象。

某要人解释人生的意义说："在于吃饭，在于生小孩，在于招呼朋友。"他这话，虽是出于玩笑的口吻，未免是将人类比为禽兽。人类的生活，固然离不开饮食传种，可是除了办理这三件自私的大事之外，尚有许多对人类应尽的义务。马牛羊鸡犬兔的一生，除了饮食传种之外，还能有益于人。人类生活的意义，若仅以做到这三件私事为止，又怎配称为万物之灵？至于"招呼朋友"不过是社交之一道，禽兽之间也有这种行为，又岂是人类所独有的特点？

英谚说"人是宇宙间的灵魂"，又说"人是造物中的王"。这两种说法，与《书经》上所说"万物之灵"的意义相同。按字面讲，既说是魂灵，人就当对这个"灵"字注意。既说是王，人就当对这个"王"字用心。假若不辨邪正，不明是非，就不配称"灵"。假若胸无主见，随人转移，就不配为王。既不能灵于万物，又不能超于万物，虽生成一个人形，不过是一个两足的动物，或能言的禽兽而已。

英文说"人是社交的动物（Sociall animal）"。又说"人是政治的动物（Political animal）"。有人说："人是有五性（仁义礼智信）的动物"，又有人说"人是知八德（孝悌忠信礼义廉耻）的动物"。前两种说法，决不能将人类的地位抬高。因为社交不过是友谊的往来，鸟兽鱼虫何尝没有这类行为。政治不过是维持秩序保护生命资产的团体组织，鸟兽鱼虫中，也颇有类似的举动。后两种解释，也不能将人类尊为万物之灵。因为禽兽中，也颇有些能尽五性行八德的成例。

我以为，最好是说"人是能辨别是非的动物"。人对于五性八德，是知道应当常久尽行的。能尽能行就是"是"，不尽不行就是"非"。禽兽只知尽行，并没有"为何当尽，为何当行"的理性。

自从邪说侵入我国以来，许多知识阶级，尤其是一些奴化的学者，已经不肯展布天赋的特能辨别是非，并且偏要悖逆天良，违反人情，而颠倒是非，以致阴阳易位，内外不分，亲疏莫辨，上下错乱，黑白混淆，香臭不知。他们全是民众的表率，全是领导百姓的指针。他们既然乱了方向，又何怪无知识的人民为非作歹的日众，犯法乱纪的日多。我以为，现今欲救中国的危亡，不在乎添置飞机大炮，须先要使这些知识阶级，不能假借吸收文化之名，散毒种祸。

人类所以与禽兽不同的地方，就是一个是非之心。人若失了是非之心，就是自入于禽兽之列。人的思想与行为，若与禽兽相同类似，就是退化。据我观察，禽兽对于阴阳内外亲疏上下黑白香臭也能辨别。人若故意混乱这种事实，不但是愧对禽兽，简直就是退化到了木石的地位。

我并不反对文化。我所反对的是蒙着文化皮子的野化和蒙着进化皮子的兽化。并且，我以为，我中国在努力追求科学化或时代代的当儿，更不可不赶紧讲求"人化"。

《龙溪子》说："学者，学所以学为人而已。此外更无余事。"你学会了科学也好，游遍了外国也好，得到十个博士学位也好，但是万不可因为学了科学游了外国得了博士，而不肯学为人。古人说"为做官把人丢了，实在不值"。自古为做官，而丢了"人"的很多，万不可因求学，也将"人"丢了。

疯话

现今外国利用科学，灭人之国，毁人之家，害人之命，就是因为未学为"人"而失了人性。

学为"人"，不是学八面玲珑的圆滑人，而是学天真不变的正直人；不是学有大学问的人，而是学未失"人"格的人。我所说的人格是人与兽不相同的地方。

有人问我："现今的新人物，几乎人人张口就说'要为人类谋幸福'，为什么人类的幸福反因之日灭，人类的痛苦，反因之日增？"我说："这全是因为他们只将自己当做'人类'，不屑将别人当做'人类'看待，并且他们根本就不知道'人类'是什么。"

外国某学者说"人类是能说话的动物"，这句话并不能提高人类在世界上的地位。我国俗语说"人有人言，兽有兽语"，这句话也不能表示人与禽兽的分别。因为言语不过是为传达思想交换意见的。禽兽的话，固然不如人类的话精细完备。可是，我以为，不能由言语的精细完备与否，判断品格的高低。正如乡间的愚民说话，虽然不如城市的绅士咬文嚼字，可是以人格而论，恐怕愚见还要高于绅士。由此可知，所谓人类者，并不是因为能说人话，乃是因为能办人事。

能说人话，并不足贵，能办人事，才是可尊。鹦鹉与猩猩，所以仍然脱不掉禽兽的名称，只是因为它们仅能说"人话"。现今，世界上所以七颠八倒，民不聊生，也就是因为肯办人事的人少。专能说好听的人话，而偏做损人利己的兽行，言行不顾，也就等于猩猩鹦鹉。猩猩鹦鹉，并不明白它们所说的人话是什么意思。所以，它们的言行相违，还觉情有可原。

人类的来源，按"神造说（Creation Theory）"，上帝造成万物之后，才造人类；据"进化论（Evolutoism）"，猿人（Ape-man）化而为"人"也是在万物进化之后。这两种说法，固然有"不合乎科学"与"合乎科学"的差别。但是"人类在世界上出现最晚"是不容否认的。万物如同士卒，人类如同将帅。士卒虽然先行，将帅虽然后到，可是统制之权，仍是操于将帅，将帅的知识，必须高于士卒，才能指挥士卒而不为士卒所制。人类的知识因为高于万物，所以才能为万物之灵而超出万物之上。

将帅所以能运用士卒，是用心灵，而不是用蛮力。人类所以能支配万物，也不是用蛮力而是用心灵。以奔驰杀砍的本领而言，将帅未必高于士卒，以飞走搏噬的能力而论，人类实在不如万物中的禽兽。将帅仅用蛮力，决不能无敌天下。人类专施蛮力，也不能有进化与文明。可惜，人类现今偏不向心灵上追求，而只向蛮力上注意。尤可惜，人类更将心灵与蛮力合用于自残同类，反不如禽兽专以蛮力对异类竞争。

禽兽对异类竞争，只用天赋的爪牙。人类对同类竞争，专用人造的利器。爪牙杀伤之力有限，利器杀伤之力无穷。爪牙口角，同时不能杀伤二命。飞机大炮，同时可以杀伤万人。禽兽还能爱护同类，人类偏能与同类为敌。人类这种恶行，实在过于禽兽万倍。所谓"文明进化"者，是为人类谋安全，求幸福。现今既专在杀戮的能力上用心，反说是文明进化，岂不是有愧于禽兽。

孟子将当时流行的邪说，比作洪水猛兽。现今的邪说，较洪水猛兽，残酷到几千万倍。杨墨之道纵然行到极端，也不过仅只无父无君，洪水还能使人有处可逃。猛兽也可使人

疯
话

303

有法可避。自从"竞争"的邪说深入欧美的人心，杀人利器，逐日有发明，日益精巧，实在令人无术可避，无法可逃。炸弹可以炸到高山之巅，毒气可以毒到深海之底。现在的人命，已经不如虫蚁了，怎么还配妄谈"文明进化"？

现今，几乎是一个人就要谈"科学"。其实，科学正如金钱，用之得当，就能于己于人有益。用之不当，反要祸己害人。现今借科学之力而救援人类的人太少，用科学之力而杀害人类的人太多。正如浪荡公子，专以有用的金钱，去做损阴丧德的坏事。科学家若再不洗心革面而研究有益于人类的事务，即是杀人自杀，害人自害，不但是现今人类的公敌，简直是千秋万代人类的罪犯。

法国有一个人，名叫盖洛廷（Guillotin），是一位医生兼政治家。看用刀斧斩人，太不便利，且费光阴，乃独出心裁，创造了一架断头机。因为是他所发明的，所以人也称那机为盖洛廷（Guillotine，与他的名字，只差一个字母）。当时死于那机下的人，真是不可胜数。不久，盖氏因为犯了罪，竟被他所创造的凶器砍断了头颅。以后，又有一人，以为那架凶器还不灵便，特意费心费力，大加改良。可是，过了些时，他也因犯罪，而死于他所改良的断头机之下。可见这正是作法自毙，制刀自杀。"种豆得豆，种瓜得瓜"这话固然是老生常谈，然而科学家，既不能种瓜得豆，也不能种豆得瓜，所以也脱不开因果循环的定例。

发明断头机的盖洛廷，在断头机上丧命，算到今年已经过了一百二十一年了，可是用那惨刑，处决重大犯罪的定例，至今还未经法国废除。在这一百二十一年里，又不知有多少人，因而身首异处，将来还不知有几多人要变成断头机下之鬼。盖氏因为一时妄显聪明，不但自己种下恶因，收了恶果，并且他的名字，竟成了一个杀人利器的代名词，岂不可叹。盖氏假若鬼魂有知，也当痛自悔恨，不该多此一举。

当初莫拉弗创造捕熊铗，因此发了一笔小财，可是，他的小儿，竟因误踏熊挟，夹断了双脚。我所认识的某甲，专好玩鹰，每逢抓住野兔，他必砸断兔腿，以免它们脱逃，并且击破兔头，取脑喂鹰。他未到四十，两腿就不能动转，后来竟觉头中如同针刺，哀号而死。

又有某乙，专好捕蛙养鸭，将蛙剁成碎块，作为鸭食。后来生了两子，手足全是连皮，并且全是在新婚未久，就短命而死。这全是我眼见耳闻的事实。至于史书中的记载，和父老的传述，更是无法详说。

从来，当屠户的、当鸟贩的、打猎的、捕鱼的，以及一切杀生害命的人，据我所知，决无福寿安乐的结局。与人无害的禽兽，还不可残害，何况是圆颅方趾的人类。多人设法不能"生"一人，可是一人随便可以"杀"多人，由父母操心费力，经疼苦，耗钱财，养成了一人，是何等艰难。随随便便了结一人的性命，是何其容易。一秒钟之间，用科学的利器，可以杀几万人。可是要知道几万人，是经了多少光阴，才能养起来的。

司马迁说"三世为将，道家所忌"。我们细察父子为将的人家，有几家能得到好的结果。为名将也不过因为多杀人。为国家，多杀人，还不可行。何况是仗强横，为私欲。

当日某甲为袁某的私欲指使，杀人无数，后来被某乙所捕杀。某甲临刑，对绑他的人说："你们何必如此之忙？"以后某乙被人捉住枪决的当儿，也是说："你们何必如此之忙？"这段事实，据新人物想，不过是"偶然凑巧"。其实，这正是"报应循环"。他所害的人，临死所说的话，他临死也照样重说一遍，更可见天理之公。

有人问我："《山堂肆考》上说'……放下屠刀，立地成佛'岂不是勉人为善的话吗？为什么军界某要人，既已忏悔，皈依我佛，还不能得到善终呢？"我说："放下屠刀，不过表示改过之速。人若改恶从善，全有成佛之望。并不是说屠儿立刻放下屠刀，登时就可上升莲座。某要人纵然未曾亲手害民，焉知他的数十万部卒，不假借他的威势，做出无数伤天害理的事。正如你将枪刀给人，人若用去杀人，你能说'不负责'吗？"

《果斋日记》上说："人为万物之灵，亦为万祸之本。"我以为，人的行为，若肯依从天理良心，就是万物之灵。人的举动，若反背天理良心，就是万祸之本。换一句话说，人的行为举动若肯替替别人设想就配称万物之灵。人的行为举动，若专求自己得意就变为万祸之本。现今，世界所以多乱，人心所以不安，只是因为有些人，受了邪说的诱惑，不信天理，不问良心，只知有己，不知有人。

天理，是万古不变的理。良心，是人类应有的心。也可以说，天理是大公至正的理，良心是为善不为恶的心。

顺着天理，本乎良心，才肯替别人设想。肯替别人设想，决不致侵人之国，毁人之家，害人之命。国不侵人之国，家不毁人之家，人不害人之命，人类中才能有相爱互助，共享和平安乐的希望。欲达到这种希望，决不是用竞争或斗争所可成就的。

我以为，顺应天理而行就是"道"，依着良好而为就是"德"。行为不违天理，不背良心，就是道德。

据说，科学与革命，全是为群众谋幸福的。既是如此，讲科学也罢，谈革命也罢，全须先在"心"上用工夫，全须以道德为根基。科学的研究与施用，若不依乎道德，不但无益于人群，反要有害于人类。革命的行为与目的，若离开道德，不但不能利民福国，反要祸国殃民。

我常说：不必讲什么"科"学，"神"学，"佛"学，以及这个学，那个学，先要讲"人"学。纵然讲遍了各种学，而独忘了自己这个"人"学，实在是得不偿失。这样，不仅误己，而且误人。我的朋友某君有一句自勉之辞"用科学方法办事，本圣贤之道做人"。实在是补偏救弊之本。

最近，外国的人类学者科学的推断"人类出现于世界上，至少有二万七千年之久"。世上有科学这个名目，至多也过二百年的光景。可见人类决不是经科学家用科学方法造的。人类孳生了二万七千多年，也不是仰仗科学家的指导，才得以维持生存。人类所以能由小团体结成大团结，也全不是因为学了科学，而是因为人人有一个异于禽兽的人心。人类所以争杀险狠，是因为失了人心而坠于禽兽之列。所以欲谋人类长久的幸福，必须先由"救正人心"下手。

救正人心，不是去正别人之心，而是先正自己之心。以一国说，不是去正全国百姓之心，而是一国的要人与知识阶级，先由正己之心，为初步功夫。正心并不是翻山倒海的难事。只要先将自己认做一个人而不肯将禽兽的行为，施之于

疯

话

· 307 ·

别人，那就够了。现今，人类中相杀之祸日众，国际间侵害之祸日多，全是因为不肯将自己当人看，也不肯将别人当做人。

最初，人类争斗用拳脚，以后，人类争斗用棍棒。据历史家说"这是进化了"。先前，人类争斗用刀枪，以后，人类争斗用枪炮。历史学家说"这是进化了。"先前，人类争斗用刀枪，以后人类争斗用潜艇飞机。现今，人类争斗用流火毒气。历史家更说"这是进化了"。由用拳脚起，直到用毒气止，愈进化，杀人的方法愈速快愈普遍。我以为这种"进化"是愈进化，愈失了"人"性，而化成较比鸷禽猛兽还残狠万万倍的怪物。

当初，我国发明火药，仅仅制造火炮，供人玩乐。火药传入欧洲，就因此制成毁灭人命的枪炮。当初我国富家公子，有斗鸡的玩好，只用公鸡与公鸡相斗。这种玩好传入欧洲之后，竟有人在公鸡腿上绑上尖刀，增加鸡与鸡相残互杀的能力。我看，科学家假借爱国之名造出最新式的杀人的器物，付给军人，使他们互相争杀，也就如同欧洲人，对待斗鸡的行为相似。我以为，人类若凭借科学的器物自残同类，未免有愧于公鸡。因为公鸡是没有灵性的。

我中国，惯将伤天害理自私自利的人，比为禽兽。英美国，惯将这类的人，比作 Beast（兽类）。这种比方，不但不正确，并且，我实在替禽兽叫屈。因为禽兽是无灵性的东西，禽兽之为禽兽，并不可恨。若因恨怨恶人而累及无罪无辜的禽兽，未免是将清白无伪的禽兽，当做罪大恶极的东西。我以为，骂恶人不如禽兽则可，将恶人比为禽兽则不可。

披毛戴羽的禽兽，纵然可恨，但是决不会假充圣贤，它们虽不会说"为人类谋幸福"的大话，可是它们颇能做人类衣食的来源，也可做出许多于人类有补助的事。唯独圆颅方趾的人类中，不如禽兽的人，偏能口是心非，大喊"为人类谋幸福"的高论。所以，他们为人类谋到如今，只见幸福日减，苦恼日多，自由日少，专制日甚。这种"人其形，而心不如禽兽"的人，或已成了圣人，或已变了富翁。然而依赖他们的人类，或已被试验而亡，或已无法聊生。试问披毛戴羽的禽兽中，有这种欺骗同类的大骗子吗？我们的远祖，生在洪荒时代，日与禽兽为伍，能有时时受骗的恐惧吗？

科学家最好类推，所以达尔文因为鸟兽鱼虫之间弱肉强食，适者生存，遂以人类维持生活之术也离不开这种定例。殊不知，"取法乎上，仅得乎中；取法乎中，不免为下。"人既高于万物，自当以圣贤为法则，才能维持这个"人"的地位。若自甘卑下而取法于鸟兽鱼虫，岂不要变成不如它们的动物。达氏虽未曾明言劝人学法鸟兽鱼虫，可是，人若成了他的信徒，就必日趋退化了。

科学家的原则是：凡根据许多事实，所得到的科学观念，应该假定它是真的，等到发现新事实，不能适用的时候，再去修正。这种寻求真理的热诚，若以草木鸟兽做研究的对象，未尝于人类没有利益。假若以国政民命供这种试验，实在有极大的危险。

自从我中国人，被外国的"手枪炸弹、飞机大炮、奇技淫巧、邪说诈辞"吓昏了脑筋，诱迷了心窍以来，几乎是一个名人，就大唱"科学救国"，甚至不知科学为何物的野老村夫，也随声附和。并且以为我国只要有了科学，就能"呼风唤雨，撒豆成兵"。有在大庭广众之间，只要能说出科学二字，就可光宗耀祖。学生回到家乡故里，只要说学了科学，就能以

疯话

神圣自居。这种对科学疯狂热烈的情形，几乎和当初三家村里的老学究，认定学会了"八股"就可以治国家、平天下，是一样的舍本逐末。所以，以前的中国愈揣摩八股愈糟。现今的欧美愈研究科学愈乱。所谓"本"者，就是自己的"心"。对于这个小东西，若不肯先加注意，任凭你八股做得多好，无论你科学讲得多精，也是庸人自扰，也是画蛇添足。

"八股"不过是一种文章的体式。论实质，原是稀松平常。科学不过是有系统或有组织的知识，说实了，也不是神奇鬼妙。八股虽然误尽苍生，有时还能略有束缚人心的效用。科学虽然自称万能，有时反能加增放纵人欲的危险。当初我国只讲八股而忘了"正心"，所以未能得到国利民福。现今欧美，只讲科学而忽略"正心"，所以闹得杀气冲天。

我国精神文明的好处，是能使人时时返照天良。种种的善念，可以由此而生。欧美物质文明的害处，是能引人日日扩大人欲。样样的恶行，必然因此而起。"科学发达，机械进步，人人必有幸福可享"的高调，只能欺骗一些醒着做梦的书呆子。

人类的苦恼中，最大的只有两样，一是天灾，一是人祸。天灾并不常有，人祸逐日增多。天灾中最大的不过水患，瘟疫，地震。人祸最大的就是战争。水患、瘟疫、地震，固觉可怕，然而以损伤生命财产的能力而论，决不如战争之大之甚。以历史中所载，天灾所损伤的数量与历次的人祸所损伤的数量相较，天定实觉渺乎其小。现今欧美的科学家，一边努力研究防止天灾的方法，一边又大费苦心发明助长人祸的武器。这种救人而又杀人的行为，可谓只见其小，而忽略其大。结果，天灾减少了不过十之一二，人祸反倒增加了十之七八。这种倒行逆施，为善不足，为恶有余的趋向，实在是科学家自掘坟墓的愚行。

科学是为寻求真理的。只要它不拿人命做试验品，人人不当稍加反对。革命是为人民减少痛苦的。只要它不被恶人利用了，人人应当竭诚欢迎。

科学家若想发达，革命者若想成功，须要存着仁慈的心念，保持谦和的态度，放大了眼光，去净了偏私。万不可有包办的行为，更不可自认自己是科学的，是革命的，凡是与自己意见不同的人，就是不科学的，就是反革命的。假若只知有己，不知有人，秩序与谐和，就永不能到达了。

科学这个名词，原是日本人由英文 Science 一个字译出来的。在前清光绪年间，我国还译之为"格致"，是由"格物致知"而定的名称。比较起来还是"科学"二字最为贴切，因为我国的格物致知，是偏重"心灵"的。外国的科学是偏重"物质"的。也可以说，一个偏于"正心"，一个偏于"逐物"，一个是向"内"寻安乐，一个是向"外"求满足。向内寻，愈寻愈觉满足。向外求，愈求愈感失望。

聪明人的乐处是由于"正心"，愚昧人的苦闷是起于"逐物"。由正心而生的乐，是天然的。因逐物而生的乐，是人造的 artificial。天然的乐，无止无休。人造的乐，有穷有尽。所以，人人正心，人世就是天堂。人人逐物，天堂也能化为地狱。

为善为恶，全是一颗心。劝人骂人，全是一个口。援人打人，全是一只手。"为善、劝人、援人"，既不比"为恶、骂人、打人"费力，为什么偏不做些于人有益的事？科学家

疯
话

研究杀人的奇物，并不较考究益人的方法少费心思，为什么偏要甘为军阀的走狗，发明流火、毒气，助长他们杀人的能力？要知，发明飞机、潜艇、毒药弹、坦克车的傻小子们，到如今并没有得到"铜像"的报酬。可是，那班利用这些武器，毁灭人类的大将们，早已成了各国历史里的英雄了。自己损阴丧德，为别人争名增誉，岂不是糊涂至极。

我不以禽兽为可怕，我只知人类最可畏。人类可为善，可为恶。禽兽中，善的常善，恶的常恶。善的虽有时发露一点恶性，不过是出于一时的自卫。恶的虽有时发露一点善性，不过是极少的例外。所以对待禽兽，接近也容易，防避也不难。唯独对人类，接近中，有时还须加以提防。防避间，还须加以谨慎。人类所以有这样的危险性，只是因为反逆天理良心，能以伪善掩真恶，能于媚笑里藏尖刀，能当面说好话，背后下狠手。

鸥鹇决不肯因为惹人厌恶而变化自己的恶声，虎豹决不肯因为招人嫌恨而改自己的凶态。人类若肯以本来的声调与本来的面目对人，世界上总可减少许多的扰乱与苦恼。

禽兽因不知进化，反能保住了一个诚字。人类口谈进化，反多生出来一个伪字。因此，种种损人利己的罪恶，就假借"为人类谋幸福"的好话，而行出去了。现在，若想将以上的好话，达于实现，只有两个方法，一是去伪存诚，一是不受欺骗。

唐朝郑义宗的妻卢氏说："人之所以异于禽兽者，以其有仁义也。"《孟子札记》上说："仁义之于天地，为人类生活之原理。无仁义，则禽兽食人而乾坤几乎息矣。"日本贝原笃敬说："仁义者，人道之大本，犹天地之有阴阳。天无阴阳，则造化之道息矣。人无仁义，则伦理灭，与禽兽何异乎？"这种"以仁义之有无而定人类与禽兽的差别"的话，古人说了不知多少。其实，禽兽之间，也时常有"仁义"的表示，岂能说仁义是人类所独有的特点。古人知道人类不愿得禽兽之名，所以就以仁义之有无，傲教人类，以免人类将仁义二字，视为可有可无。这正是古人故意提高人类的苦心，并非古人不知禽兽也有仁义的行为。

禽兽能行"仁义"的证据，在中外的书里，说了很多，一时不能详谈。甚至愚笨的鹅和横行的蟹，也颇能行出仁心义举的事。在德国曾有一位老妇人救了一只小鹅，以后那妇人，因为患病双目失明，以乞讨为生，给引路的就是那只鹅。它天天用嘴衔住那妇人裙角，经过几条崎岖的险路，永远不肯离开那老妇人的身边。我曾亲眼见着两只螃蟹，驮着一只无腿的螃蟹爬行。所以，若以为仁义的有无，是人类与禽兽分别，我极不认为是确论。

据我想，人类所以能行仁义，是因为知道"信天理，问良心"而生出来的。人所以高于万物的一点可贵之处，就是在这一点上。人类若反逆天理，背叛良心，简直就是不如禽兽，甚至不如虫鱼。

近来，在报上，时常有人对"天理良心"发表驳斥的言论。有的说："讲天理是有意提倡迷信，谈良心更是空洞无聊。"有的说："时至今日，拼命地追求科学，已觉着落入马后，若再懵然地妄论天理良心，未免是没有思想。"我以为，他们全是出于误解。因为谈论天理良心，并不阻碍科学发达。

疯

话

科学家若离弃天理良心，也决做不出真正有益于人类的事。并且，在太平的日子，注重天理良心，才能长治久安。在纷扰的时候，注重天理良心，才能拨乱反正。

天理良心并不是荒渺难解的妖术魔法。天，并不是神。天，是无知觉的高空，并不能降福降祸。唯独"天"字之下，若加上一个"理"字，就有神圣不可侵犯的尊严。因为，天理是"至大至高，无所不包，永久如一"的真理。顺之则吉，违之则凶。世界有变，国政有变，学术有变，风俗有变。唯独天理，始终不变。至于如何才是不违天理，那就得先自问是否不背你的良心。并且，天理良心，是息息相通，无法分离的，简直就是一个不讲天理，就是没有良心。不问良心，即是不顾天理。所以中外全将这两样，合称之为"天良"。

天良，译英文为 Conscience。原是由拉丁文"我知"Conxcio 二字，组织而成的。按字典上的定义，天良是"人心中最隐秘的思想"，是"辨别是非的感觉"（The sense of right and wrong）。鸟兽鱼虫，决没有隐秘的思想，更没有分辨是非的感觉。它们自己是"是"、是"非"、是"善"、是"恶"、是"正"、是"邪"，它们也决不能自知，可见，天良是人类所独有的美点，人若守住天良，才是一个人。悖逆天良，偏要瞒心昧己，滥唱高调，假借救国、救民、为国、为民的名义，利己损人，不但不是人，简直连草木土石不如。不但替自己唱高调是如此，甚至悖逆天良，向要人的脸上"贴金"，替他们伪造功德，也是这样。

我中国自从受了外洋武力的压迫和文化的侵略，就如同一个人被碾子压了一遭，不但将身体轧得失了原形，并且将魂灵也轧出去了。我所说的魂灵，就是指天良而言。我中国自古以来，是最讲天良的国，一切道德纲常伦理，全是由天良而生。没有天良，孝悌忠信礼义廉耻，全然存立不住。我国所以能屡次跌倒复起的原因，也是因为未曾将天良丧尽了。可叹近三十年来，因为日日斫丧的缘故，除了乡野的农民之外，几乎不知天良是什么东西。否则，我国何致愈救愈糟？否则，何致愈革命小民愈无法生活？何致愈革命而革命的人愈升官发财？

天良是善，人欲是恶。天良是公，人欲是私。天良是正大光明，人欲是偏狭邪暗。儒佛耶三教，所倡的仁义、慈悲、博爱，也不过是为劝人遵守天良的指遵而生活。正如三条大路，人生无论顺着任何一条进行，终归全是达到天良这一个目标。古今中外的圣人著书立说，也离不开天良这一个归结。各国发展教育的主要目的，也是为使人存天良，去人欲。因为不如此，决不能为人类谋真正的幸福，求永久的和平。

有人说，欲救中国，必须发展科学。有人说，必须全盘洋化。有人说，必须施行读经。有人说，必须提倡道德。有人说，必须普及教育。有人说，必须施行三民主义。反正，依赖什么吃饭的人，必以什么为救国唯一无二的利器。但是，我以为，无论用什么方法救国，也必须先有天良。否则，全是等于画饼充饥。画得无论如何像饼，也是治不了真饿。

我在几年前，将我祖遗的房产卖出之后，并将我祖父母和父母的灵牌请到北平。逢年遇节，必上供烧香，叩头示敬。近几年，我已不再行这种仪式了。我并非不肯追念先人。我只是因为既不能为祖先争光露脸，又不能恢复我所卖去的祖

疯话

业，还有什么脸皮装模作样，在我祖先之前显魂。我以为，在我这不孝之子叩头烧香的当儿，未必不是我的祖先在九泉之下，痛哭流涕的时候。所以，我立志，在不能赎回祖产之前，再不敢举行这种与祖先毫无实用的祭祀。

人类无论如何高谈进化，也出不了这奉宗教、祭祀祖先、崇拜伟人的范围。所以，苏俄虽然打倒宗教，不敬祖先，可是对于列宁，还要竭力的地尊重。于是乎，拜列宁就成了苏俄的宗教，列宁也就成了苏俄的祖先。反正，人类一生，不给宗教当信徒，就给祖先当信徒。不给祖先当信徒，就必给伟人当信徒。一生一世也去不净当信徒的心理。至于这三种信徒，何为文明进化，何为野蛮退步，实在是无法区别。

或信奉宗教，或祭祀祖先，或崇拜伟人，全是崇德报本的表示，全是一种信仰。这三者之中，以我中国自古传来的祭祀祖先为最切合人情。以西北某国近十余年所兴的崇拜伟人为最强制人性。

在二十多年前，我正荒唐的时候，在花街柳巷，常遇着妓女们"烧包袱"。我问我所认识的某可怜虫说："你是给谁磕头烧纸？"她回答："是给我的爹娘。"我对她道："你只要赶紧从良，恢复清白的身子，比烧纸磕头，还使你的父母欢喜。"她回答说："我就是为求他们保佑我早早脱离火坑。"我说："死鬼对自己的尸体，还不能保护，焉能管活人的事？你若愿跳出火坑，你就当做从良的预备。你若想将这件事，托靠死鬼，我管保你一辈子也不能由火坑里跳出去。"妓女们这种愚行，固然可笑，但是因为不是做出给人看，所以还有一点价值。

信奉宗教，祭祀祖先，崇拜伟人，全是人生所不可少的。

鱼虫鸟兽，出现于世界上，较比人类早几万年或几百万年。然而它们直到如今，并没有宗教的组织，对于它们的祖先以及祖宗中特出的鱼虫鸟兽，也毫无追念的感想。因为或信宗教，或拜祖先，或敬伟人，都是由天良而起的。鱼鸟虫兽既然没有天良，所以除了饮食、传种、防敌这三个问题之外，再无别的思想。人，若对于宗教、祖先、伟人毫无一点尊奉的念头，简直就与鱼虫鸟兽没有差别。

人类既然有天良，所以才知道崇德报本，饮水思源。人类所以创宗教，祭祖先，拜伟人，也全是因为崇德报本饮水思源而生出来的。人类所以得称万物之灵，所以能够勉力上进，也未尝不是因为能信宗教，拜祖先，敬伟人。

"信仰"如同"恋爱"，毫不能出于强迫。一双男女若从心里不能投缘，纵然勉强撮合为一，决不能和谐到老。一个人若从心里不敬重某伟人，纵然用权力迫他崇拜，决不能心服口服。

宗教，若不以大公博爱为主，决不是良好的宗教。主义，若不以大公博爱为主，也不是良好的主义。我说这话，是因为打倒迷信之后，主义就几乎要替代宗教了。

人生总去不净拜偶像的心理。讲宗教是以神为偶像，讲主义是以人为偶像。神的言行，渺茫难以考究。并且，人的恒性，愈对渺茫难凭的，愈容易迷信。人的言行，无论如何玄妙，也不能永久瞒得住当时或后世的人。所以，以人为偶像，全是庸人自扰。由这里看起来，无论如何主张打倒宗教，宗教决不能永久灭绝；无论如何推崇主义，主义决不能永久存在。

宗教是无时间性的，主义是有时间性的。无时间性的，万古不变。有时间性的，一过就完。若说，将来到了文明进

疯话

化的时候，只有主义，并无宗教，我决不认为确论。至于蔡某所说"将来，可以用美术代宗教"，更是想入非非。不过，因为他是一个有名的学者，他所说的话，就被人认做金科玉律。其实，学者若糊涂起来，比糊涂人还要糊涂万倍。学者若一念之差，足可祸己、害人、毁家、乱天下。

我国在古时，虽然没有宗教的名目，可是我国自古所讲的祭天、祀祖、尊贤，也就能将以前所说的三种信仰包括在内。因为，无论如何信奉宗教，无论如何崇拜伟人，也出不了敬天与尊贤的范围。敬天，是要学法天的大公。祀祖，是要追念先人的恩泽。尊贤，是要学法前贤的德行。这三样全是修身正己的实在功夫，不尚烦琐的仪式。并且我国对于任何宗教，决不加以排斥，所以决无宗教的战争。对于崇拜伟人，也决不用权威逼人勉强施行，所以决不能招起国人的愤怨。

我国现今的宗教，因为道正人邪，因为专在仪式上讲求，因为多是做出来给人看，所以多遭了不白之冤。我国现在的崇拜伟人，也是因为信徒们，犯了以上的弊病，所以使已死的某伟人蒙了不洁之名。各教主创教的原因，是为普救世人，并不贪图教徒的烧香礼拜。某伟人创主义的原因，也是为利国利民，并不贪图信徒的静默鞠躬。

英国俗语说："穿袈裟的人，未必就是真和尚。"又说："宗教重行，不重言。"拜伦说："只因歌颂天堂，竟将人间造成地狱。"培根说："恶人假充圣人最可怕。"宗教是不重外而重内，不重言而重行。主义，现今既有代替宗教的趋势，若不重实功，而专重虚礼，恐怕更不能支持长久。宗教是以神道设教的，然而因为传布宗教的人言行相违，还能惹起人的轻视，何况是人创的主义。假若宣传主义的人言不顾行，岂不更要惹起人的攻击。反正，道虽是好道，人若不是好人，断然推行不开。

《论语》上说："祭如在。祭神如神在。"因为祭祖祭神，是根本追远的行为，既不是搪塞差事，也不是虚应故事，所以必须发于天良，出于诚敬。孔子说："吾不与祭，如不祭。"据古人解释，"吾不与祭"是"委人代行祭祀"。甚至英译的四书，也将这全句译为 I consider my not being present at the sacrifice as if I did not sacrifice。我的愚见"吾不与祭"并非是"自己不亲行祭礼"，乃是说：我在祭祀祭神的当儿，若不存诚意，正和不祭相等。并且，祭字包括祭祖祭神。祭神，虽可请人代行；祭祖，焉有请人代行之理？俗语说"祭祀贵诚"，可见"吾不与祭"正是指着没有诚意说的。

祭祖或祭神，必须觉着祖先或神佛，仿佛就在自己的头上，如同是正在自己的身旁。这样，才能发生真诚的念头。身静意专，才合乎祭祀之礼。假若毫无诚意，纵然仪式隆重，也不过是等于对祖对神大开玩笑。

我在少年的时候，最好诙谐。我有一个朋友，以惧内出名。我每逢遇着他的太太，必大鞠三躬。她必大骂我一顿。她所以骂我，是因为我施礼虽然必恭且敬，可是毫不出于一点诚意。行礼诚与不诚，还瞒不了人，何况是对祖对神。我们若以为祖先与神佛无灵，就不必祭。若认为有灵，祭祀的时候，就必须本乎诚意。

自从民国以来，我国新兴了纪念伟人的典礼。据说，纪念死伟人，较比祭祖祭神，格外文明，并且含义深远。我以

疯
话

· 319 ·

为，文明也罢，深远也罢，也不过是由祭祀鬼神之礼脱胎，并没有什么文明野蛮深远浅薄的分别。既然也是一种祭祀，也就当以真诚之意实行，万不可将鞠躬静默的仪式做成公事化或戏剧化。否则，就是耗时伤财，多此一举。不但与死者无益，且与活人有害。公事化是搪差事，戏剧化是给人看。

犹太国摩西所传的"十诫"有一条说："不可妄称你的主上帝的名。"那意思就是，祷告上帝，必须发于真诚。否则，口中虽然喊得"上帝上帝"之声震耳，也不过是拿上帝开玩笑。不但对上帝及一切神佛，不可假装亲热，就是对于死去的伟人，也不当假充信徒。设若心中并无"总理"，纵然总理二字刻不离唇，也不过是以总理做招牌，徒使死者呼冤，徒使生者疑虑。宗教所以衰微，主义所以不振，全是因为一些教徒与信徒，仅知在口头上和仪式上用工夫。

现今，我国有一派人，一听"守旧"二字，就视同蛇蝎。一见"维新"二字，就尊如神圣。这全是因为不知如何是守旧，如何才是维新。真正的守旧，是守己之长。真正的维新，是学人之长。无自信力决不配谈守旧，无鉴别力决不配谈维新。自信力，是由深知自己的长处而生出来的。鉴别力，是由熟察别人的长处而生出来的。守旧与维新，全须在长处上守，在长处上学。

无自信力的守旧，如同没有防御的城，决守不牢。无鉴别力的维新，仿佛没有缰绳的马，决然走不好。换一句话说，不知己而守旧，如同讳疾忌医的病夫，决无康健的希望。不知人而维新，如同人尽可夫的流娼，决无正当的归宿。

我中国，在道光以前是误于妄自尊大，自宣统末年，是坏于妄自菲薄。以先，是忘了世上还有外国。现今，是忘了世上还有中国。以前是强人后己，而今是强己从人。以前是不知自己有劣点，而一味地保守。现今是不知外国有劣点，而努力地仿学。闹到今日，旧病未除，新病又生。新旧之病，聚在一身，焉有不病入膏肓之理。我常说："中国若因自尊自大而亡，亡了还有一点景气。若因自轻自贱而亡，亡了实在太无骨头。"

前清宣统三年，胡思敬奉请停止新政，并且说，若不速罢新政，必致有"三速"的结果。所谓三速者，就是使中国速贫，速乱，速亡。他见清廷不以他的见解为然，立时离官回了原籍。胡某并非天性顽梗，他是看出那时朝廷上下，对于维新如疯如狂的情形，唯恐我国人急不暇择，弃了自己的长处，而学了人家的短处。他因为预防弊病，而竟主张停止新政，固然是因噎废食。而满清那不能守旧，不会维新的行为，正是速贫、速乱、速亡的缘故。

合理的维新是去旧弊，背理的维新是添新病。合理的维新是因病求药，背理的维新是用药找病。日本的维新，是吸收别国的文化，加以改造，使之适合本国而成一种新文化。我国的维新，是吸收别国的文化，生吞生拉，使之适合外国而成一种洋文化。也可以说，日本维新是按脚买鞋，我国维新是削足适履。结果，日本得了新鞋的益，我国受了新鞋的害。一个是日行百里，而不觉其苦。一个是寸步难移，而抱着脚哭。我常说："对日本人，有一事可学。可学的就是他们那维新的方法。"

日本自吸收西洋文化之后，对于由我们中国所吸收的文

疯
话

化，还是竭力地保存，对我国古圣前贤遗书，还是视同金科
玉律。我中国自吸收西洋文化之后，对于固有的文化，反要
竭力地铲除，将本国古圣前贤的遗书，竟主张投在茅房坑里。
这种"忘本"的行为，不但可以亡国，而且可以灭种。

没有旧的，决生不出新的。正如没有父母，决不能有儿
女。自从我国几个新圣人，传布"忘本"的思想以来，旧的
一切，已被人视同粪土，老的人物，已被人认做弃才。于是
乎，只要加上"新"的美名，中国人可以甘为别国的顺民，
而不知羞耻。只要加上"旧"的恶许，生身的父母，也无妨
打倒而不念恩德。忘本，岂可配谈维新？忘恩，岂能妄言进
步？所谓维新进步者，也不过是违心的程度增加而已。

知道自己有一种与众不同的优点而竭力地保存，就能生
出自信力。有了这种力，就能遇困难而不灰心，处纷扰而不
乱步。

英国博伊斯说："不自信，是人生失败的总原因。"然而，
须知自信与自大不同。自信是由于明察而生，自大是由于愚
妄而起。人真能自信的少，流于自大的多。无自信力，必将
归于失败。有自大心，也不能有所成功。能将自信与自大，
分晰清楚，才能特立独行而不孤，才能超乎凡众而不危。自
古以来，因自信而成功的，指不胜屈，因自大而失败的，所
在皆是。满清以前所以弱，是因为过于自大，以后所以亡，
是因为太不自信。

人处于众人之间，国立于众国之中，非有自信力，定难
支持久远。人所以能特立独行，国所以能巍然独存，全是以
自信力为争存的基本条件。以欧洲各国而言，立国数十，连

疆接壤，犬牙相错，强弱悬殊。然而弱者所以能危而不亡，强者所以能败而复起，也就是因为甲国未失去自信力，遗弃自己的长处而强学乙国，乙国未失去自信力，遗弃自己的长处而强学甲国。

我中国自晋朝以后，遭受异族的侵略蹂躏统制宰割十余次之多，统计共有千余年之久。所以屡屡能死而复苏、跌倒复起的原因，也就是因为我国的自信力，未曾由根本消失。

据新圣人们说："以前，我中国虽屡次亡于外族，还能亡而复兴的原因，是因为那时外族的文化，实在低于我国。而今欧美的文化，实在高于我国。我国若再亡于欧美，必将一亡到底，永世不能翻身。"欧美文化是否真高于中国的文化，我因未曾到过外洋，不敢妄下断语。可是，我敢决断，我汉族的文化，实在高于我国的苗族。苗族与汉族相持四五千年，所以能不灭不亡，只是因为他们对自己的文化，未曾失去自信。若起了怀疑的心而竭力追求汉族的文化，恐怕在三千年前，苗族这一族，早就灭绝了。

我国的文化与欧美的文化相较，无论如何低下，也决不至于像苗族的文化与汉族文化之比。苗族因有自信力，不肯沾染汉族的文化，还能由黄帝以来，支持直到今日。我中国对自己的文化若不失自信力而竭力保存，焉知我中国不能与欧美列强，东西对峙，力争生存。

有人说："我中国的苗族，所以能够存留至今，是因为汉族对待他们，因循放任而不干涉。假若汉族能实行欧美对待殖民地的办法，不但苗族不能存在，甚至蒙藏民族，也早就成了历史上的名词。假若中国受了欧美人的掌握，他们绝不

疯
话

能容许中国人，模模糊糊地仍度那旧式的生活，守那传统的习俗。所以，中国若不对欧美现代的文化急起直追，绝无侥幸存在之理。"我说："外人以文化亡我，几百年未必能达到成功。我国人若对自己的文化起了怀疑，而对欧美的文化猛追急学，不出几十年，世上就无真正的中国人了。与其失了自信力而速灭，何如暂守故常而迟亡。"

"文化低的民族，必亡于文化高的民族"，这句话，是不可凭信的。文化低的民族，若不羡慕文化高的民族，决不能亡。他们所以亡的原因，是因为自轻自贱，因为眼光太浅，因为没有骨头，因为沉不住气，因为水性杨花，因为东施效颦，因为邯郸学步。北美洲的红色人种与夏威夷的灰色人种，所以要归灭绝，不是白色人种不容他们繁衍，只是因为他们先失了自信力，习染白色人种的文化。

西洋的文化，与我国的文化，颇有"方枘圆凿"之处。我中国若勉强效颦，也不过如同村女乡妇，走进城市，专学摩登。结果，染得一身新毛病。失了原有的旧美点，以致手忙脚乱，失身丧节。久居城市，既因怯头怯脑，难得摩登男女的欢迎；回返乡间，又因妖形妖态，难得老亲旧友的容纳，以致进无所据，退无可守。若再想回复旧日的本色，就不能了。

借来的衣服，不合身体。借来的文化，不适国情。衣服之合与不合，仅仅关系一身，文化之适与不适，且必牵涉全国。一个人在借用别人的衣服之前，还须打量自己与别人身体的肥瘦长短。一个国在借取别国的文化之前，对本国与外国的国势民情，岂可不细加考核。西洋的文化，并非全无可取。我国自吸收西洋文化以来，所以只得其害而未获其利，就是坏于徒知吸取而不知斟酌。

维新，不可失了主见。投降式的维新或顺民式的维新，全是奴性的。这种维新就是自求灭亡。

英国俗语说"乞丐不可当选主"。因为乞丐生了两只穷眼，看见新奇的东西就以为全是好的，并不能辨别美恶精粗。我国自道光二十二年以后，尤其是近十几年来，对于吸收外洋文化，简直是如同乞丐当了"选主"，胡选了一大堆，全不是实在能救饥寒的东西。

《伊索寓言》里说，一头驴子听着草虫鸣叫得悦耳爽心，就问草虫道："你叫得这样好听，请问你是以吃什么东西为生？"草虫回答说："也不过吃露水。"驴子因为要学草虫，于是不肯再吃草料，专吃露水，不久竟致饥饿而死。他在将要断气的当儿，叹道："可惜露水太少，否则，我叫的声音，必能引动幽人雅士的心灵。"有一只乌鸦，见着天鹅的羽毛洁白可爱，大生羡慕之心。它以为天鹅所以洁白，是因为终日在水中游泳。于是它也日夜在水里翻腾，不肯上岸寻食。不久，因为受了饥寒，也就一命归阴，失望而终。我以为，一个国若羡慕别国的富强，不知考究所以富强的原因，就勉强仿学，也就是与那驴子和乌鸦相等。这种国，亡了也不可惜。

日本维新之元勋西乡隆盛说："广采各国之制度，宜先定我国之本体，张风教，然后徐斟彼之所长，不然而欲傚效彼则国体衰颓，风教萎靡，不可匡救，终受彼之制矣。"假若西乡隆盛同当初的一些维新志士，也将欧美看做天国，也将洋人尊为圣贤，对本国的一切也主张推翻，对欧美的一切努力

疯话

效颦，我想日本也早就受了维新之害了。

真文化是孝悌忠信礼义廉耻与种种道德的实现，真野化是大炮潜艇毒气流火与种种邪说的发明。

自古，东方的文化，是向人追求，所以主张正心。现今，西方的文化，是向物上考究，因而趋于纵欲。正心，才能使人安贫乐道，以增人类间的和平。纵欲，必至使人竞争排挤，而增人类中的纷扰。

古圣前贤，目光远大，知道人欲有害于人类的生存，所以对人欲竭力主张克制。今日圣贤，思想偏狭，错认人欲是人类所以能进化的原因，所以对人欲，竭力提倡解放。

古圣前贤，并非与人类有仇。他所以主张克制人欲，正是出于大公之心，而为人类谋永久的平安。今圣今贤，并非有爱于人类。他们所以主张解放人欲，正是出于偏私之念，而为自己谋一时的权利。前者只是为公，反被浅见之徒视为仇敌。后者只是为私，竟被狂妄之辈尊为恩主。是非颠倒，黑白混淆，以现今的人心，遭现今的劫数，正是咎由自取，理所当然。

人，不可急于求富贵。国，不可急于求富强。人若急于求富贵，必至无所不为，因而丧失人格。国若急于求富强，必至颠倒错乱，因而摇动国本。

人格，是一个人所以可称为人的凭照。国本，是一个国所以可称为国的根基。人失了人格，国动了国本，纵然仿佛有些进步，其实也不过如同回光返照，决不能支持长久。

一时的现象，是"强存弱亡"。万古的定理，是"弱存强亡"。对浮躁的人，说这种话，就如同对夏天的飞虫，而谈冬天的冰雪。

有人对我说："人若要安贫乐道，人类就不能有进步的希望。"我说："真正的进步，是使人类减少杀机。人若能安贫乐道，不但可以使他自己不存妄想，也可使他不肯破坏别人的安宁。人己相安，就是人类的极大幸福，也就是人类进步的真凭实据。你若以为欧美现今那种竞争的情形，是人类的真正进步，就如同见着一伙强盗互相厮杀，而生羡慕之心。"

有人问我："自从我国变法维新以来，对于外洋的新法新制总算搬运了一个无一不备，并且又努力截趾适履，舍己从人。那么，为什么只见其乱，而未见其治？"我回答道："薛碹曾说过：'圣人论治，有本有末。正心修身，其本也。建制立法，其末也。'我国既然仅仅知道在法上制上追求，而忘了在人上心上注意，法制虽然日渐完备，而人心已是东倒西歪。本末既已颠倒，焉能有好的成绩？"

我所最忧伤的是，现今谈科学的人太多，讲人学的人太少。在我中国的新人物中，全是这种的趋向。我以为科学与人学并重，才能使人类减少痛苦而增加安乐。否则，不但与人类无益，而且有害。前次世界大战的残酷，只是因为人心兽化而又妄用科学的缘故。假若再不讲求人学，而一味地研究科学，不久就要使人类尽亡而变为禽兽世界。

以中国的坏的与外国的好的相比，中国自然是比不上。以中国的坏的与外国的坏的相比，外国未必不较中国坏。以中国的好的与外国好的相比，中国未必准在外国之下。能明白这一点，然后才能谈得到守旧与维新。

国名可改，国体可改，唯国"性"（也可以说国民性）万

疯
话

不可改。正如一个人的名号可变，职业可变，独个性万不可变。

国的文化，如同人的灵魂。一个人的灵魂只要不离躯壳，身体纵然被病魔所缠，必不至于死亡。一个国的文化只要不被毁灭，国土虽然被敌所吞，终有复兴之望。所以轻视祖国文化的人，则成了新圣人，而大出风头。盗卖祖国领土的人，则成了卖国贼，而藏头露尾。我以为，我中国人若稍有国民性，若稍有爱国心，对这两种人，必须一律相等。

旧的未必就是野蛮，新的未必就是文明。现在所谓文明的，再过几年，未必不被人讥为野蛮。古时所认为野蛮者，又何尝不被现在的人认做文明。并且，在甲国所认为文明的，到乙国何尝不认为野蛮，乙国所谓野蛮者，到甲国何尝不认做文明。文明与野蛮，因时因地，就有变易，何尝有一定的标准。

纱罗绸缎羽毛绒呢狐貉羔獭，固然是美好的衣料，但是须分出季节，配合穿用。假若不辨春夏秋冬，将这种种，做成一件衣裳，穿在身上，不但穿的人，觉着冷热不均，而旁观的人，也以为是稀奇怪异。我中国讲求全盘西化之辈，纵然能吸取西洋各国的美点，假若不加考量，一起施于我国，也不过如同将以上的衣料制成一件衣裳。所以我以为，维新的人物，欲将中国英国化也可，美国化也可，以及任何国化也可，若全盘西化则不可。譬如一个女子，生在这文明时代，自由任性，嫁姓张的也可，嫁姓李的也可，若同时与张王李赵……发生密切关系，则实在不可。

追各强国的屁股赛跑而求与强国同化，固然仿佛是发奋图强的表示，但是须先睁开眼睛看一看现今几个强国是什么情形。他们正如一伙强盗，互相杀砍之后，直到今日，元气还未恢复起来，而又从事于下次交锋的预备。稍有脑筋的人，也能预断他们决无良好的结局。跟着人学也罢，与人同化也罢，学，就当以正人为标准；化，就不当以强盗为模范。要知，现今几个强国，如同全都骑上了老虎，正在心惊胆跳，不知如何是好的当儿，我中国若求与他们同化，正是等于要寻虎骑。

有人说："现今几个强国之中，颇有与我国感情深厚，愿对我国加以援助的。我国若学法他们，正如蝇附骥尾，不用费力，就可得一日千里的进步。"我说："他们这些强国，纵然对我国愿加援引，焉知不是别有用意？他们对于同种的人还要钩心斗角，利用科学的武器，彼此残杀，又岂能对我中国人有所爱惜？至于蝇附骥尾一句话，不过是说一个苍蝇若落在快马的尾巴上，也能达到快马所到之处。然而苍蝇必须留心观察那快马是向什么地方进行，假若快马发了疯狂而向深海里奔驰，苍蝇若不猛醒，速逃活命，必要与快马同遭灭顶之祸。"

现今，欧美各强国中的有心人，对于各国明争暗斗的情形，以及奇技淫巧的状况，已经是疾首蹙额，无法挽回。可惜我国的傻小子，还要急起直追，唯恐落后。这正如有眼的人，偏要紧随瞎子们，向深坑的边上赛跑。西洋文化已经到了日暮穷途的绝地了。世界第二次大战之后，就是欧美各国，自怨自恨迷途知返的日子。我中国人只要立定脚跟，明睁二目，就能见得着他们那呼天喊地的时候。到那时，他们才能

疯

话

深信东方的文化，是他们的救星。这就是鹖冠子所说的"物极则反"的公例。只有轻浮躁妄，眼皮太浅的人，才能被一时的现象吓坏了脑筋。

维新如用药，用药是为去病，不是为添病。维新是为图强，不是为求亡。药，虽然对症，也必须随着人的年龄体质区域，谨慎加减。新，纵然相宜，也当按着国的程度资格环境，详细斟酌。该加的，不可减。应减的，不可加。该缓的不可急，应急的不当缓。藏红花虽是妇科常用之药，然而对八十岁的老太婆则极不妥当，腽肭脐虽是健肾壮阳之品，可是对二十岁的小伙子，更不可妄用。以我中国的经济现状而言，若仍竭力吸收奢侈的洋化，就好比强使老太婆，日服八钱藏红花。以我中国社会的现状而论，倘再尽量提倡新奇的思想，就如同劝诱小伙子日服十具腽肭脐。

一个女子，愈追求男化，愈失去女子的天然美。一个邦国，愈追求洋化，愈失去邦国的独立性。阴，不阳化，才能与阳对立。华，不洋化，才能与洋并存。自保特异之点，与人对峙，是争存的条件。自弃特异之点，与人化合，是求亡的途径。

猫不求化于狸，狗不求化于狼。所以世上猫不断种，狗不根绝。狸虽凶狠，不能阻碍猫的繁衍。狼虽贪暴，不能减少狗的孳生。因猫不与狸同化，而替猫悲伤，是不明弱存强亡的定理。因狗不能与狼同化，而为狗忧惧，是不明优败劣胜的准则。

唯强者，才受"自然的淘汰"。唯弱者，才能保"永久的延续"。唯耳食之徒，才肯深信一时的现象。唯浅见之辈，才敢轻忽万古的定理。

我中国，若想用夏变夷未免是骄气太深，若想用夷变夏实在是骨头太软。人的天性，不能不好新奇。在这海禁大开，交通便达的今日，虽远隔重洋，如同近在咫尺。若对于新奇，一毫不加沾染，未免是强人所难。不过，我以为若些微化尚可，若全盘化则万万不可。个人些微洋化，只是他个人的自由，外人无法阻拦。少数的人，若欲对祖国实行全盘洋化，则关涉民族的存亡，凡是国民，即当群起而攻。

英国阿灵顿说："中国衰弱之罪，不在其固有之文化，而在中国人不能遵循产生其文化之遗教与精神。"可见，我国求强之道，不必在我国的文化上寻瑕疵，而应在人心上找毛病。正如子孙若不知要强，而偏指责祖宗的缺点，实在是舍本逐末，倒行逆施。况且，只如果是一个稍有思想的外国人，还不敢轻蔑我国的文化，如中国人，又何必自轻自贱，自认是没有文化的国家。

自从民国八年，我国的新人物中，出了一班自骂祖先的人。他们因为要竖起西洋文化的旗帜，造成新势力，以便包办中国的一切，于是乎狠命地对中国固有的一切，加以猛烈的攻击，甚至胆敢污骂中国人是半开化的民族。他们的祖先既未入过外国籍，并且纵然入过外国籍，而骨血还是中国的骨血。他们污蔑中国人，请问他们那文明的贵体是由何处而来。譬如，一个人自骂他的父亲做贼，他的母亲为娼，试问与他自己有什么光彩？这不但不能提高自己的声价，反要增添自己的羞辱。

骂一个国或一个宗教中的某一部分或某一个人，原不是

疯
话

大罪。若骂一国或骂一宗教，就是罪不容诛。因为这是污辱了那全国的人民，污辱了那全教的信徒。一国的文化是一国国魂之所寄托，有神圣不可侵犯的尊严。若骂一国的文化，简直就是骂及全体全国的国民。只因我国衰弱，外国人虽对我国国民，加以种种的欺凌，可是直到今日，还不敢对我国的文化胡批乱评。我中国人，只要有廉耻有血性，对于污辱中国文化的外国人，必须以热血与他拼一个死活。假若我中国人中再有自骂中国文化的人，我中国人更当认他是外人之后，将他"屏诸四夷，不与同中国"。

罗素说："中国人，一伟大国民也，不能久受外人之压制。彼不欲采吾人之恶，以增进其兵力。但欲采吾人之善，以增进其智慧。予意世界国民，唯中国人能真信智慧较真实尤可贵。而西洋人，凡以中国人为野蛮。"罗素是英国人，他既是全球知名的人物，当然不是故意邀买中国人的好感。他若不是对中国有深切的研究，也不能发出这样确实的评论。外国人，只要对中国留心，还能看出中国人特有的美点。假若中国人对本国古圣先贤的遗书稍加研究，我想他决不忍讥评中国人的文化。

前年，我听一个朋友对外国人说："我耻为中国人。"那外国人对他说："你为什么耻为中国人？中国无论多么不好，你既是中国人，就不能耻为中国人。正如英国人不耻为英国人，美国人不耻为美国人。"我以为他这话是对的。只要我中国人不以当中国人为羞耻，我想我中国永远是中国人的中国。

古谚说："狐向穴嗥，不祥。"狐之有穴，如同人之有国。穴是狐的藏身之处，国是人的寄命之所。狐无穴，不能避危险。人无国，不能求生存。狐若非疯狂，决不肯轻视自己的巢穴。人若不癫痫，决不忍污蔑自己的祖国。

古诗上说"胡马嘶北风，越鸟巢南枝"。胡地在北，由北方来的马，遇到刮北风的时候，还要触动故土之思，而发悲鸣。越国在南，由南方来的鸟，建筑窝巢，还要寻找向南的树枝，而示依恋。禽兽尚且如此，人若一味地羡慕外洋，而任意地轻视祖国，他的思想，岂不是在禽兽之下！

韦伯斯特说："我既生为美国人，我生，要为一美国人；我死，要为一美国人。"我中国人，若能将他这话，改为"我既生为中国人，我生，要为一中国人；我死，要为一中国人"。那么，活着就对得起全国的同胞，对得起所吃的粮米，对得起已死的祖先，对得起将来的子孙。假若我四万万五千万国民之中，有四分之一，有这种决心，纵然我全国地图的四分之三变了颜色，也不过是一时的现象。

孟子所说的立国三宝"土地、人民、政事"，孟德斯鸠所说的立国三要素"土地、人民、主权"，全是东西相同、中外无异的名言。主权与政事，名称虽然不同，意义全是一样。不过，我以为人民，尤其是不改国民性的人民，最为重要，国不过是家的放大，土地不过如同一家的产业，政事或主权，不过如同一家对内的规则与对外的方法，人民不过如同一家的子孙。只要立志坚强，不背祖训，纵然产业被人侵占了去，终有物归原主的时候。并且好的子孙，还能在外添置产业。否则纵有极大的产业，也是保守不住的。

一国的文化，是一国立国的精神。它的重要性，较比国土还重要到千百万倍。我以为传扬本国的文化之功，大于开

疯
话

疆拓土。毁弃本国文化之罪，尤甚于割地称臣。

我中国，向来被人称为文弱的国。我常想这个原因，只是因为我国素以"自守"为主，不愿扰害别国的和平。我国对于开疆拓土的汉武张骞之辈，并不怎样的恭维。这就是我国人不愿扰害别国的凭证。纵然因此得到文弱之名，我以为，我国正可以"文弱"二字自夸。因为这种何人怎样待你，你也怎样待人的思想，正是人种真正文明进化的表示。

据新圣人某甲说："中国素以'儒'道立国。儒是'懦弱无能，苟且图存'的意思。我中国所以危弱，只是受了儒道的毒……"据我所知，"儒"字的意义，决不是像他所说的那样卑鄙。仅以《韩诗外传》对儒字的解释，儒就是"不易之术"。所谓不易之术者，即是可行于古，可行于今，千古不变的准则。以儒道而言，当然以孔孟为代表。但是孔孟二人，决不是任人欺凌而自甘忍受的人。他们对于强者，未尝有一点屈服的表示。

世上的人，不能全善，也不能全恶。世上的国不能全强，也不能全弱。既有善恶强弱的不同，恶必欺善，强必凌弱。就以思想单纯的禽兽虫鱼而言，还有这种的现象。人类的欲望复杂，这类恶行，当然格外的繁多。不过，我以为，人类既然比禽兽虫鱼，多有一个能辨别是非的天良，就当对得起万物之灵这个名称，竭力地不使禽兽鱼虫间的现象，表演于人类的世界。在几万年前的"原人"时代，人类的思想与行为，原与禽兽相差不多。人类彼此残杀，互相狠斗，还有可说。在这二十世纪的今日，若仍不能改变几万年前的老套，还配谈什么文明与进化。

现今所谓"文明进化"者，据我观察，不过是杀人的利器日多，祸人的方法日毒，骗人的主义日巧，诱人的学说日精，人类的恐惧日加，人类的寿命日短，人类的烦恼日增，人类的凶狠日甚。照这样"文明"下去，必致将人类变为"紊"乱无序，"冥"顽不灵。照这样"进化"下去，必致将人类"尽化"为禽兽。

真正益人之道，并不十分神秘。真正有用之学，并不异常新奇。真正养人之食，并不特别香甜。

去伪存诚，实事求是，是修己、治人的八字箴言。

现今，使我国不能富强的病根，只是虚伪二字。由此可见若将这个病根去不净，无论讲什么高明的主义，论什么惊人的科学，也是只能趋于乱亡。

"生吞活咽"的新文化，是削足适履的文化，是舍己从人的文化，是用夷变夏的文化，是反客为主的文化。总而言之，是奴性的文化。

中国古圣前贤的书，是主张克己。克己是难事，所以不受人的欢迎。外洋新兴的学说，是提倡责人。责人是易事，所以容易受人的接纳。

现今流行的书报，多是教争，教乱，教残，教忍。这全是亡身，败家，祸国，乱天下的先锋。

青年人喜欢听什么，就讨着他们的心意发言。这种杀人不见血的恶行，非有铁石心肠的人决不忍为。看见别人的孩子，想一想自己的儿女，也当知警惕。

光绪二十六年以前，老学究的教育，是给本国皇帝造顺民。民国八年以后，新圣人的教育，是替外国学者造奴隶。

疯话

有人对我说："现今的人，知识开得太早了。六七岁的孩子，几乎比当初六七十岁的老人还明白。你以为是好是坏？我说：这是不祥之兆。人的知识，如同草木的籽粒果实，成熟须有一定的期限。熟得太早，决不是好的现象。繁荣得太快，凋谢得必速。"

现今，说话作文若用上君、后等字，人必说是顽固腐化，受了封建的遗毒。但是，若提到电影皇帝、剧界大王、影后、舞后、女王，人反以是时髦摩登，合乎现代潮流。这是什么原因，真令我莫名其妙。

我常对学生们说："怨天尤人，是无志。责骂环境，是无耻。自从新圣人们提倡'责人'的学说以来，误尽我国无数大有后望的青年，使他们只知高谈'这个不良，那个恶劣'，而忘了在自己的'正心修身'上注意。"

离开应走的正道，当然入了不当入的歧途。现今，听许多青年所说的话，看他们所作的文，全有"彷徨十字街头"的言辞，足见他们是迷了方向。他们所以陷入欲进不得，欲退不能的地步，并不全是他们的过错。过错的责任，十分之九，是在一些野心的"作家"。你只要查一查现今许多青年所爱看的书报杂志，就可以查出使他们走入了歧路的罪魁祸首是谁。

以"精神文明"而言，我中国在各国间，实在居于老祖的地位。以"物质文明"而论，我中国与欧美相较，尚在孩提的时代。图一时之强，我国可以求教于人。图万世之安，欧美还当求教于我。

卖洋货的，当然不喜欢售古玩的。卖洋装书的，当然不喜欢木版书的。那么，依此类推，新圣人当然与旧文化势不两立。卖洋货的与卖洋装书的和售古玩的与卖木版书的，并无仇怨，不过因为夺生意起见，不能不立于敌对的地位。

不求书法进步，虽花重价，购买好碑帖，并不算妄费钱财。然而在未能将字"写成个"之前，就用顶好的笔墨纸张，实在是暴殄天物。我每逢见着小学学生使用极品文具，我就以为他们的家长或他们的教员，故意使他们毁害东西。

我的亲戚的小儿女，在某小学读书。所用的文具，务求精美。仅以记事簿一项，每册就用钱三角以上。我问是什么原因，据说是奉教员之命买的。我对我的亲戚说：这种教员，足可以养成小学生奢侈的恶习。这种教员只可到富贵族的宅里，去教公子小姐，指导他们如何"败家"。至于像我们这等小户人家，实在难以供应。

现今，不但学生所用的美术化的文具，是妄费钱财，而所谓的教科书，更是极大的消耗品；我国为求救国、救民、文明、进化起见，对于教科书今天改，明天换。我们既不愿亡国灭种，对这种"朝改夕换"的良法，当然不敢表示反对。唯独教科书的昂贵，实在使当家长，的真有一点担负不起。现在，普通的家长每逢开学，对于学费已经咬牙，对于书费更是咧嘴。一家若有三个孩子，同时入小学中学大学，这笔买书的费用，简直足可使当家长的上吐下泻。

平均，现今的小学教科书，每科每本就需大洋一角八分，中学的每科每本就需大洋七角之多，至于大学用书，每本至少超过二元以上。仅以上海某大书店的小学教科书而言，一印就是千万多本。有几种已经印到一百四十几版。我对印刷事业，

疯

话

并不外行，这种一角八分一本的教科书，连版税在内，每本成本用不了五分大洋。每本可获利一角大洋以上。若加计算，岂不是一本万利。做生意是为得利，自然无可反对。但是，要知消遣用的书，贵一点也不妨，因为是愿买则买。教科书的定价，必须特别低廉，因为不买不行。某大书店，只为自己得大利。可是全国有子女的人，就受了大害。教育当局，果肯为人民设想，就当对这种包办教科书的大商，痛加惩罚。

近一二年来，市上出了许多"一扣打八扣"的书，其中颇有极有名的著作。虽然全有错字，大体并不误谬。这实在是为穷苦的读书人，增了无量的便利。我以为，印刷这种书的书店，实在有传布文化的效能，应当优加奖励。有人说：这种廉价的书上市，上海几家大书店全都受了极大的影响。我说：与其在出版界中，养成一两个包办文化的托拉斯，实在不如使穷小子多得一点买书的机会。假若我国的教育当局，能特编教科书，也按这种廉价的办法卖给学生，实在是功德无量。较比每年遣派无数的官费留学生，还能真正有益于国，有利于民。与其用中国钱，造就一些"外国式"的高等中国人，实在不如造就许多能认中国字的下等小百姓。

现今，许多学生对于功课，全说不感觉兴趣，这是极大的错误。许多教育家因为要提高学生的兴趣，竭力迎合学生的心理，这更是极大的错误。因为使学生欢喜的教材，决不是将来真正与他们有益的东西。所以，我以为教育，必须"反心理学"，才能与学生有实用。那些主张"教育须合学生心理"的教育家，全是将教育看做哄少爷的手段了。

曾国藩说："除自强外，无胜人术。"人若想不被别人所打倒，只是在自己的身上用精神。国若想不被别国所灭亡，只有在自己的国内用功夫。人，追着别人乱跑，决不是自强的方法。国，随着别国乱学，也不是自强的门径。所谓自强者，是竭力发展自己的特长，使之达到一个完美的地步。是要用这样特长，应付别人的所短。不是效法别人的特长，而遗弃自己的所长。要知，与人不同，才有胜人之望。与众强同，正是取败之道。

人善使刀，你善使枪。你要想胜人，不可丢下你的枪而学使刀。人若想胜你，也不当抛弃他的刀而学使枪。你苦苦地练枪，才是最好的自保之法。他勤勤地练刀，才是最好的自卫之术。

现今欧美的文明，只要稍有思想的人，就可以知道他们那种文明，是疯狂的文明，是酒醉的文明，是打"强心针"的文明，是服"春药"的文明，全是一时变态的恶现象，全不是自然的真精神。有心人，见着他们这种情形，只是为他们的前途担扰。唯独混小子，才能见他们这凶野的行为而生羡慕。

近十几年来，我国骂人的艺术并没有进步，唯独捧人的手段真是超绝千古。就以前年新月书局那广告而言，足可以给他们所捧的人，招生许多不利。因为某学者在那书局里发售一本大作，那书局就大吹大擂说"中国文父"某先生近作某某书出版……我看了之后，几乎使我气破了肚皮。因为，"父"者，母之丈夫也，自己之爸爸也。什么恭维之词不可使用，为何竟因捧人而自处于儿子之辈。他们呼某学者亲爹活祖是他们的自由，为什么硬给中国的文上加上一个爸爸。

我中国，现今固然有极少数的人不认亲爹，但是也不可

疯
话

随随便便用"父"字做捧人的材料。所以，用父字恭维人之前，应当首先查一查字典，翻一翻辞源，以免吃亏上当。在古罗马，虽然有称元老院议员为父的前例，但是那个父字，正与我国古时称年高有德且执掌教化者为"父老"意思相同。罗马教徒虽然称掌教的人为父，但是那个父字译中文必为"神父或教主"，用洋文写且必须以大字母起首，以为区别。古罗马人，虽然称地伯河为父，古伦敦人，虽然称泰晤士河为父，那是因为他们将这两条河，认做人民的保障。也并不是可以随便将一个父字，加在任何一人或一物上。

有人说某书店称某学者为中国的"文父"，是因为他是首先提倡白话文的人。并且按英文父字（Father），有"创始者"（Founder）或"起始者"（Originater）意义，譬如美国称华盛顿为"国父"，中华民国称孙中山为"国父"，因为美国是华盛顿创建的，中华民国是孙中山创建的。我说在华盛顿以前，并无美国，在孙中山以前，也无中华民国；美国由华盛顿而生，国民党由孙中山而起，所以华盛顿被称为美国的国父是可以的，孙中山被尊为国民党之父（简称国父）也是可以的。但是中国文，绝不是某学者所创出来的，他怎么可称为中国的文父？

中文既不是由某学者所发明的，那么，就不可将他呼为中国文父。不但文言不是由他开创，白话文也更不是由他发起。若说白话文是他提倡起来的，那么，在前清末年，创办白话报的那些人，岂不是比他还早。他若可以称为父，那些创办白话报的人，又当称为什么？宋朝那些用白话作语录的人，更当称为文什么？我以为若称他为"新式白话文的文父"

还可以将就得下去，若强呼他为"中国文父"，未免是数典忘祖，未免是只知有孩子，不知孩子有爸爸。

假若，某学者的文章做得好，就得称为文父，那么，凡是某一行某一艺中的出色的人物，就当得着一个父字的尊称。譬如，做官做得出色，就当称为"官父"；拉车拉得出名，就得称为"跑父"；做贼做得神奇，就得称为"偷父"。依此类推，极有名的婊子，就当称为"淫母"；极有名的舞女，也就当称为"跳母"了。这个恶端一开，岂不是爹妈太多。

天良是能分辨是非的一种感觉。世上的活物虽然繁多，只有人类独具这种感觉。所以说，人类独有天良。也可以说，唯人类有是非之心。人类所以称为万物之灵，并不是因为知识高于万物。乃是因为有这种能分辨是非的感觉，使人类超出于万物之上，而不与禽兽虫鱼合群为伍，相提并论。

"天良"永远时兴，"真理"永不落伍。天下有不同的人种，无不同的天良。天下有不同的事务，无不同的真理。人类虽然进化，化不了固有的天良。科学虽然神奇，变不了永存的真理。

是非之辨，如同白黑之分，并没有什么神奇奥妙。因为合于天良，不背真理，就为是。反背天良，违逆真理，就是非。可行于永久的就为是，只可行于一时的就是非。平平常常就为是，奇奇怪怪就是非。尊重本国文化，顺合本国民情，就为是。破坏本国文化，背叛本国民情，就是非。

肉眼不瞎，必能认黑白，心眼不瞎，必能辨是非。肉眼瞎了，不过成为人中的残废。心眼一瞎，就必化为人中的禽兽。山林中的禽兽，还知爱惜自己的巢穴和自己的同类，人

疯
话

· 341 ·

类中的禽兽，反能毁坏自己的国家和自己的国人。尤可恨的是这禽兽，肉眼与心眼，并非真瞎，而故意要行瞎心瞎眼的事。

在我国四万万五千万人里，得受教育的，不过百分之二十。在这百分之二十里，受过充足教育的，恐怕不足千分之二十。在这千分之二十里，肯于著书立说的，恐怕不足万分之二十。在这万分之二十里，能够成为一个名闻全国的学者，也不过只有几十个人。在这几十个人里，能够成了被中外皆知的学者，也不过十几个人。这十几个人，对国家兴亡所负的责任，我以为比全国的要人和全国的官吏，所负的责任还大。

我国全国现今仅仅有十几个名闻中外的学者，足见是产生不易。按理，我国人民对他们，应当视为无价之宝，力加重视。然而，事实竟适得其反。我国百分之九十以上的人民，不但不对他们力加重视，并且甚至要"食其肉，而寝其皮"。这个原因不是我国百分之九十以上的人民，全都有目无珠，乃是因为这十几个名闻中外的学者之中，多是不知自爱。他们所以成名，不是因为学优识超，行端履正，而是因为标奇立异，颠倒是非，崇拜外洋，蔑视祖国。

古谚说："美女入市，恶女之仇。"美女并不妨碍丑女的出入，她们所以"仇"不过是起于嫉妒之心，在无知无识的禽兽之中，还不能免除，何况在人类之间。你若假造谣言，向丑女挑拨，说"美女有毁你之意"，丑女听到耳里，当然要和美女势不两立。

挑拨鼓动的言辞，最易入人耳。劝解调和的话，最难动人心。现今中外的新圣人，所以容易成名，就是全由挑拨、鼓动人的嫉妒之心下手。

古人说："一时劝人以口，百世劝人以书。"这第一句，凡是一个人，全能做得到。这第二句，唯有读书的人，才能做得来。可惜我国自从染了洋毒以来，不读书识字的人，多以为"一时骗人以口"是最好的处世方法。读书识字的人，多以为"百世骗人以书"是最好的成名之术。甚至你发言立论，愈是背乎真理，反乎自然，叛逆伦常，颠倒是非，愈有人捧你为民众"前进"的明星，尊你为人类"解放"的导师。

世上的人，全有私心，全有弱点。你若能看出这个私心之所趋，弱点之所向，然后再迎合这个私心恭维这个弱点，发言作文，你立时就可以得到多数人的同情。你若再能假借好听的名目，发些瞒心昧己的学说，创些口是心非的主义，你不久就可以被人尊为"伟大的导师"。甚至，你虽遭了天诛，人还说你的"精神不死"。然而，你不必因羡慕而欲追学。当知这种"成名"的方法，不过如同做贼养汉"发财"，来路既不正常，享受也不能长久。

古时中外的学者，所以流芳千载，只是因为传布平平常常的真理，劝人为善，导人修己。现今中外的学者，所以名动一时，只是因为创造奇奇怪怪的邪说，引人纵欲，诱人责人。以古人的真诚，劝化人心，而谋人类的安和，还不能完全成功。以今人的虚伪，诱导人欲，而求人类的幸福，岂不是南辕北辙。照这样诱导下去，也不过是使人类退化为毫无理性的两足动物，彼此互杀相食而已，岂能再有幸福二字之可言。

读书的人，有两条命，有两个嘴。不读书的人，仅有一条命，一个嘴。读书的人，不但嘴可发言，笔也可以说话。不

疯
话

但生在世上是活着，躺在土里还是活着。因为他的著作，若得传流下去，他的骸骨，纵然化为灰尘，他的文章还能替他宣讲。可见，读书的人的第二个嘴，能永远不烂，第二条命，能永远不死。

读书的人，既然比不读书的人多有一个嘴，多有一条命，就当善用这个嘴和这条命。发言，就当本乎天良，要为有益于世道人心之言。著书，就当认清是非，要为有益于世道人心之书。不要为一时的富贵权势，讨人的欢喜。不要为一时的贫贱屈辱，灭自己的天良。一个读书的人，尤其是一个著作家，果能这样坚持到底，活着就可得到自己精神上的快慰，死了也可以对得起那块埋尸的黄土。

现今所谓"文坛健将"，所谓"前进作家"，据我研究，他们所以被青年人所欢迎，多是因为善于迎合青年的心理。譬如，青年人多"好异喜新"，他们就大骂古人古书，青年人知识将开，性欲正盛，他们就提倡社交公开。青年人多好玩乐放荡，他们就主张平等自由。青年人多不满意现状，他们就鼓吹改造社会。青年人多以为国文难读难学，他们就主张文学革命。青年人多好写别字，他们就狂言改革字体。青年人多富于进取的心志，他们就提倡"站在时代的前端"。总而言之，统而言之，总统而言之，凡是青年人所喜欢听的，他们就努力倡说，凡是青年人所不喜欢的，他们就主张打倒。青年人未尝不将他们认为"知己"，岂知在不知不觉之间，就给他们当了求名谋利的"梯子"。古人说："顺吾意而言者，小人也，急远之。"青年人若不愿受欺骗，若不愿生后悔，最好是将这句话牢记在心里。